책

쓰는

엄마

책
쓰는
엄마

서희북클럽
강사 이인환

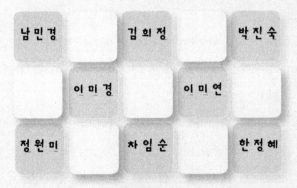

남민경   김희정   박진숙

이미경   이미연

정원미   차임순   한정혜

출판이안

prologue

웃었다 하늘도
햇살도

아니 아니
세상에서
제일로 소중한

엄마가 우리
엄마가
   - 이인환의 '좋은 엄마'

"산에는 수많은 종류의 나무가 있다. 곧게 자란 나무, 굽으며 자란 나무, 꺾어진 나무, 키 작은 나무, 키 큰 나무 등등. 그러나 그 중에 곧게 자란 나무는 동량이 되고, 나머지는 땔감이 되거나 볼품없이 자랄 뿐이다. 따라서 우리는 곧게 자란 나무처럼 동량이 되기 위해 끊임없이 배우며 갈고 닦아야 한다."

예부터 전해져 오는 이야기 중에 하나다. 뛰어난 언변을 갖춘 스승이 제자들에게 가르침을 주고 있었다. 스승의 이야기가 끝나자 많은 학생들이 훌륭한 말씀이라며 받아 적거나 곧은 나무가 되기 위해 열심히 노력하겠다고 결의를 다지고 있었다. 그러나 그때 스승의 말을 들으며 의미심장한 미소를 짓는 아이가 한 명 있었다. 그러자 스승은 그 아이를 보고 무슨 할 말이 있냐고 물었다. 아이는 자리에서 일어나 당돌하게 물었다.

"산에는 수많은 종류의 나무가 있습니다. 곧게 자란 나무, 굽으며 자란 나무, 꺾어진 나무, 키 작은 나무, 키 큰 나무 등등. 그러나 그 중에 곧게 자란 나무는 베어져 동량이 되고, 굽으며 자란 나무는 선산을 지키는 수호신이 되고, 꺾어진 나무는 땔감이 되고, 키 작은 나무는 나무대로, 키 큰 나무는 나무대로 각자 생긴 대로 쓰임이 달라집니다. 그런데 누구나 곧은 나무를 따라 동량만 되려고 한다면, 산은 누가 지키고, 땔감은 누가 되어야 한단 말입니까?"

"……."

세상에 꼭 어떻게 살아야 한다는 정답이 있을까? 우리의 고민은 여기서부터 시작된다. 꼭 이렇게 살아야 한다는 정답이 있다면 그것만 찾아 배우면 될 것이다. 그러나 사람은 각자 생긴 모습이 다른 만큼 기질이 다르고, 적성이 다르고, 능력이 다르고, 어느 무엇 하나 똑같은 것이 없다. 그런데 어떻게 동량이 되기 위해 곧게 자라는 방법만을 강요할 것인가?

세상에는 참 많은 자녀교육 관련 책들이 나와 있다. 그러나 정말 많은 책들이 자녀를 동량으로 키우는 방법만을 제시하고 있다. 그리고 대부분의 엄마들이 내 아이를 동량으로 키우려고만 드니 많은 문제점을 일으키고 있다. 엄마는 엄마대로 힘들고, 아이는 아이대로 힘든 악순환의 연결고리를 계속 이어가고 있는 것이다.

이 책은 <책 읽고 책 쓰는 부모 프로젝트>라는 이천서희청소년문화센터에서 실시한 부모교육 프로그램의 결과물이다. 엄마는 엄마대로 행복하고, 아이는 아이대로 행복한 방법을 제시하기 위해서 무엇보다 먼저 엄마들이 실천하는 모습을 보여주고자 시작한 프로그램이다. 엄마가 먼저 책을 읽고 생활 속에서 실천하면서 행복을 추구하면, 아이들도 저절로 엄마의 길을 따라 올 것이라 확신했기 때문이다. 그러기 위해서 6개월이라는 충분한 시간을 갖고, 삶의 변화를 이끌어 낼 수 있는 좋은 책을 선별해서 창의적인 독서법을 활용하면서, 그 과정을 각자 글로 써서 있는 그대로를 보여 주기로 한 것이다.

이 강좌는 한 권의 책을 읽어도 그것을 생활 속에 지혜로 끌어올 수 있는 독서방법을 제시한 『일독백서-기적의 독서법』을 주교재로 이뤄졌다. 어떤 책이든 구체적인 현실에 활용하는 지혜를 찾아 그것을 바탕으로 생각의 변화를 일으키고, 행동의 변화를 일으키고, 습관의 변화를 일으키는 방향으로 강좌를 이뤄왔다. 그리고 무엇보다 독서경험을 바탕으로 구체적인 자신의 이야기를 글로 써서 공유하는 자리를 가져왔다.

또한 김효석·이인환의 <팔로우>, 모파상의 <목걸이>, 루이스 캐럴의 <이상한 나라의 앨리스>, 토니 험프리스의 <가족의 심리학>, EBS 지식채널 <아이의 사생활>, 군디 가슬러와 플라크 가슬러 공저 <내 아이를 위한 비폭력 대화>, 루이스 헤이의 <치유>, 로버트 차알디니의 <설득의 심리학> 등을 함께 읽고 토론해 가며 워킹맘으로서, 전업주부로서, 커리어우먼으로서 각자 자신의 처한 환경에 맞게 적용해 나가며 독자들에게 쉽게 다가가기 위해 최선을 다해왔다.

다시 한번 강조하지만 이 책은 곧은 나무는 곧은 대로, 굽은 나무는 굽은 대로, 부러진 나무는 부러진 대로 각자 처지와 입장에 맞게 쓸모 있는 존재가 되기 위해 최선의 길을 찾아가는 모습을 담고 있다. 모조록 같은 입장에 있는 엄마들이 동질감을 느끼고 부담없이 읽어가며 자기계발과 자녀교육의 보조자료로 활용할 수 있었으면 하는 소망을 담아 본다.

    끝으로 이 책이 나오기까지 아낌없이 도와주신 주신 이천서희청소년문화센터 조계형 관장님과 전미숙 평생교육사님께 감사드린다. 아울러 뜻 깊은 책을 발간할 수 있도록 지원해준 이천시와 6개월이란 긴 시간 동안 공부하는데 물심양면으로 도와준 가족들에게 진심으로 감사를 드린다.

2012. 12. 20.

독서와 글쓰기로 소통하는 시인 이인환

프롤로그

제1장 독서와 글쓰기
– 내 인생의 필수목록

제2장 나의 동남풍을 찾아라
– 블루오션을 찾는 독서법

1. 일독백서

2. 「동남풍」을 찾아라

제5장 응, 우리 엄마야
– 일독백서 창의적인 독서법

God Could Not Be Everywhere
Therefore He Made Mother's

신은 모든 곳에 있을 수 없기에 어머니를 만들었다.
— 탈무드

일독백서

한 권의 책을 읽어도 백 권을 읽은 효과를 얻기 위해 창의적인 독서 법을 생활 속에 실천하는 엄마들의 진솔한 이야기가 펼쳐집니다.

제 1 장

독서와 글쓰기

내 인생의 필수목록

같은 책을 읽었다는 것은
사람들 사이를 이어주는 끈이다. - 애머슨

독서와 글쓰기

내 인생의 필수목록

남민경

고소한 향기
지글지글

와아, 아빠
이게 뭐야?

언제든지 땀 뻘뻘
온가족 행복 위해

주방의 꽃으로
피워 올리는

아빠표 감자튀김
아빠표 계란찜

- 남민경의 '우렁 낭군'

평소 같으면 벌써 컴퓨터를 차지하고 눌러 앉았을 큰 딸, 엄마가 열심히 무엇인가를 쓰고 있으니 기다려 주다가 이제 자기 차례라고 재촉한다.

"아, 잠깐만…. 이거 엄마 책 쓰는 건데 마무리해야 돼."

딸은 옆에서 가만히 들여다 보다가 마침 자신의 이야기가 들어 있는 내용을 보았나 보다.

"아니, 딸을 팔아서 책을 써?!"

말은 그렇게 해도 씩 웃으며 기분 좋게 양보해 준다. 말하지 않아도 느껴지는 큰딸의 응원, 정말 힘 나는 날들이다. 어디 그뿐인가? 작은딸은 계속해서 엄마의 글을 관심있게 읽어 보더니 금방 안방에 들어갔다가 편지를 써서 가져온다.

"엄마 사랑해. 정말 정말 사랑해. 엄마 파이팅! 엄마를 아주 사랑하는 혜리 올림"

엄마가 책 쓰느라 노력하니까 자기도 엄마한테 써 주는 거란다. 얼마 전엔 일기 쓴 것을 보여 주는데 담임 선생님께 우리 엄마 책이 곧 나올 것인데, '책 쓰는 엄마'라는 제목이니 꼭 사서 읽으시라고 엄마 이름까지 명확하게 적혀 있었다.

'책 쓰는 엄마'의 모습을 보여주며 내가 먼저 변하니 아이들과 통하게 되고, 아이들이 엄마에 대해 뿌듯해 하는 모습을 보니 정말 잘했다는 생각이 든다.

전에는 내 꿈만을 위해 뛰며 아이들의 반응에 대해서 무심했던 것이 사실인데, 이번 기회를 통해 나의 모습을 점검하며 아이들과의 관계도 훨씬 부드러워지고 새로워진 모습을 보면서 지난 과정을 돌이켜 보니 감회가 새롭다.

나는 아직도 소녀처럼 호기심도 많고, 하고 싶은 것도 많은 꿈쟁이 아줌마다. 그래서 주기적으로 어떤 삶을 살고 싶은지 적어보고, 평생에 이루고 싶은 일의 목록도 생각해 본다. 나는 내 일과 재능을 통해 수많은 사람들에게 영감을 주는 사람이 되고 싶다. 나의 관심분야는 사람의 심리, 상처, 회복, 건강해지는 교육, 그리고 예술 등 다양하다.

이 모든 것을 아우르면서 나 자신과 사람들에게 좋은 영향을 끼칠 수 있는 것이 무엇일까 생각해 보니 '책'이었다. 책이라면 자신 있었다. 나를 무장 해제시키며 하루 24시간이라도 할 수 있을 것 같은, 행복한 일이 바로 '독서'니까.

그래서 나의 노년의 계획에는 예술활동과 저술이 필수목록에 포함되어 있다. 갈 길이 멀기에 50대나 60대쯤에 책 쓰기를 시작하려 했다. 그런데 나이 40을 앞두고 이런저런 생각과 인생의 고민이 많을 때 동생에게 전화가 왔다.

"언니, 언니의 꿈을 더 빨리 이룰 수 있는 기회가 왔어. 때가 될 때까지 기다리지 말고, 오히려 생각이 복잡한 이때 마음 정리도 할 겸 <책 쓰는 프로그램>에 참여해 봐!"

"그래~? 하고 싶긴 한데…. 아직은 내 문장력도 그렇고, 크게 내세울 만한 것도 없고, 일로 더 바쁘게 지내도 모자랄 판인데…"

"머뭇거리다가 기회 놓치지 말고 해 봐. 내가 장담하는데 절대 후회하지 않을 거야. 이인환 선생님 알지? 왜, 전에 나 독서논술지도사 가르쳐 주셨던~ 정말 수업내용이 너무 좋아. 책도 냈던 분이고, 출판 경험도 있으신 분이니까 언니의 꿈을 이루는데 큰 도움이 될 거야, 알았지? 너무 생각 많이 하지 말고…"

동생의 전화를 받고 설렘 반, 걱정 반이었다. 정말 듣고 싶은 수업이지만, 지금은 내 비즈니스에 더 집중하고 박차를 가할 땐데, 너무 욕심이 많은 건 아닌지….

하지만 동생의 강력한 격려에 힘입어 이 수업을 시작하기로 결심했다. 어쩌면 책을 쓰며 복잡한 내 주변정리도 되고, 마음도 차분하게 정리될 수도 있겠다 싶었다.

그런데 첫 강의 시간, 내 예상을 뒤엎은 수업은 내게 신선한 충격이었다. 첫째는 내 나름대로 3개월에 100권의 책읽기 도전에 성공한 내게 허를 찌르는 말이 크게 들렸다.

"아무리 100권을 읽어도 그것 가지고 잘난 체하며 다른 사람에게 상처를 준다면, 그것은 안 읽느니만 못하다. 반대로 한 권을 읽어도 그 책을 생활 속에 지혜로 활용하면서 자신과 주변 사람들을 변하게 할 수 있다면 그것은 100권을 읽은 것과 같다."

둘째는 고즈넉한 분위기에서 편하게 수업 들으며 대략 내 마음을 표현하며 뭔가를 쓰려던 내게 선생님의 수업은 강력한 생활 속 숙제를 제시하셨다. 첫 수업만으로도 나는 스스로 나의 생활 전반적인 부분에 대한 질문을 던지고 고민하게 되었다.

선생님의 강의 스타일이나 추구하는 것이 내가 생각했던 모습과는 사뭇 달랐다. 점잖고 고상하기만 할 줄 알았던 수업은, 선생님의 세 가지 모습으로 완전히 차원이 다른 분위기가 되었다.

첫째, 지극히 현실적이다. 책은 자기가 쓰고 싶은 것을 쓰기보다 독자가 읽고 싶어 하고 읽을 만한 것으로 써야 한다. 자신의 약점조차 강점으로 만드는 포장기술도 필요하다. 수많은 독자를 변화시키기에 앞서 책 작업을 통해 자신과 가족, 주변 사람들이 먼저 변화되고 감동 받아야 한다는 것을 강조하셨다.

둘째, 창의적이고 창조적이다. 선생님이 직접 쓰신 <일독백서-기적의 독서법>이라는 책에도 나와 있지만, 수업 시간마다 <이상한 나라의 앨리스>, <개똥이 이야기>, <마틸드의 목걸이>를 통해 일반적으로 말하는 교훈을 뒤집어 엎어 적나라하게 자신의 모습을 비춰보게 만드는 기발한 발상의 전환을 강조하셨다.

셋째, 포용적이다. 예전에 어느 작가가 "요즘은 자격이 의심되는 수많은 사람들이 너도 나도 시인입네 한다."고 통탄하던 것을 봤는데, 오히려 선생님은 세상의 모든 사람이 시인이 되기를 기대한다고 말씀하신다.

선생님의 수업을 듣고 요즘 나의 머릿속은 화두로 가득 차 있다.

"나의 동남풍은 무엇인가?"

"나의 마틸드의 목걸이는 무엇인가?"

"유비라면 이 상황에서 어떻게 했을까?"

스스로 나에게 묻는 이 질문만으로도 나 자신을 돌아보고 발견하며 정리하게 된다.

또 최근의 우리나라 최고의 쇼호스트였던 김효석 교수와 공저로 낸 선생님의 책 <팔로우>에 대해 언급하실 때 '갑'과 '을'의 삶의 자세에 알려 주셨는데, 내겐 너무도 시사하는 바가 컸다. 영업 경험이 전무한 내가 지금의 새로운 사업을 시작하며 좌충우돌할 때 나를 거부하는 고객에게 서운해 하고, 상처 받고, 지칠 때가 종종 있었다.

그런데 <팔로우>라는 책을 통해서 미리 알았다면 정말 좋았을 당연하고도 단순한 팁을 얻게 되었다. 바로 '고객(갑)의 거절은 당연하다고 생각하라. 거절할 것이라는 사실을 전제로 깔아놓고, "나의 제안을 당신이 받아들이면 당신에게 이익이 있다"는 것을 알려주는 자세로 설득하는 을의 행복을 가슴에 새길 수 있었다. '을'은 항상 상대에게 웃어 주는 삶을 살기 때문에 밑져야 본전인 인생이고, 기득권을 차지한 권위적인 '갑'은 항상 상대에게 지시하고 강요하는 삶에 익숙해져 있기 때문에 나중에 은퇴를 하거나, 권위를 주었던 직책에서 벗어나게 되면 삶이 힘들어 지기 때문에 잘해야 본전인 삶이라는 행복공식이 마음에 와 닿는다. 을이 갑보다 행복하다는 것을 이제라도 알게 되었으니 얼마나 다행인지…. 실제로 을의 마음을 가지고 딸을 대하니 갈등이 부드럽게 해결되고, 그 마음으로 고객을 대하니 고객 한 분 한 분이 진심으로 소중하고 감사하게 다가온다.

내가 문제를 풀어 보려고 내 의도대로 안간힘을 쓸 땐 해결될 기미도 보이지 않고 모든 갈등들이 경직된 그대로 있었는데, 어깨에 힘을 빼고 모든 가능성을 열어 두며 나 자신을 먼저 보니 모든 관계가 더 부드러워 지고 마음이 자유롭다.

어느덧 6개월이 흘렀다. 이제 2012년 한 해를 마무리 하면서 내 인생의 필수목록 하나를 더 채울 수 있도록 열심히 살아온 나 자신이 자랑스럽다. 아울러 아이들이 자랑스럽게 여기는 엄마로 살아 갈 수 있다는 것이 정말 행복하다.

독서와 글쓰기

아이들과 '通'하는 즐거움

이미경

하루하루
내려 왔더니
한 해가 다 되었네

돌아보니 어느 새
땀방울 송송

주거니 받거니
성실히
걸어 왔다고

아이와 잡은 손
따뜻한 숨결
전하네

- 이미경의 ' 설봉산 365계단'

땅도 얼고 바람도 뺨을 차갑게 때리는 초겨울이다. 그러나 얼굴을 녹여주는 햇살만큼은 우리를 기억하는 듯 발걸음을 즐겁게 해준다. 어느 덧….

모자를 벗고 장갑을 벗어 배낭에 구겨 넣는다. 송글송글 맺힌 땀방울이 등줄기를 타고 흘러 내린다.

"엄마! 같이 가!"

아들아이의 크고 간절한 목소리가 산에 울려 퍼진다. 이제 초등학교 5학년 둘째 아들은 내 배낭을 잡아 당기며 뒤를 따라 온다. 둘째를 임신한 초기에 나는 감기가 심해서 임신인 줄도 모르고 감기약을 먹고는 출산할 때까지 내내 마음 졸였다. 그런데 이렇게 건강하고 씩씩하게 뛰어다니는 모습을 보니 배가 부르다. 눈에 넣어도 아프지 않다는 말이 바로 이런 경우가 아닐까? 기분이 안 좋아 시무룩했다가도 아이들만 보면 모든 근심이 눈 녹듯 녹아 내리니 말이다.

큰아들은 가자고 끌어도 안 오는 등산을 컵라면 끓여 먹자는 제안에 흔쾌히 따라 나선 둘째 아들 준선이. 엄마를 든든하게 지켜주는 것 같아 고맙기는 한데 등산 도중에 심한 장난을 치며 배낭을 잡아 당기는 통에 나는 땀범벅이 되었다.

"이제 이 계단만 지나면 정상에 도착할 거야. 조그만 더 힘 내자!"

"엄마, 힘들어. 이제 그만 내려가고 싶다."

"에이, 그래도 정상을 눈앞에 두고 포기하면 사나이도 아니지!"

"엄마, 난 아직 사나이 아니거든."

30분 전에 먹은 컵라면, 배, 초콜릿은 이미 바닥이 났고, 아이는 엄살을 부리기 시작했다. 나는 배낭에 마지막으로 남은 껌을 꺼내 아이에게 주며 말했다.

"자, 이제 우리 껌을 씹어가며 마지막 힘을 내 보자. 알았지?"

그러자 아이는 언제 힘들다고 투정을 부렸냐는 듯이 금방 장난꾸러기가 된다.

"엄마, 우리 내기 시합하자. 난 이쪽 계단으로 올라가고 엄만 저쪽으로 누가 먼저 올라가는지 시합이야. 준비 시작!"

말을 마치자마자 후다닥 계단을 올라가는 아들을 따라 가자니 몸이 말을 안 듣는다. 숨도 차고 너무 너무 힘이 들었다. 어느 새 한참 뒤처진 엄마를 보고 아이는 금방 화색이 된다.

"엄마, 엄마, 이것 봐라! 나 잘 내려가지?!"

바위 위에서 뛰어내리고 나뭇가지를 손으로 치며 장난을 치다가 힘들어 하는 엄마에게 다가와 손을 잡는 아들.

"아들, 몇 주 후면 엄마 책이 출판된다."

"진짜? 헐! 엄마 짱이다."

"고마워, 엄마는 든든한 형하고 귀여운 우리준선이가 매일 매일 짱인데!"

어느덧 해가 산 너머로 사라지고 너무 늦게 올라온 탓에 주변은 금방 어스름이 짙어갔다. 좀 무서워지기 시작했지만 아들 손을 잡고 도란도란 이야기하며 내려오다 보니 산 중턱에 있는 영월암 아랫길로 들어서고 있었다. 군데군데 가로등이 켜 있고 영월암 사찰마크를 붙인 회색봉고차가 우리 앞에 서더니 친절을 베푼다.

"어디까지 가시는지 태워다 드릴게 타세요!"

아이와 나는 춥기도 하고 어두워서 걱정했는데, 감사한 마음으로 얼른 올라탔다. 오늘은 또 이렇게 산행을 마쳤다. 오는 길에 정육점에 들려 소고기, 돼지고기를 한 근씩 사왔다. 큰아들은 집에서 엄마와 동생을 반갑게 맞아 주었다. 아이들의 조잘대는 소리와 고기 굽는 소리가 흥겹게 화음을 이루어 아름답게 울려 퍼졌다. 부족한 자가 좋은 인연들과 만나 귀한 책을 출판하는 설레는 마음과 함께 말이다.

책 쓰기 작업을 하면서 정말 소중한 것을 얻었다. 나 자신을 돌아보는 시간을 가졌고, 무엇보다 아이들과 속내를 털어 놓고 소통하는 즐거움을 얻어서 더욱 기쁜 날들이다.

독서와 글쓰기

엄마, 내 편 돼 주세요

김희정

긴 겨울, 산중 지키며

외로움 견디다

나 여기 있어요.

이렇게 이쁘게요.

얼른 말하고 싶어

이파리보다 꽃으로 먼저 인사하는

진달래

　- 김희정의 '진달래'

　우리나라에서 열린 월드컵 경기를 본 사람들은 안다. 축구가 얼마나
매력적인 운동인가를. 아이가 네 살 되던 2002년, 아이는 축구를 좋아
하더니 매일 아파트 벽을 향해 공을 날렸다. 비가 오든 눈이 오든 칼바
람이 불든 하루도 빠지지 않았다. 덕분에 나는 동네 아주머니들 사이에
서 아이 재능을 일찍 발견하여 그 재능을 키워주는 극성엄마로 통했다.
사실은 그렇지 않았다. 집에서 아이는 발에 걸리는 물건마다 발로 차고
다녔다. 옷이고 장난감이고 가리지 않았다. 녀석 눈에는 모든 사물이

축구공으로 보이나 보다 싶었다. 미칠 일이었다. 그래서 생각해낸 방법
이 밖에서 축구공을 가지고 놀게 해주기였을 뿐이었다. 아이는 내가 따
라 나가지 않거나 또 친구가 없어도 축구공 하나로 하루를 보냈다. 아이
가 초등학교에 입학하면 달라질 줄 알았으나 아이의 축구사랑은 식을
줄 몰랐다. 오히려 활활 타올라 박지성 선수처럼 세계적인 축구선수가
되어 맨체스터 유나이티드를 가겠다며 꿈에 부풀었다.

　나는 축구경기 관람은 무척 좋아했으나 내 아이가 축구선수가 되고
싶다고 하자 두 손 들고 반대했다. 이유는 많았다. 몸으로 하는 거친 운
동이니만큼 부상당하는 게 싫었다. 유니폼이며 축구화 등등 부수적으
로 들어가는 돈도 만만치 않다는, 나중에 축구선수로 발탁되지 않으면
공부도 뭣도 못한다는 주위 사람들의 염려어린 말도 한몫 했다. 인생에
서 중요한 시기에 가족과 보낼 시간이 많지 않을 뿐만 아니라 책 읽을
시간이 없어진다는 안타까움은 두말할 것도 없었다.

　내 반대와 상관없이 아이 축구실력은 날로 향상되었다. 급기야 사학
년 때부터는 몇 몇 코치 눈에 띄어 스카우트 제의를 받았다. 하지만 나
는 축구클럽이나 학교에서 한시적으로 하는 축구부 활동만 하게 했고
그 외에는 요지부동이었다.

　아이가 육학년 때였다. 나는 심각한 고민에 빠졌다. 세월이 흐른 어
느 날 아이가 날 원망하면 어떻게 하나 하는 생각에 정신이 번쩍 들었
다. 아이가 행복하길 원하지 않았던가. 부모나 타인에 의해 만들어진 삶
이 아닌 자신이 좋아하고 행복해지는 일을 찾아 가길 바라지 않았던가.
아, 그 즈음이었다. 지인의 아들이 축구에이전트를 하고 있다는 사실을
알게 되었다. 나는 망설이지 않고 내 아이를 소개시켰고 아이는 테스트
를 받았다. 그리고 여름방학과 겨울방학동안, 이주일 씩 아이는 중학교
축구부에 들어가 합숙 훈련을 받았다. 아이는 공격수로서 합격이었다.
문제는 다음이었다. 축구는 취미로 하고 공부를 하겠다는 것이었다. 정

말 이번에는 미치고 미칠 일이었다. 하지 말라고 할 때는 한다고 난리더니 하라고 등 떠미니 하지 않겠다니, 자식이 내 맘대로 커주지 않는다는 사실을 진즉 알았으나 이건 아니었다. 여러 가지 방법으로 설득했으나 소용없었다. 재능을 발견해주는 좋은 스승과 만남이 인생에서 얼마나 큰 축복인가를 아이는 아는지 모르는지 막무가내였다. 아이는 초등학교 육학년을 그렇게 보내고 중학교에 입학했다.

중학교에 입학하면서 아이와 나는 자주 다퉜다. 공부를 하겠다며 축구를 그만뒀으니 공부를 열심히 하는 모습을 보여주길 원했으나 기대가 앞섰음을 나는 곧 깨달았다. 아이는 초등학교와는 다른 분위기, 어려워지고 늘어난 학습량, 선배와 친구관계 등으로 혼란스러워했다. 1학기 기말고사 성적표를 받아온 날, 우리는 전쟁을 치렀다. 그날 밤 늦게 아이와 마주 앉았다. 마음의 상처와 폐허를 치유하기 위해서였다. 아이는 솔직한 속내를 털어놨다.

"엄마, 나도 열심히 해야 된다는 사실 잘 알고 있어요. 육학년 때 공부 많이 하지 않았으니 더 열심히 해야 된다고 생각하고 있고요. 하지만 엄마, 학교와 학원에서 하루 종일 공부하라는 소리 들었고, 못한다고 또 잔소리 듣고 자존심 상해 집에 왔는데, 엄마는 내 편이 돼주시면 안 될까요? 엄마마저 그러시면 내가 기댈 곳이 없잖아요. 내가 너무 비참하잖아요. 엄마 조금만 기다려주세요."

아, 나는 말문이 콱 막혀버렸다. 키만 멀대 같이 큰 줄 알았더니 마음도 큰 것 같았다. 축구 전지훈련 두 번 갔다 오면 군대 다녀온 것 마냥 성장한다더니 맞는 말인 듯 싶었다.

돌아보니 나는 아이가 원할 때 적절하게 해주지 않았다. 축구를 간절하게 하고 싶었을 때 아이와 같이 흥분하거나 즐거워하지 않았고, 그저 내 편의에 따라 했을지도 모른다. 축구 클럽이나 축구부에 들어가게 했을 때도 아이 입장에서 생각하기보다는 아이를 사랑한다는 이유를 빌

미삼아 나의 기대로 압박했을 것이다. 인생은 연습이 없고 되돌리기가 되지 않으니 서글픔이 밀려온다.

하지만 또 생각해보면 아이가 어렸을 적부터 아침이면 신문을 읽고 책을 읽는 내 습관으로 인해 아이도 자연스럽게 신문을 보고 책을 봤다. 물론 스포츠란을 섭렵하여 읽는다. 그건 강요도 억지도 아니었다. 그저 아이가 따라한 것이었다. 요즘 아이와 나는 어쩌다 언쟁을 한 날에는 문자메시지를 보내거나 쪽지를 써 서로의 책상 위에 올려놓음으로써 마음을 전한다. 그건 누가 먼저랄 것도 없다. 그리고 아이와 같이 축구 경기를 보고 같이 성질내고 흥분하다가 궁금한 것은 아이에게 물어본다. 그러면 아이는 전문가답게, 때론 축구 백과사전처럼 알려준다.

중학교 이학년인 아이는 여전히 축구를 좋아하고 축구를 사랑하지만 공부도 열심히 한다. 내가 기대했던 성적은 아니지만 괜찮다. 어린 날 혼자 아파트 벽을 차대던 그 거침없는 기세와 혹독하게 추운 날 얇은 유니폼 차림으로 운동장을 누비며 견딘 아이는 또 성장할 것이다. 나는 아이 편이 돼주기만 하면 된다.

독서와 글쓰기

고맙다, 아이들아

이미연

뽀뽀해 주세요
안아 주세요

다 큰 녀석이 무슨?

무뚝뚝한 엄마의 한 마디
너에게 겨울이었겠구나

다시 보니
아직도 이렇게
어린아이인 걸

의젓한 네 모습에
엄마가 잠시 잊었었구나

그래도 불평 한 마디
없는 의젓한 아들
미안하고 고맙다

      - 이미연의 '고백'

"엄마, 이걸 하면서 무엇을 느꼈어?"

"응?"

"이렇게 책 쓰시면서 무엇을 느끼셨냐구요!"

"느끼긴 뭘 느껴? 어서 책가방이나 챙기세요~"

컴퓨터로는 인터넷 쇼핑이나 하던 엄마가 요즘에는 뭔가를 열심히 쓰고 있는 모습을 보며 내심 신기하고 궁금했는지 아홉 살 아들은 괜스레 오며가며 슬쩍 넘겨보다 자신의 이야기가 나오면 뿌듯해 했다. 그러면서도 엄마를 떠 보느라 물어 보는 것 같아 나도 장난으로 맞받아 쳤다.

평소에 무뚝뚝해서 애정 표현도 잘 하지 않던 엄마가 글 속에서 자신에 대해 좋게 표현하는 것이 은근히 마음에 드는 눈치다. 요즘 들어 더 자주 애교를 부리며 말을 붙이곤 한다. 그리고 예전 같으면 자기들 게임한다, 영화 본다, 숙제한다, 하면서 컴퓨터 앞에 앉아 있질 못하게 했었는데, 요즘은 엄마를 위해 순순히 컴퓨터를 양보해 주곤 한다.

매일 집에서 빨래나 청소하는 모습만 보여주던 엄마가 언제부턴가 식탁에 앉아 공부하고, 컴퓨터에 앉아 글 쓰는 모습을 보고 느낀 게 있는지 이제는 부탁하지 않아도 알아서 엄마를 배려해준다.

아홉 살 오빠가 그러니 5살 딸아이도 내가 공부할 때는 옆에 앉아 혼자 조용히 그림책을 보며 엄마의 시간을 빼앗지 않으려 배려해주는 모습을 보여주어 나를 감동시키곤 했다.

지난 6개월을 되돌아보니 누구보다도 아이들에게 고마워해야 할 것 같다. 어느새 훌쩍 커서 말하지 않아도 엄마를 배려해 줄줄 아는 아이들….

우연히 길을 가다 이천서희청소년문화센터에서 <책 읽고 책 쓰는 부모 프로젝트>라는 현수막을 보고 마음이 끌렸던 6개월 전의 일이 지금의 이런 결실을 이끌어 낼 줄이야 상상도 못했었다. 그동안 힘든지도 모르고 순식간에 지나간 것만 같은 꿈 같은 시간이었다.

첫 수업 중에 <일독백서> 강의를 들으며 '아, 책을 볼 때 이렇게 생각의 전환이 필요하구나.' 라는 생각이 들었고, 그렇게 시작한 수업은 매번 나 자신을 빠져들게 했다.

사실 그 전에 나는 일간 신문사에서 운영하는 논술 강좌를 수강했었다. 분당의 대형마트 문화센터에서 3개월 과정으로 이루어진 기초반 수업이었다. 매주 2시간씩 3개월을 수강하고 나서도 부족함이 느껴져 대치동에서 3개월 과정으로 이뤄진 심화과정까지 수강했었다. 이천에서 대치동까지 결코 가까운 거리는 아니었지만, 정말 해보고 싶었던 일이라 힘든 줄도 몰랐다. 그렇게 6개월 동안 열심히 공부를 해서 독서논술 자격증을 취득했다.

그리고 배운 것을 바로 큰아이에게 가르치기 시작했다. 큰아이 친구한 명과 일주일에 한 번씩 본사 교재로 수업을 해 보았다. 처음에는 괜찮은 듯했지만 진도를 나갈수록 논술이라기보다는 학습지와 별반 다를게 없다는 느낌을 지울 수 없었다. 정해진 틀 안에 맞춰진 모범 답안이라는 논술 예시 글들을 보면서 '이건 아닌데?' 라는 생각이 들었었다.

그러던 중에 이번 강좌를 접하게 되었고, '혹시 새로운 뭐가 있지 않을까?' 하는 마음으로 선택했던 과정인데 처음 생각보다 훨씬 많은 것을 얻은 것 같아 횡재한 기분이다. 독서와 글쓰기가 단순히 지식을 습득하는 것에 그치는 것이 아니라 삶의 질을 향상시킬 수 있다는 것을 체험할 수 있었던 소중한 시간이었다. 또한 독서감상문 쓸 때도 너무 뻔한 형식으로 쓰는 것이 전부인 줄 알았었는데 이제는 창의적으로 실생활에서 구체적인 사례를 찾아 써야 한다는 것도 배웠고, 그러다 보니 예전에 읽었던 책들도 다시 펼쳐보면서 좀 더 깊이 있는 독서를 하는 습관을 들일 수 있게 되었다.

그리고 무엇보다 큰 소득은 아이들이 다시 보이게 되었다는 것이다. 그동안 나는 배운 것을 아이들에게 가르칠 생각만 했지, 정작 나 자신이 직접 실천하면서 모범을 보이겠다는 생각은 못했었다. 그런데 이번 과정을 통해서 책에서 배운 대로 실천할 수 있는 용기를 낸다는 것이 얼마나 힘든지 알게 되었고, 저절로 아이들의 입장을 먼저 생각해 보게 되었다. 이런 경험들이 거듭되면서 정말 어렵게만 느껴졌던 글쓰기가 실타래 풀리듯 차츰차츰 풀려지는 신기한 경험도 하게 되었다.

무엇보다도 이번 강좌를 마치며 두 아이에게 고맙다는 말을 해주어야 할 것 같다. 아직도 타고난 성격인지라 말로 애정표현도 잘 못하고, 많이 안아주지도, 다정하게 웃어주지도 못하던 엄마지만, 이렇게 글로라도 엄마를 이해해주고 배려해 줄 만큼 곱고 바르게 커 주어서 고맙다고 사랑한다고 전하고 싶다.

독서와 글쓰기

수민이와 함께라면

정원미

아빠 좋아
아빠 최고

31개월 딸아이
용케 잊지 않은
아빠 얼굴

함박웃음 가득
아빠의 행복

아웅다웅 그 시절
떨어져 있으니
간절하네

   - 정원미의 '해외파견'

"수민아, 요기는 누구야?"
"아빠"

"요기는?"

"엄마"

나는 수민이가 아빠 얼굴을 잊을까 싶어 시시때때로 거실에 걸린 액자를 보여주며, 아빠 얼굴을 익혀 주었다. 수민이는 아빠 얼굴을 용케 기억하고 있었고, 나는 수민이에게 미안한 마음을 대신하곤 했다.

수민이 아빠는 수민이가 돌을 앞둔 한 달 전 베트남으로 파견근무를 나가게 되었다. 우리 부부가 오랜 고민 끝에 결정한 일이지만, 나는 남편과 떨어져 살아야 한다는 속상함과 어린 수민이를 혼자서 키워야 한다는 두려움과 직면해야 했다. 하지만 가족을 위해 해외 근무를 결정한 남편 앞에서 마냥 힘들어 할 수는 없었다.

남편이 어느덧 해외에 나간 지 2년이 가까워진다. 그 동안 나는 워킹맘으로, 수민이 엄마로 바쁜 나날을 보내왔다. 남편은 일 년에 두세 번 입국해서 일주일 정도 머물다 가곤 했다. 그 사이 아이는 콩나물이 물 받아먹고 쑥쑥 자라듯이 엄마가 특별히 해 주는 것 없어도 걱정 없이 잘 자라 주었다.

어느 날 수민이가 나즈막한 소리로 아빠를 찾기 시작했다.

"아빠, 아빠~~"

처음으로 아빠를 찾는 소리에 나의 마음은 덜컹거리며 아이에게 너무나 미안한 마음으로 가득했다.

"음, 우리 아빠는 회사 갔어. 울 수민이 맛난 거 사주려고 회사 갔어."

"아빠, 우리 아빠!"

아빠를 계속 찾는 수민이에게 아빠와 화상통화를 하자고 하며 달랬지만, 아이는 웬일인지 고집을 부리며 아빠를 계속 찾았다. 나는 눈물이 그렁그렁 걸릴 만큼 너무나 속상했고, 다른 흥미거리로 아이의 관심을 돌려주었다.

아빠의 부재를 채워 주기 위해 나는 나름대로 아이와 놀아주고 대화해 주기 위해 노력했다. 그러나 자기 의사표현이 확실해진 아이는 투정, 일명 '땡깡' 을 부리는 일이 잦았고, 나는 인내심이 바닥날 정도로 힘들어 했다. 그러자 장난기 많고 활발한 성격의 수민이는 어디로 튈지 모르는 통통볼 같은 존재가 되었다.

그러다 이번 강좌에서 '비폭력 대화', '수고에 수고를 마다하지 않는 유비' 와 같은 강의를 들으며 수민이를 대하는 나의 시선은 바뀌기 시작했다. 우선 아이의 입장에서, 수민이의 눈높이에서 바라보려고 노력해고, 마냥 소리를 지르기보다는 기다려 주고 조금이라도 잘 하는 것이 보이면 칭찬을 해주기 시작했다. 또한 글을 쓰면서 지금의 나를 좀 더 객관적으로 바라보는 연습을 했다. 그러니까 내 감정에 쉽게 빠져 들지 않고, 웬만큼 힘든 일도 그러려니 하고 받아들일 수 있는 여유를 가질 수 있었다.

마냥 어리다고만 생각했던 아이는 엄마가 눈을 맞추고 대화를 시도하면 열에 다섯은 그대로 따라 주었다. 물론 아직 어리기에 자기 고집을 내세우는 일도 많고, 장난감이 있으면 그 곳이 어디든 노래방에 온 것마냥 소리를 지르는 일도 있지만, 가장 눈에 띄는 변화는 엄마의 마음을 많이 헤아려 주기 시작했다는 것이다.

얼마 전에 남편이 일주일이라는 짧은 휴가를 보내기 위해 입국했다. 오랜만에 본 남편은 너무나 반가웠지만 한편으로 안쓰럽기까지 했다. 다행인 것은 수민이가 갖은 애교로 아빠의 사랑을 독차지했다는 것이다. 수민이 덕분에 우리집은 한동안 웃음이 멈추질 않았다.

"아빵~ 우리 아빠 최고~~"

"아빵~ 우리 아빠 좋아~~"

여우같은 애교는 어디서 배웠는지…. 이제 겨우 세상에 태어난 지 31개월 된 수민이는 코맹맹이 소리를 해가며 아빠를 즐겁게 했다.

누구나 떨어져 살면 애틋해 진다고 했던가. 남편의 파견 근무 기간이 확정된 것이 아니라 언제까지 갈지 아직은 모른다. 하지만 잠시 힘든 시기를 이겨내면 우리는 더 큰 행복을 만끽할 수 있을 것이다. 지금처럼 떨어져서 그리워 했던 애틋함을 잊지 않는다면 웬만한 일은 모두 웃으며 넘길 수 있을 것이기에, 나는 오늘도 당당한 워킹맘으로 수민이의 밝은 미소를 가슴에 품어 본다.

독서와 글쓰기
한 작가 이야기
한정혜

연필을 깎는다
사각사각
흑심을 갈며 마음
군더더기 다듬는 소리

한 자 한 자 제 힘으로
제 자리 설 때까지
칸칸이 심어져서
깊게 새겨지는

마음과 마음으로
이어지는
백지 위에 연심

- 한정혜의 '시작'

　어린 시절, 우리 집은 둘째 이모님 댁과 가까웠다. 부모님께서 맞벌이를 하셨기 때문에 낮 시간을 주로 이모님 댁에서 보냈다. 부침개솜씨가 일품이셨던 둘째이모님 댁엔 좋아하는 것이 하나 더 있었다. 작은 책꽂이. 어린 마음에 그게 그렇게 탐날 수가 없었다. 엄마도 종종 동화책을 사다주셨지만 대부분 낱권이었다. 그래서 그 책꽂이에 꽂혀있던 세계명작동화 전집은 그야말로 집에 모셔두고 싶은 황금송아지였다. 게다가 형형색색의 컬러판이었고 하드보드지에 코팅까지 돼 있었다. 맨질맨질한 감촉을 느끼며 한권을 다 읽고 나면 차마 빌려달란 말씀은 못 드리면서도 그대로 집으로 들고 오고 싶을 정도였다. 어쨌든 집에선 한국전래동화에 빠지고 이모님 댁에서 세계명작동화를 만났다. 인과응보로 똘똘 뭉친 전래동화 속 이야기들은 나에게 그래도 착하게 살아야 한다는 교훈을 주었고 <개구리 왕자>나 <엄지공주>는 나의 첫 판타지였다. 소파에 쪼그리고 앉아 책을 읽으면 아침에 출근하셨다가 부모님이 돌아오시는 밤 9시도 금방 됐다.

조금 더 커서 만난 <화랑 관창>은 나라를 위해 정의롭게 살아야겠다는 소박한 결심을 하게 했고, 친구간의 우정은 소중하다고도 일러줬다. 그래서 친구들과 다방구 놀이를 하면 술래에게 잡히지 않고 윗동네 아랫동네를 전력질주로 달렸다. 끝까지 살아남아서 전봇대에 묶인 친구들을 모두 구해줬다. 천방지축 말괄량이 붕우유신 참 투철하게 실천했다.

사춘기 시절에는 '제제'를 만나 눈이 팅팅 부은 적도 있다. 뽀루뚜까 아저씨가 죽었을 땐 정말 하늘이 무너진 것 같았다. <나의 라임 오렌지 나무>를 읽은 후에 그렇게 즐기던 고무줄놀이를 그만 뒀던 것 같다. 제제도 컸고 중학교 2학년도 고무줄넘기 하기엔 좀….

입시를 앞두고는 책을 많이 읽지 못했다. 하지만 '이혜인 수녀님'의 시를 만나고는 크게 탄복했다. 단 몇 줄에 녹아있는 절대자에 대한 사랑이 평범한 사람을 그렇게 떨리게 할 줄 몰랐기 때문이다. 좋은 시란 보편적인 정서를 담아내야 읽는 이로 하여금 공감을 얻어낼 수 있다는 것을 어렴풋이나마 느꼈던 것 같다.

대학생이 되고나서 다시 장편을 만났다. 조정래 작가의 "태백산맥"은 이름만큼이나 거대했다. 선배의 권유로 받아든 '1권' 하나로 일주일을 전전긍긍했다. 스무 페이지도 못 넘기고 다시 처음으로 되돌아가 읽기를 열 번도 넘게 했다. 도통 등장인물과 배경이 머릿속에 자리 잡히지 않아서 이야기의 맥이 뚝뚝 끊겼고, 흐름이 잡히질 않으니 진도는 어림도 없었다. 그래도 물러서지 않고 1권과의 씨름을 계속했다. 얼마나 정성들여 보았는지 나중에 보니 1권은 솜처럼 부풀어서 다른 권들보다 훨씬 두툼해 질 정도였다. 하필이면 그때 지독한 감기까지 찾아와 고열과 몸살로 끙끙 앓긴 했지만 이미 시작된 대장정을 막아서진 못했다. 몇 날 며칠 밤을 새워 가며 감동의 태백산맥을 무사히 넘었다.

아, 텔레비전도 종종 봤다. 초저녁잠이 워낙 많아서 뉴스는 거의 못봤지만 낮 시간에 방영된 어린이 인형극으로 처음 <삼국지>를 만났다. 수염 긴 관우가 그렇게 인자해보일 수가 없었고, 동탁은 그다지 좋아하지 않는 통닭을 자꾸 떠올리게 해서 애꿎은 미운 눈으로 보곤 했다. 한참 보고 있을 때 "내일 또 만나요!"라고 자막이 뜨면 주먹을 꽉 쥐며 아쉬워했다. 다음날도 그 다음날도….

수사반장도 줄기차게 봤다. 사건이 터지고 그것을 추리해 나가는 과정, 늘 차분하고 명쾌한 형사들의 움직임이 흥미진진했다. 나중에 아가사 크리스티의 추리소설을 반겨 읽게 한 바탕이 되었다.

가장 기억에 남는 프로그램은 주근깨 빼빼마른 <빨강머리 앤>이었다. 공상 망상 상상을 주저하지 않는 그녀가 참 예뻤다. '나도 작가가 될거야!' 라는 막연한 꿈을 그때 처음 꿨다. 길버트처럼 자상한 남자친구가 생기길 바라면서 말이다.

그러고 보니 만화책도 좀 읽었다. 텔레비전 편성표 바로 뒷면에 4컷으로 그려진 <고바우 영감>과 머리에 부스럼이 나 일명 '땜방' 자국이 선명한 <꺼벙이>가 생각난다. 초등학교 5학년 때는 친구를 따라 만화가게도 가봤다. 처음에만 낯설었지 나중엔 떡볶이 사준다며 같이 가자고 졸랐다. 월간 어린이 잡지의 <주먹대장>과 <강가딘> 등의 명랑만화에 익숙했던 나에게 그곳에서 만난 순정만화는 신세계였다. 롱다리에 긴 머리로 단장한 주인공들의 다양한 표정과 멋들어진 포즈, 웃음도 나고 눈물도 글썽이게 하는 마법 같은 대사들이 나를 사로잡았다. 특히 다양한 각으로 나뉜 도형 속에서 까만 펜으로 그려진 흑백그림들이 선명하게 살아서 움직이는 것 같았다. 화면을 구성하는 만화가들의 능력이 참 놀라웠다. 좋아하는 과일사탕도 안 사먹고 용돈을 아껴 한 권이라도 더 봤다. 방송작가로 일할 때 동료에게 들은 얘기로는 연출가들은 종종 만화책도 본다고 했다. 획일적이지 않은 지면구성이 화면구성 연출법에 도움이 된다고 했다. 경험상 구성작가에게도 원고초안을 잡을 때 적잖이 영향을 줬던 것 같다.

아무튼 이후엔 당시 중학생이던 언니가 다락방에 쌓아놓고 보던 <베르사유의 장미>에도 손길이 갔고 <들장미 소녀 캔디>도 열광하며 봤다.

고등학교 시절엔 음악에 빠졌다. 국악인을 양성하는 특목고로 진학해 전공악기로 거문고를 선택했다. 전공 선택 과정에서 시범을 보여주던 선배언니가 너무너무 예쁘기도 했고, 여섯 줄이 울리는 묵직한 음색에 마음을 뺏겼다. 음악 속에도 이야기가 있었다. 판소리와 정가는 물론이고 궁중음악 속에 등장하는 여러 악기들은 화음을 이루면서 끊임없이 대화를 했다. 독주곡은 일인극을 마주하는 것 같고. 민속음악인 "산조"라는 장르는 서사시 같은 곡이다. 새벽처럼 고개 드는 '진양' 장단으로 시작해 가벼운 '중모리'로 산책을 나섰다가 역동적인 '중중모리'로 세상을 만난 후에 숨 가쁜 혹은 숨죽이는 '자지모리' 장단을 거치는 과정이 누군가의 인생길 같다. 그때는 잘 몰랐지만 음악은 귀와 마음으로 읽는 책이 아닐까 싶다. 좋은 음악은 언젠가 사람들의 마음을 열고 들어가 세상을 이야기해주는 것 같다.

글과 영상과 음악의 집합체…. 영화도 즐겨봤다. 그것도 종종은 혼자서 봤다. 엄마 손을 잡고 <외계인 E.T.>와 <벤허>를 대형극장에서 봤을 때만 해도 사실 영화보다는 짭짤하고 달달한 쥐포 맛이 더 좋았다. 커다란 화면과 쩌렁쩌렁 울리는 스피커소리가 좀 버거웠던 것도 같다. 처음으로 혼자서 극장에 간 건 중학교 때다. 당시 <헐크>로 유명했던 '더스틴 호프만'이 "톰 크루즈와 함께 걸어오는 모습이 신촌의 한 극장 포스터에 그려져 있었다. <레인맨>을 보러 과감하게 표를 끊었다. 영화를 보며 자폐증에 대해서 처음 알게 됐고, 그 씨앗은 대학시절 장애인 봉사활동 동아리에서의 활동으로 이어졌다. 혼자서 영화를 보러 다닌다고 친구들은 별나다고 말했지만 같이 보는 것보다 훨씬 집중이 잘 됐다. 그래서인지 이십 대에 비디오로 만난 <랜드 앤 프리덤>과 <씨클로>의 충격은 오래도록 기억되고 있다.

우연인지 필연인지 한 작가 곁에는 수많은 이야기들이 있었다. 책, 음악, 영화, 그리고 사람들…. 어느 것 하나 도움 안 된 것이 없다. 모두 알면 알수록 재밌고 배우면 배울수록 어렵고 부족했다. 그래도 좋았다. 혼자 빠져들 때의 기쁨은 말로 설명하기 어렵지만 독서광, 무슨 무슨 마니아 등이 손에 꼽히는 것을 보면 그 세계에 깊고 넓게 빠져본 사람들이 이미 많다는 증거가 아닐까 싶다.

책 읽는 시간은 철저하게 혼자였다. 오롯이 하나에 오랫동안 집중하는 시간이 그렇게 좋을 수가 없었다. 그 깊이와 시간만큼 자란다고 본다. 그 양의 많고 적음을 말하기보다는 사랑, 글, 그림, 영화, 음악 등이 친구도 되고 스승도 되고 적도 되고 세상이 되어 생각을 키워준 것에 감사한다. 사람은 스스로 일어서야하지만 세상은 혼자 살아가는 것이 아니라는 사실을 일깨워줬고, 내가 알고 있는 것이 전부가 아니라는 얘기도 잊지 않았다. 그런 의미에서 나눌수록 커진다는 말은 사실 같다.

"삼인행(三人行)이면 필유아사(必有我師)라."

40년 남짓 살아오면서 지침으로 삼고 있는 말이다. 나는 여기에 책도 포함시키고 싶다. 글쓰기와 함께 요즘 내가 배우고 싶어 하는 인문학과 광고카피, 사진과 그림, 그리고 사랑스런 이 세상의 모든 아이들…. 그리고 이제 나의 이야기도 하나 보태본다.

기회는 언제나 오지 않지만 언제든지 올 수 있다고 생각한다. 그러나 그것을 잡으려면 준비하고 있어야한다. 그것이 꿈이라면 되고 안 되고를 고민하는 시간에 생각하는 대로 움직여 보자.

탈고의 시간, 창 밖에 눈이 내린다. 첫 눈은 아니지만, 온 세상을 하얗게 덮는 눈으로서는 처음이다. 참 고맙고 참 따뜻하다.

제 2 장

나의 동남풍을 찾아라

블루오션을 찾는 독서법

삼국지의 적벽대전 창의적으로 읽기

독서삼도 (讀書三到)

책을 눈으로 보고 입으로 읽고 마음으로 이해해야 한다.

일독백서

동남풍을 활용하는 지혜

 강을 사이에 두고 북쪽에 진을 친 위나라의 조조군과 남쪽에 진을 친 오나라의 주유군이 대치를 하고 있었다. 주유군은 화공으로 조조군의 배를 모두 불태워 버릴 계략을 세웠다. 그래서 대륙에서만 활동했기 때문에 배멀미가 심한 조조군이 배의 흔들림을 최소화하기 위해 모든 배를 묶도록 유도를 해 놓았다. 이제 바람만 도와주면 불화살을 날려 초토화 시킬 계획을 세웠다. 그러나 바람이 도와주지 않아서 계획이 수포로 돌아갈 처지였다.

 그때 제갈공명이 주유에게 화공을 펼치기 좋도록 동남풍을 불게 해 주겠다며, 칠성단을 만들어 동남풍을 불게 하는 의식을 치른다. 사람들은 반신반의했지만 며칠 후에 정말로 동남풍이 불었고, 주유군은 그 바람을 이용해서 조조군에게 불화살을 쏘아 초토화 시켜서 대승을 거둔다.

 이 전쟁을 통해 제갈공명은 뛰어난 지략에 도술까지 겸비한 가공할 능력을 지닌 인물로 사람들에게 널리 알려지게 된다.

– <삼국지>의 '적벽대전' 중에서

 무릇 「삼국지」를 한 번도 읽지 않은 사람이나 또는 세 번 이상 읽은 사람과는 세상을 논하지 말라"는 말이 있다. 한 번도 읽지 않은 사람은 세상을 논할 자격을 갖추지 못한 사람이라 피하는 것이 좋고, 세 번 이상 읽은 사람은 세상 이치를 잘 터득한 사람이라 섣불리 논하다 오히려 나의 무식만 탄로가 날 것이니 경계하라는 말이다.

우리나라 사람이면 「삼국지」를 모르는 사람은 없을 것이다. 설사 책을 읽지 않았다 하더라도 어렸을 때부터 만화나 애니메이션을 통해서라도 유비, 관우, 장비와 조조, 손권, 제갈공명의 이름을 들어보지 못한 사람은 거의 없을 것이다. 그런데 정작 중요한 것은 「삼국지」를 세 번 이상 읽었다 하더라도 이 책이 우리에게 주는 교훈이 무엇이냐고 묻는다면 구체적으로 이야기할 사람은 얼마나 될까?

나는 평생학습 현장에서 독서논술지도사 강좌를 운영하면서 어머니들과 예비 독서논술지도사 지망 선생님들을 상대로 이런 질문을 할 때가 있다.

"「삼국지」가 우리에게 주는 교훈이 무엇일까요? 아이가 「삼국지」를 읽고 독서감상문을 쓰려고 할 때 '어떻게 쓰면 좋아?' 라고 묻는다면 뭐라고 답을 해 주시겠습니까?"

물론 이 질문처럼 어리석은 질문도 없다. 당연히 이런 질문에 말문부터 막히는 것은 어쩔 수 없는 현상이다. 워낙 방대한 소설을 놓고 이렇게 한 마디로 정리할 수 있다는 발상 자체가 문제이기 때문이다.

우리의 뇌는 단순해서 한꺼번에 많은 것을 다루면 한 가지도 제대로 정리할 수가 없다. 「삼국지」 전체를 다루면 사실 어디서부터 무엇을 정리해야 할지 모르는 것과 마찬가지다. 그래서 구체적인 장면 하나를 집중적으로 다루는 것이 더 많은 것을 얻을 수 있다. 그리고 그것을 구체적인 삶과 결부시켜 사고를 확장시켜 보는 것이 좋다.

그 중에 하나가 '적벽대전'에서 제갈공명이 '동남풍'을 활용해서 화공을 펼친 지혜에 초점을 맞춰 보는 방법이다. 실제로 「삼국지」를 세 번 이상 읽었다는 학생이 있어서 이런 대화를 나눈 적이 있다.

"삼국지에 나오는 적벽대전을 이야기할 수 있어?"

"그럼요, 적벽대전은 어쩌고 저쩌고 ~"

학생은 마치 기다렸다는 듯이 적벽대전에 대해서 술술 이야기를 풀어 놓기 시작했다. 주인공의 이름과 지형까지 외어가며 신나게 전투 장면을 이야기하는데, 삼 분이 지나도 끝날 기미가 보이지 않았다.

"이야, 대단하다. 적벽대전을 아예 다 외우다시피 했네."

이렇게 칭찬을 하자 학생은 상당히 기분 좋은 표정을 지었다. 그 모습을 보고 나는 조심스럽게 물어 보았다.

"그런데 적벽대전을 통해서 우리가 배워야 할 점은 무엇일까?"

"그거야 전쟁에 이기기 위해서는 지혜를 써야 한다는 거 아닌가요?"

"그러면 전쟁이 일어나지 않으면 삼국지에서는 배울 것이 없는 건가?"

"……?"

물론 책이란 많이 읽을수록 좋은 것이 사실이다. 하지만 올바른 독서지도 없이 책만 읽는 것은 지식을 축적하는 데는 보탬이 될 수 있을지 모르지만, 자칫 귀중한 시간을 허비하면서 더 중요한 것을 잃을 수 있다는 것을 알아야 한다. 이것은 내가 지혜를 여는 독서지도 입문서 <한 권을 읽어도 백 권을 읽을 것처럼>이란 책을 통해서 수없이 강조했던 부분이다. 나는 독서지도의 핵심을 적용할 필요가 있다고 생각해서 슬쩍 화제를 바꿔보았다.

"제갈공명이 적벽대전에서 화공을 펼치기 위해 동남풍이 불도록 도술을 부린 게 사실일까?"

"에이, 그건 제갈공명이 미리 동남풍이 불 줄 알고 그때 시간에 맞춰 도술을 부린 것처럼 사기 친 거잖아요."

"그걸, 어떻게 알았어?"

"에이, 그 정도는 저도 다 알아요."

삼국지를 세 번씩이나 읽었다고 하더니 보통 영리한 아이가 아니었다. 삼국지에 대해서는 무슨 말을 해도 막힘이 없었다. 그래서 나는 더욱 진지한 표정을 지으며 물었다.

"그때 제갈공명은 동남풍이 부는 것을 어떻게 미리 알았을까?"

"……?"

"제갈공명은 왜 동남풍을 부르기 위해 도술을 부리는 것처럼 의식을 치렀을까?"

적벽대전의 이 부분은 세계화 시대에 우리가 배워야 할 꼭 필요한 덕목이 담겨져 있다. 그 덕목을 배우기 위해서는 먼저 제갈공명이 동남풍이 부는 것을 미리 알고 그것을 시대에 맞게 적절히 활용할 줄 아는 지혜를 찾아내야 한다. 나는 그 부분을 강조하기 위해 학생에게 재차 말했다.

"그 당시 동남풍은 제갈공명만이 알고 있는 비밀이었지. 자, 그렇다면 너도 제갈공명처럼 남들은 모르는데 너만 알고 있거나, 또는 남들은 할 수 없는데 너만 할 수 있는 일이 있다면 그것은 무엇일까? 제갈공명이라면 그것을 어떻게 활용했을까?"

우리도 생각해 볼 필요가 있다. 제갈공명의 '동남풍'이 현시대에 의미하는 것은 무엇일까? 제갈공명이 지금의 나라면 나의 어떤 부분을 '동남풍'처럼 사람들 앞에서 활용해서 자신의 지위와 명예를 지켜나갈 수 있을까?

동남풍은 제갈공명의 블루오션

블루오션(blue ocean)은 '현재 존재하지 않거나 알려져 있지 않아 경쟁자가 없는 유망한 시장'을 가리킨다. 정보를 선점한 사람이 개척한 지식정보 산업 등을 포함한 경쟁 대상이 없는 상품을 말한다. 레드오션(red ocean)은 이미 잘 알려져 있어서 경쟁이 치열한 시장을 말한다. 정보가 공개되어 있어 누구나 쉽게 접할 수 있어 그야말로 피 튀기는 경쟁을 해야만 하는 상품을 말한다.

세계화 시대에 경쟁력을 갖추기 위해서는 누구나 자신만의 블루오션을 갖고 있어야 한다. 목적의식이 뚜렷한 사람들은 누구보다 먼저 새로운 정보를 습득하여 자신만의 블루오션을 개척하고 있다. 얼마 전에 타계한 애플사의 잡스와 독보적인 반도체 산업을 개척한 삼성의 이건희 회장 같은 이들이 바로 블루오션을 개척한 위인들이다.

현대를 정보화 시대라고 한다. 인터넷에 넘쳐나는 정보가 그것을 증명한다. 한때는 정보를 누가 선점하느냐에 따라 국가경쟁력이 달라진다고 했던 적이 있다. 그러나 지금은 정보 시대를 넘어 정보의 홍수 시대를 살고 있다. 정보를 선점했다 하더라도 그 정보를 유용하게 활용하지 못한다면 아무런 의미가 없다. 물론 가장 중요한 것은 정보를 선점해서 그것을 가장 유용하게 활용하는 것이지만, 정보의 선점을 빼앗겼다 하더라도 기죽을 필요가 없다. 그것을 먼저 유용하게 활용할 줄 아는 지혜를 갖추면 된다.

삼국지의 제갈공명은 적벽대전에서 자신이 개척한 블루오션을 아주 적절히 활용을 했다. 삼국지를 아무리 달달 외웠다 하더라도 적벽대전에서 이런 것을 발견해 내지 못한다면, 그 독서의 깊이는 떨어질 수밖에 없다.

삼국지를 세 번씩이나 읽었다는 학생에게 먼저 이렇게 블루오션과 레드오션에 대해 설명을 해주었다. 그리고 재차 물어 보았다. 삼국지에서 제갈공명의 '동남풍'이 의미하는 것을 현실의 구체적인 사례에 빗대어 설명해 주기 위함이었다.

"그 당시 언제쯤에 동남풍이 분다는 것을 알고 있었던 사람은 제갈공명밖에 없었지?"

"예."

"그러면 우리는 그것을 제갈공명의 블루오션이라고 봐야 하지 않을까?"

"그게 그렇게 되나요?"

"그때 만약에 제갈공명이 도술부리는 것처럼 행동하지 않고 바로 언제쯤에 동남풍이 분다면서 잘난 체 하듯이 정보를 떠벌리고 다녔다면 어떻게 됐을까?"

"……?"

"그렇다면 나는 삼국지를 몇 번 읽었다고 줄거리를 외우며 자랑하고 다니는 것이 더 나을까, 아니면 이런 식으로 제갈공명의 동남풍이 무엇을 의미하는지 배워서 나도 제갈공명처럼 지혜롭게 써먹는 것이 더 나을까?"

학생은 금방 이해를 했다는 듯이 눈을 반짝였다. 나는 다시 한번 삼국지를 세 번씩이나 읽은 것은 정말 대단한 일이라고 용기를 주었다. 그리고 재차 물어 보았다.

"그렇다면 너의 동남풍은 무엇일까? 동남풍은 제갈공명만이 알아서 자신에게 유리하게 활용한 능력이었잖아. 너에게 이런 능력이나 정보가 있다면 무엇이 있을까?"

'적벽대전'에는 수천 년 전에 제갈공명이 블루오션을 개척하고 활용한 지혜가 그대로 담겨져 있다. <삼국지>에 나타난 제갈공명의 '동남풍'은 단순히 동남쪽에서 불어오는 바람이 아니다. 제갈공명은 누구보다 먼저 동남풍이 부는 것을 알아 차리는 기상관측 지식을 습득했고, 그것을 도술이라는 상품으로 포장해서 화공에 적절히 활용할 줄 알았다. 즉 '동남풍'은 제갈공명이 개척한 자신만의 블루오션인 것이다.

'동남풍'은 결코 '신지식'만을 의미하지 않는다. 요즘은 인터넷이 발달해서 정보는 열려 있는 세상이다. 따라서 아무리 '신지식'을 선점했다 하더라도 어물어물하다가는 순식간에 남에게 빼앗길 수 있다. 중요한 것은 '아는 것'이 아니라 그것을 적절히 '활용하는 것'이 중요하다. 제갈공명이 도술을 부리는 의식을 갖춘 것처럼 내가 알고 있는 것을 상황에 맞게 적절히 포장을 해서 가장 완벽한 상품으로 사람들 앞에 내놓는 기술도 배워야 한다. 만약에 제갈공명이 동남풍이 부는 것을 알아차리고 잘난 멋에 떠벌리고 다녔거나, 언제쯤에 동남풍이 불 테니 그때 화공전을 펼쳐야 한다고 주장을 했다면 결과는 어떻게 되었을까?

나는 「일독백서 – 기적의 독서법」이란 책에서 지식습득보다 지혜를 활용하는 독서법을 소개했다. 지금도 나는 평생학습 현장에서 수많은 수강생들을 상대로 적벽대전의 '동남풍'을 소개하면서 "나의 동남풍은 무엇인가?" 끊임없이 탐구하는 노력이 필요하다고 강조하고 있다. 그리고 많은 이들이 '동남풍'을 찾는 작업을 통해 삶에 활력소를 찾고 있는 모습을 많이 목격하고 있다.

　"나의 동남풍은 무엇인가?"

　이 말은 우리 시대의 최고 화두가 되어야 한다. 화두란 자신을 찾으려는 사람들이 끊임없이 의문을 품고 다니며 본질에 접근하기 위해 노력하는 수행법이다. 끊임없이 의문을 품고 다니다 보면 어느 한 순간 '아하!' 하고 자신이 구하고자 하는 것에 대해 번쩍 띄게 만드는 지혜를 얻을 수 있다. 머릿속으로 '이게 그것인가?' 하고 아는 것이 아니라 '아하, 맞아! 바로 이거야!' 라고 뭔가 확연하게 느끼는 것을 만날 수 있는 것이다.

영화 <적벽대전2>

　제갈공명의 본명은 제갈량(181년~234년)으로 실존인물이다. 소설 <삼국지연의>에는 바람을 마음대로 일으키며 예언 능력을 지닌 초인적인 인물로 그려져 있으나, 역사서인 <삼국지>에는 인간적인 모습으로 나타난다.
　영화 <적벽대전>에서 제갈공명이 사전지식을 통해 동남풍을 예언하는 것으로 묘사한 것은 소설과 달리 인간적인 제갈공명에 초점을 맞추었기 때문인 것으로 보인다.

일독백서

나의 동남풍은 무엇인가?

나의 동남풍은 무엇인가? 그것은 나만이 알고 있는 신지식이거나 혹은 경쟁 구도에서 누구보다 먼저 내가 우위를 점할 수 있게 하는 특별한 재능인 것이다. 즉 내가 남들보다 먼저 습득한 정보이거나 내가 남들보다 월등한 우위를 점할 수 있는 나만의 특기인 것이다.

"너의 동남풍은 무엇이라고 생각해?"

내가 이렇게 묻자 삼국지를 세 번씩이나 읽었다는 학생은 말을 못하고 고개를 떨구었다. '동남풍'이 무엇인지 찾아보려고 노력하는 모습에는 진지함이 스며있었다.

"너무 심각하게 생각하면 오히려 머리만 아프니까, 그냥 간단하게 네가 남들보다 잘 할 수 있는 것이 있으면 말해 봐."

"저, 태권도 잘 해요."

"그래, 그러면 그게 너의 동남풍일 수 있겠네."

나는 그 학생이 또래에 비해 몸이 유연해서 웬만한 요가 동작은 잘하는 것을 알고 있었다. 그래서 그 점을 부각시키면서 학생의 장점을 강조했다.

"넌 두 발을 들어 올려 머리 뒤로 보낼 정도로 유연한 몸을 갖고 있잖아? 그것을 너의 '동남풍'으로 개발하면 어떨까?"

"어떻게요?"

"생각해 봐. 대개 어른이 되면 몸이 굳어져서 너처럼 할 수가 없어. 그런데 네가 계속 노력을 해서 30살이 되었는데도 몸이 지금처럼 부드럽다면, 그것으로 너의 상품 가치를 높일 수 있지 않을까? 똑같은 태권도장을 해도 너처럼 몸이 부드러워서 마음대로 할 수 있는 사범과 몸이 굳어서 폼만 잡는 사범이 있다면 사람들이 어떤 도장에서 배우려고 할까?"

학생은 자신의 '동남풍'을 발견한 것처럼 은근히 어깨에 힘을 주고 있었다.

요즘 평생학습 현장에는 낯선 자격증 강좌들이 많이 개설되고 있다. 때에 따라서 어떤 것은 프로그램 제목만 살짝 바뀐 것들도 있다. 어떻게든지 수강생을 끌어 모으려는 상술도 있지만, 끊임없이 변하는 환경에 살아남기 위한 독특한 아이디어들도 눈에 띈다. 전혀 생소한 분야지만 자격증을 취득하면 경쟁자 없이 쉽게 시장을 개척할 수 있을 것 같은 것들도 많다. 그래서 무턱대고 수강을 해 놓고 보면 "이제부터 우리가 시장을 개척해 나가야 합니다."라는 말을 듣기도 한다. 그러다 보니 이 것저것 자격증은 취득했지만, 거의 수박 겉 핥기 식으로 배운 것이라 제대로 활용을 못하는 경우가 많다. 이제 수료식을 마치고 뭔가 좀 해 보려고 하면 또 새로운 과정을 생겨 그야말로 밑 빠진 독에 물 붓기 식으로 시간과 수강료만 축내는 경우도 많다.

물론 끊임없이 변하는 세상에 이것저것 무엇이든지 배워두고, 알아두는 것은 매우 중요한 일이다. 적어도 세상에 어떤 강좌들이 어떻게 이뤄지고 있는지 섭렵했다는 것은 나중에 무슨 일을 추진하는데 정말 소중한 자산이 될 수 있다. 도둑질도 잘 배워만 놓는다면 언젠가 자신만의 블루오션으로 활용할 수 있다는 말과 같은 맥락이다.

그러나 블루오션을 새로운 것에서만 찾으려는 사람들이 가슴에 새겨야 할 말이 있다.

"세상의 영원한 블루오션은 그 분야에 최고가 되는 것이다."

나의 '동남풍'을 찾을 때는 무엇을 하느냐도 중요하지만, 그것보다 어떻게 할 것인가에 초점을 맞출 수 있어야 한다. 현재 내가 하고 있는 일을 어떻게 경쟁력 있는 상품으로 포장해 나갈까 집중해 보는 것이 무엇보다 중요한 일이다. 즉 내가 가장 잘 할 수 있는 일이 곧 '나의 동남풍'일 수 있다는 것을 명심해야 한다.

일독백서
나의 동남풍, 어떻게 활용할 것인가?

제갈공명이 적벽대전에서 이기기 위해 도술을 부리는 것처럼 '동남풍'을 불러 온 것은, 그 당시 수많은 군사들을 상대로 사기를 친 것일 수도 있고, 정말 뻔뻔스러운 행동일 수도 있다. 그런데 「삼국지」를 읽은 사람들은 그것을 사기라 부르지 않고 지혜라 부르며 감탄을 한다. 그 이유는 무엇일까?

자신의 목적이 확실했고, 자신이 습득한 지식을 가장 적절히 활용했고, 무엇보다 「삼국지」의 주인공인 유비의 입장에서 '적벽대전'이라는 전쟁을 승리로 이끌어 공익을 창출해냈다는 것을 인정하기 때문이다. 무엇보다 중요한 것은 자신이 습득한 지식을 창의적으로 상황에 맞게 활용하는 지혜를 발휘했다는 것이다.

"아는데 안 되는 걸 어떻게 해요?"
"저는 용기가 없어서…."
"저는 부끄러움이 많아서…."

강의를 하다 보면 이렇게 말하는 사람들을 참 많이 만난다. 물론 공부를 하다 보면 이런 경계를 반드시 만나게 되어 있다. 그런데 이런 말로 자신을 변명하고 합리화를 시작한다면 그것은 더 이상 어떻게 할 방법이 없다.

공부란 모르는 것을 알아가는 과정이다. 일반적으로 공부는 크게 네 가지 단계로 나뉜다. 첫째는 무엇을 모르는지조차도 모르는 단계, 둘째는 무엇을 모르는지 알아가는 단계, 셋째는 알았는데 그것이 잘 안 되는 단계, 넷째는 아는 대로 그냥 해나가는 단계이다.

따라서 "아는데 안 되는…"이라는 말을 할 정도가 되었다면, 얼른 긍정적으로 이제 어느 정도 공부가 되어가는 셋째 단계에 들어서고 있으니 더욱 열심히 하자고 스스로를 채찍질 할 일이다. 이제 자꾸 연습을 해서 아는 대로 행할 줄만 알면 원하는 것을 쉽게 얻을 수 있는 길에 들어서는 것이다.

그런데 문제는 이런 말을 습관처럼 입에 달고 다니는 사람들이 많다는 것이다. 어느 정도 친밀도가 있거나 말이 통할 사람 같으면, "그렇다고 평생 그렇게 살 거예요? 그렇다면 힘들게 알아서 뭐에 쓸 건데요?"라고 말해 줄 텐데, 대개 이런 말을 하는 사람들은 그것을 소신(?)처럼 말하기 때문에 자칫 이에 반하는 말을 꺼냈다가는 관계마저 틀어질 수 있어서, "그렇죠? 저도 그럴 때가 많아요."라고 그냥 받아 주며 넘어갈 수밖에 없다는 것이다. 정말 안타까운 일이다.

우리는 공부를 하는 과정에서 이런 경계를 만난다면 무엇보다 먼저 "아는데 안 되는 게 아니라, 안다고 착각하면서 알아도 안 되는 게 있다는 것으로, 자신이 못하는 것을 합리화 시키니까 안 되는 거"라고 알아차려야 한다. 알았으면 "안 된다"고 할 겨를이 없다. 안 되는 것을 안 만큼 해 보려고 노력하는 것이 공부하는 이의 올바른 자세인 것이다.

앞에서 '제갈공명의 동남풍'은 제갈공명이 남들보다 먼저 습득한 지식을 슬기롭게 활용해서 자신만의 블루오션을 창출한 것을 상징한다고 배웠고, 그것을 통해서 '나의 동남풍'은 무엇이고 어떻게 활용할 것인지 생각해 보는 시간을 가져 보았다. 이제 마지막 남은 것은 '나의 동남풍'을 실제로 어떻게 현실에 적용해 나가느냐는 문제가 남아 있다.

"아는데 안 되는 걸 어떻게 해요?"

아무리 알았어도 이런 말을 하면서 자신이 실제로 행하지 못하는 것을 합리화 시킨다면 그것은 어리석은 일이 아닐 수 없다. 알았으면 행하는 연습을 해야 한다. 제갈공명처럼 도술을 부리는 것처럼 뻔뻔스럽게 사기를 치는 요식행위라도 할 수 있는 자신감을 배워야 한다. 이것은 지식습득만으로 될 수 있는 일이 아니다. 배워서 알았으면 현실 속에서 구체적으로 활용하기 위해 끊임없이 노력해 나가는 과정 중에 얻을 수 있는 지혜인 것이다.

동남풍을 찾아라
누구나 케이트 윈슬렛이 될 수 있다

저는 열한 살 때 하나님께 편지를 썼습니다.

"하느님 제발, 제발 배우가 되게 해 주세요. 예쁜 장면에 많이 나오게 해주시고, 화장도 예쁘게 해서 올리비아 뉴튼 존처럼 보이게 해주세요. 레오나르도 디카프리오 같은 배우랑 키스도 부탁드립니다. 또 언제나 배우로 살고 싶다는 마음 변치 않게 도와주세요."

20년이 지나, 이제 서른한 살이 된 저는 또 다시 하나님께 편지를 씁니다.

"촬영장에 지각 안하게 해주시고, 배우생활 계속할 수 있게 도와주시고, 언제나 배우로 살고 싶다는 마음 변치 않게 도와주세요."

1997년에 개봉되어서 전 세계적으로 16억 달러라는 흥행 성적을 올린 영화 「타이타닉」의 여자 주인공 케이트 윈슬렛이 2007년 제64회 골든글러브 시상식에서 「리틀 칠드런」이란 영화로 최우수여자연기상을 받으며 수상소감으로 했던 말이다. 그때 그의 나이 31살이었다.

"다른 여자애들이 내 살을 잔인하게 꼬집으며 괴롭힐 때마다 고개를 푹 숙인 채 울음을 터뜨릴 수밖에 없었고 이것이 나의 생존 방식이었다."

영화「리틀 칠드런」개봉을 앞두고 그녀가 인터뷰에서 공개한 학창시절은 결코 화려하지가 않았다. 심지어 친구들에게 괴롭힘을 받아도 제대로 표현할 줄 모르는 수줍음을 타는 어린 학생에 불과했다. 하지만 그녀는 그때부터 자신의 꿈을 구체적으로 그리기 시작했다. 무명이었던 그녀가 21살의 나이에「타이타닉」의 여배우로 캐스팅 되어 꿈에 그리던 레오나르도 디카프리오와 키스신을 했을 때의 기분은 어땠을까?

케이트 윈슬렛은 간절한 꿈은 반드시 이뤄진다는 것을 증명해 보였다. 물론 우리는 그녀의 일기를 통해 꿈과 공상이 구분되어야 한다는 것을 알 수 있다. 꿈이 구체적인 상상력으로 추진력을 갖고, 공상은 막연한 상상에 머물러 정작 당사자도 그것이 이뤄질지 긴가민가하는 상태이다. 물론 처음에는 공상이라도 해서 긴가민가하는 상태에 있더라도 계속 그리다 보면 언젠가는 그것이 꿈처럼 확연하게 보일 날이 있다. 지금 당장 내가 무엇을 해야 할지 모른다면 한번쯤 공상이라도 크게 해볼 필요가 있다.

나는 평생학습 현장에서 글쓰기 강좌를 하면서 이런 경험을 수없이 많이 한다. 글쓰기를 어려워하면서 회피하는 사람들의 특징 중에 하나가 바로 글로 옮겨 놓아 남에게 보여 줄 만한 구체적인 사례를 보여주지 못한다는 것이다. 즉 글쓰기를 어려워 하는 사람들은 대부분 자신의 모습을 구체적으로 객관화 시켜서 독자에게 평가받을 자신감을 갖추지 못했다고 말하는 것이 더 적절한 표현인 것이다.

말은 누구나 쉽게 내뱉고 쉽게 잊어 버릴 수가 있다. 하지만 글이란 자신이 써놓은 것을 자신이 다시 봐야 한다. 앞뒤가 맞지 않는 말을 할 수는 있어도 앞뒤가 맞지 않는 글을 쓰기란 정말 어렵다. 또한 말이란 휘발성이 강해서 자신이 말하는 의미가 무슨 뜻인지 모르고도 끝까지 마무리 질 수 있지만, 글이란 기록으로 남는 것이라 자신이 쓰고자 하는 글의 의미가 불투명해지기 시작하는 시점에서 글쓰기가 멈춰지게 된다. 자신이 봤을 때 자신을 표현하고 어떤 평가를 받더라도 감수하겠다는 자신감을 갖지 않는다면 자신의 생각을 글로 표현하기란 정말로 어려운 것이다.

그러나 또 한편으로는 그렇기 때문에 글쓰기의 힘이 크게 작용을 하는 것이다. 누구나 쉽게 쓸 수 없는 글인 만큼 한 편의 글을 완성시켰을 때 그것이 불러 들이는 파급효과가 큰 것은 당연한 것이다. 그렇기 때문에 나는 누구나 '나의 동남풍'을 찾으려면 글쓰기부터 시작하라고 자신있게 말할 수 있는 것이다.

우리는 케이트 윈슬렛의 편지글을 다시 한번 음미해 볼 필요가 있다. 모방은 창조의 어머니라고 했다. 케이트 윈슬렛의 편지는 좋은 글이 갖춰야 할 조건을 다 갖추고 있다. 무엇보다 자신의 솔직한 감정이 담겨져 있고, 누구나 쉽게 받아들일 수 있도록 구체적이고 자세한 표현으로 이뤄져 있다. 따라서 케이트 윈슬렛의 글을 머릿속에 그리며, 그것을 나만이 이야기로, '나의 동남풍'을 찾는 이야기로 그리면 좀 더 쉽게 글쓰기를 시도할 수가 있다. 자꾸만 글로 표현하다 보면 지금은 긴가민가하는 공상 같은 이야기도 어느 시점에서 꿈처럼 구체화되는 경험을 하게 되고, 어느 순간에는 그 꿈이 이뤄져 있는 모습을 만나게 된다.

동남풍을 찾아라
누구나 '시골의사', '바람의 딸'이 될 수 있다

시골에는 수많은 의사들이 있다. 그런데 우리는 '시골의사'라고 하면 즉자적으로 '아하, 그 사람'이라고 떠올린다. 설사 그 사람의 이름은 몰라도 뇌리 속에 이미지를 떠올리게 된다. 안동에서 병원을 운영하는 박경철 님이 '시골의사'의 대명사로 자리 잡은 것은 그가 평상시 의사로서 겪었던 일들을 이웃들에게 수다처럼 들려주듯이 글로 표현해 놓았던 것들이 책으로 엮어져 나온 덕분이다. 박경철 님은 자신의 이야기를 글로 표현함으로써 자신만의 '동남풍'인 시골의사란 브랜드를 창출했다.

세상에는 수많은 여행자들이 있다. 지금도 이 순간에는 전 세계 곳곳을 누비는 여행자들이 새로운 환경에 찬사와 감탄을 금치 못하며 노독을 잊은 채 인생을 즐기고 있다. 그런데 우리는 여행이라고 하면 '아마, 바람의 딸'을 떠올리는 경우가 많다. 한비야 님이 무슨 일을 하는지는 몰라도 '바람의 딸'과 세계여행을 동일시하는 사고는 거의 즉자적이다. 왜 그럴까? 세상의 수많은 여행자가 있는데 왜 우리는 의식적이든 무의식적이든 '바람의 딸'과 한비야 님을 거의 동시에 떠올리게 되는 것일까? 그렇다. 바로 한비야 님은 단순히 여행을 한 것이 아니라, 그 여행을 하면서 경험했던 일들을 독자들에게 이야기 들려 주듯이 글로 표현해서 책으로 세상에 내 놓는 작업을 했기 때문이다. 한비야 님은 자신의 여행경험담을 글로 표현함으로써 자신만의 '동남풍'인 바람의 딸이라는 브랜드를 창출한 것이다.

제2차 세계대전 중에 나치스에 의해 600만 명에 가까운 유태인이 학살을 당했다. 그 중에는 뛰어난 석학도 있고 수많은 지식인도 있었지만, 우리는 '안네'라는 어린 여자 아이를 기억한다. 너무 어린 나이에 비극적인 삶을 마감한 것은 가슴 아픈 일이지만, '안네'는 남들이 나치스의 언제 잡혀 갈지 몰라 두려움에 떨 때 그것을 글로 표현을 했기에 전쟁이 끝난 다음에 전 세계인들의 가슴 속에 아름다운 영혼으로 다시 살아 날 수 있었다. 인간의 삶이 죽음으로만 끝나는 것은 아니라는 것을 일깨워 준 것이다.

어디 그뿐인가? 여기에서 일일이 열거하기 힘들 정도로 세상에는 한 권을 책을 세상에 내놓음으로써 어느 날 갑자기 그 분야에 최고로 우뚝 선 사람들이 참으로 많다. 글쓰기가 어렵다 하더라도 우리가 그만큼 글쓰기에 관심을 가져야 하는 이유가 여기에 있다.

도예부 방과후 교실은 3시30분부터 시작해서 3시간 동안 하는데, 처음에는 '되게 길다'라고 생각했었습니다. 하지만 코일링이라는 것을 배우고, 높이 50cm쌓기, 100cm쌓기 같이 선생님이 정해주시는 미션 같은 것을 이루기 위해 하는 것이, 그리고 그런 것들을 다 만든 다음에 평가도 하고, 청소도 하고 나니까 3시간이 그렇게 긴 시간이 아니라는 것을 알게 됐습니다.

저는 엄마가 일찍 돌아가시는 바람에 혼자 있는 것에 익숙해서인지 밤늦게까지 공부하고 일하는 것을 좋아하고, 그러다 보니 아침에 일찍 일어나는 것을 잘 못하고 있습니다. 그리고 저는 다른 무슨 일보다 무언가를 만드는 것이 더 재밌고 신이 납니다. 그러자 아빠는 저에게 "네가 밤을 새우면서라도 신나게 할 수 있는 일이 있다면 그것이 너의 적성에 맞는 일일지도 모른다."고 하시며 도예와 같이 무엇엔가 집중하는 일을 선택해 보면 어떻겠냐고 말씀하셨습니다. 또한 아빠는 제가 초등학교 때부터 미술 쪽에 재능이 있다는 소리를 많이 들었다며, 미술계통이 저의 적성에 맞는 일일지도 모른다며 적극적으로 도예부를 추천하시기 시작했습니다.

그래서 저는 정말 진지하게 저의 미래와 도예부에 대해 더 진지하게 생각하기 시작했습니다. 그러자 다른 애들은 1학년 때부터 했다고 들었는데, 내가 과연 잘 해낼 수 있는지 걱정도 되었습니다. 그래서 처음에는 몇 번만 더 해보고 너무 힘들거나 적성이 아닌 것 같다는 생각이 들면 얼른 그만 두고 입시 공부에 전념을 해야겠다고 생각했던 것이 사실입니다. 그런데 수업을 하면서 선생님께 칭찬을 들을 때마다 용기가 생기고, 정말 저도 잘 할 수 있겠다는 생각이 들기 시작했습니다. 그리고 무엇보다 저는 도예시간에 흙으로 무언가를 열심히 만들 때는 정말 즐거웠습니다. 그리고 다 만들고 나서는 정말 뿌듯한 성취감을 느낄 수 있었습니다. 정말 행복했습니다.

그래서 저는 요즘 나도 모르게 도예부 방과후 교실을 하는 월요일과 목요일을 항상 기다리게 되었습니다. 매번 선생님께서 내주신 주제를 계속 생각하면서 무엇을 만들까 생각하는데, 왠지 그때의 떠오르는 생각과 긴장감조차 정말 재밌어서 좋습니다.

올해 고등학교에 입학한 딸아이가 자신이 원하는 도예고등학교에 원서를 쓰기 전에 면접시험을 앞두고 쓴 글이다. 나는 딸아이와 함께 사전에 입시 상담을 하러 갈 때 이 글을 프린트해서 가져갔다. 그리고 입시 상담을 해 주시는 선생님께 먼저 이 글을 보여 드렸다. 백 마디 말보다 A4용지 한 장의 글이 더 큰 효과를 보았다는 것을 온몸으로 느낄 수 있었다.

딸아이가 합격을 했을 때 우리는 서로 이런 이야기를 나눴다.

"아빠, 글을 쓸 때는 힘들고 창피하다는 생각도 들었는데 그때 글 쓰기를 정말 잘 한 것 같아."

"그렇지? 아빠도 네가 자랑스럽다. 그러니까 앞으로 계속 글을 써 봐, 그 글 덕분에 네가 꿈꾸는 도자기 명장이 더 빨리 될 수도 있을 거야."

동남풍과 글쓰기

첫시집과 첫책이 나오기까지

시어 하나 품을 때마다
바람도 미소 짓고
구름도 산새도

사랑하라
힘내라며

소소곤
토닥토닥

   - 이인환 첫시집 '아버지 어머니 그리움 사랑' 중에서

　나는 요즘 일주일에 한 번씩 글쓰기 공부를 하고 있다. 대학교에서 후
학을 양성하시다가 정년퇴임을 하시고 이천에 정착하신 문학비평가이
자 시인이신 채수영 교수님의 지도 아래 매주 월요일에 한 번씩 「부악
문학회」 정기 모임에 참석을 하면서 시 창작의 묘미를 새롭게 즐기고 있
는 중이다. 매 시간마다 과제로 한 편씩 제시되는 시나 수필을 쓰기 위
해 일주일 동안 주제를 머리에 이고 다니다가 마침내 한 편의 글을 완성

시켰을 때 느끼는 기쁨은 그 무엇으로도 표현할 수가 없다.

"책을 내보세요. 아이들이 부모를 대하는 태도가 달라집니다."
"글이 끼치는 영향력을 생각한다면 많은 사람들에게 좋은 영향을 심어 줄 수 있도록 해야 합니다. 글에는 희망이 담겨 있어야 좋은 글이라고 할 수 있습니다."
"좋은 글에는 진실이 담겨 있습니다."
"글은 사람입니다. 우리는 글을 통해서 사람을 알 수가 있습니다."

그동안 교수님께서 말씀하신 말씀 중에 가장 기억에 남는 것들이다. 나는 이 말씀을 지금은 거의 앵무새처럼 읊고 다닌다. 실제로 이대로 따라 했더니 내 삶에 질적인 변화가 일어난 체험을 주체할 수 없기 때문이다.

나는 교수님의 말씀을 그대로 따른 덕분에 꿈에도 그리던 시인이 되어 한국문인협회 회원으로 활동하고 있다. 「아버지 어머니 그리움 사랑」이란 내 이름으로 된 시집도 갖게 되었고, 그 첫시집을 통해 '순수문학상 우수상'을 수상하는 기쁨도 누릴 수 있었다. 그리고 그 무엇보다 평생학습 현장에서 이런 작품들을 통해 수강생들과 더욱 하나 되는, 서로 진실한 소통을 이루는 살아 있는 강의를 만들어 갈 수 있는 든든한 후원자를 만났다.

내가 시공부를 시작한 것은 정말 얼마 안 된 일이었다. 불혹을 넘겨 세 해를 더 보낸 어느 날 친구와 이런 이야기를 나눴던 것이 결정적 계기였다.

"우리 벌써 불혹이다. 그동안 우리 정말 뭘 했지?"
"우리는 정말 뭘 해야 할까?"

"우리의 '동남풍'은 뭘까?"

평생학습 현장에서 어른들을 상대로 독서논술지도사 강좌를 시작한지 채 일 년이 안 될 무렵이었다. 그때 정말 나는 뭔가 뒤통수를 크게 맞은 기분이었다. 내가 '동남풍'이라고 내세울 수 있다고 자부했던 독서논술지도사 과정이 어느덧 '레드오션'에 들어서고 있었기 때문이다.

그때부터 나는 정말 내가 잘 할 수 있는 것, 아니 내가 정말 좋아 하는 일이 무엇인가 심각하게 생각하기 시작했다. 그러다가 정말 시를 쓰고 싶다는 생각을 했다. 그동안 먹고 살기 위해서 아동용 교재를 개발하고, 남의 이름으로 된 책을 내기 위해 쓴 글은 많았지만, 정작 나 자신을 위한 글을 쓴 적은 거의 없었다. 더구나 시는 써봤자 돈도 안 되는 일이라는 생각을 해서 엄두도 내지 않던 일이었다. 그런데 이제 나이도 먹었으니 한번 본격적으로 시를 공부하고, 정식으로 시를 써보고 싶었다. 공부하는 자리에 들어서면 그 자체만으로도 시를 쓸 수 있는 동기가 될 것이라 생각했다.

일주일에 한 번씩 있는 강좌는 매주 한 번씩 돌아가면서 시와 시조, 수필을 써오는 것이 과제였다. 그때 나는 성인들을 대상으로 하는 강좌도 겸하고 있었기 때문에 결코 쉬운 일은 아니었다. 더구나 그 무렵에 나는 지역신문에 '독서가 희망이다'라는 칼럼을 매주 연재하고 있었기 때문에 일주일 내내 써야 할 글을 머리에 이고 다니는 것이 일과가 되었다. 초기에는 원고마감에 쫓겨 밤을 새우느라 스트레스도 많이 받았다.

하지만 그때 나는 굳게 결심한 것이 있었다. 어떠한 일이 있어도 시창작 강좌의 과제를 꼭 해 가자. 또한 어떠한 일이 있어도 지역신문에 연재하기로 한 칼럼을 절대로 펑크 내지 않도록 하자. 설사 혹평을 받거나 버리게 되는 작품이 생기더라도 최대한 과제만큼은 해가자. 그래서 밤을 새우는 한이 있더라도 어떻게든지 교수님의 가르침을 받고자 과제는 꼭 해갔고, 지역신문에 연재하는 칼럼도 근 일 년 동안 한 번도 펑크를 낸 적이 없었다.

"지금 나를 괴롭히는 스트레스는 사자가 사자답게 살 수 있도록 하늘이 내려 준 똥파리와 같은 소중한 선물이다."

나는 힘들 때마다 이 말을 되뇌곤 했다. 평생학습 현장에서 수강생들이 가장 어려워하는 글쓰기 과제를 내 주기 전에 동기부여를 위해 매번 들려주는 말이고, 또한 힘들 때마다 그것을 극복하기 위해 나 스스로에게 자기최면을 걸듯이 주문처럼 수시로 되뇌는 말이기도 하다.

밀림의 왕자인 사자는 우리가 생각하는 것보다 상당히 게으른 동물이다. 다른 동물들은 천적에게 잡아 먹일까 봐 잠을 잘 때도 긴장을 놓지 못한다. 그러나 사자는 천적 걱정이 없어서 사냥을 해서 배를 채우면 그냥 자리에 누워 아무 걱정 없이 잠을 빠져든다. 그리고 다시 배가 고파지면 그때서야 어슬렁거리며 일어나 다시 배를 채우기 위해 사냥감을 찾아 나설 뿐이다. 결국 사자의 활동량은 사냥을 위한 그 몇 시간 동안 전력질주를 하는 것을 제외하고는 많은 시간 동안 그저 먹고 자는 것이 전부인 것이다.

사자는 육식동물이다. 우리 인간이 그 정도로 고기를 먹고 사자처럼 늘어져 잠이나 잔다면 반드시 위장에 탈이 날 수밖에 없다. 현대사회에서 각종 질병의 원인이 되는 비만이나 성인병에 근본 원인이 육식을 즐기며 활동량이 줄어 들었기 때문인 것을 감안한다면, 사자가 육식으로 포식을 하고 잠에 빠져 드는 게으른 생활을 하면서도 백수의 제왕으로 군림할 수 있는 것은 정말 기적에 가까운 일이다. 그런데 그것이 똥파리 덕분이라는 말이 있다.

아프리카 초원에서 한가롭게 낮잠에 빠져 든 사자를 보면 거의 똥파리들이 들러붙는다. 사자는 자신의 몸에 둘러붙는 똥파리 때문에 몸을 뒤척이게 된다. 간혹 파리를 쫓기 위해 꼬리를 치기도 하고, 고개를 돌리기도 하고, 몸뚱이를 움직이기도 한다. 이때 사자에게 똥파리는 아주 귀찮은 존재일 수밖에 없다. 그런데 중요한 것은 사자는 그렇게 똥파리 때문에 몸을 뒤척이는 운동이라도 하기 때문에 소화기관에 문제가 생기지 않는다는 것이다.

즉 사자에게 똥파리는 편한 잠을 못 자게 만드는 스트레스일 수 있지만, 결과적으로 사자가 사자답게 살 수 있도록 신체 운동을 시키도록 하늘이 내려주신 소중한 존재인 것이다. 어느 날 갑자기 똥파리가 모두 사라지게 된다면 사자는 포식하자마자 금방 잠들고 하는 습관 때문에 금방 위장에 문제가 생길 수밖에 없고, 그러다 보면 인간이 육식을 하면서부터 비만과 각종 질병에 시달리는 것처럼 사자도 육식으로 인한 질병에 시달리며 사자답지 못한 사자로 전락하게 될 것이다.

"앗싸, 똥파리!"

지금도 나는 힘든 일을 만나면 이 말을 외친다. 지금 힘든 일을 회피해 버리면 똥파리한테 지는 일이다. 원고 마감을 지키기가 어렵고, 일주일에 한 번씩 꼭 써가야 하는 글쓰기 과제물이 어렵다고 중도에 포기한다면 이것이야말로 똥파리에게 지는 것이다. 지금은 비록 스트레스에 치여 힘이 든다 하더라도 결코 좌절하지 않고, 밤을 새워서라도 어떻게든지 한 편의 글을 완성시켜 놓고 나면, 언젠가는 그것이 나를 나답게 만드는 소중한 결과물이 될 것이라는 확고한 믿음을 갖는다.

이런 믿음을 가지니 일주일에 두 편 이상 글을 쓰는 것이 더 이상 스트레스로 받아 들여지지 않았다. 마감 직전까지 글을 완성시키지 못해 가슴이 답답하고, 꼬박 밤을 새워서 그 다음날까지 비몽사몽 헤맨 적도 있지만, 그것들은 어느 순간 한 편 두 편 쌓여가는 작품을 통해 얻어가는 기쁨으로 녹아들기 시작했다. 글쓰기 과제가 스트레스처럼 느껴진 적도 있었지만, 어느 시점이 지나니까 글을 쓰기 위해 자꾸만 새로운 생각을 해야 하는 그 자체가 삶의 묘한 기쁨으로 다가오기 시작한 것이다.

그렇게 6개월 간 시창작 공부를 하니 좋은 평가를 받는 작품들도 생기기 시작했고, <순수문학>이라는 잡지를 통해 시인으로 등단을 할 수 있는 바탕이 되었다. 더 나아가 그렇게 2년여 동안 한 번도 거른 적 없는 시창작 과제물들을 모아서 마침내 「아버지 어머니 그리움 사랑」이라는 첫시집을 내니 기쁨은 더욱 컸다.

어디 그뿐인가? 거의 같은 기간 동안 한 번도 거르지 않고 지역신문에 연재했던 '독서가 희망이다' 칼럼들은 지혜를 여는 독서지도입문서 「한 권을 읽어도 백 권을 읽은 것처럼」이란 책으로 엮을 수 있었다.

이런 경험이 있기에 나는 지금도 글쓰기 공부를 계속 이어가면서 지역신문의 논설위원이자 칼럼위원으로 매주 한 편의 시와 사설과 칼럼을 쓰는 일을 마다하지 않고 있다. 언젠가 또 세월이 흐르면 이것들이 모여서 제2시집이 될 것이고, 독서지도실전서로 제2의 「일독백서 – 기적의 독서법」의 소중한 원고가 될 것이라고 확신하고 있기 때문이다.

동남풍과 글쓰기

베스트셀러 <팔로우>가 나오기까지

처음에는 제목이 다른 도서들처럼 과장된 줄 알았습니다. 하지만 10쪽 정도 읽어보면서 그게 진실이라는 것을 알게 되었습니다. 저도 우리 아이들에게 많은 책을 사주고 읽힙니다. 실제 제 딸도 책을 많이 읽습니다. 하지만 이 책을 보고 나서 그게 중요한 게 아니란 것을 알았습니다. 정말 100권을 읽어도 한 권을 읽은 것만 못할 수 있다는 것을 알았습니다. 저 또한 다독을 하지만 그게 중요한 것이 아니고, 한 권을 읽어도 이 책에서 이야기 하는 방식을 이용하면, 100권 이상의 가치를 뽑아낼 수 있다는 것을 깨달았습니다. 그래서 총 8장 중에 4장을 녹음했습니다. 절반만 들으셔도 얼마나 좋은 책인지 느끼실 것입니다. 나머지는 사서 보세요~ ^.^ 기억하세요. '한 권을 읽어도 백 권을 읽은 것처럼!'

– 김효석아카데미 대표 김효석

첫시집 <아버지 어머니 그리움 사랑>과 독서지도입문서 <한 권을 읽어도 백 권을 읽은 것처럼>은 내 인생의 전환점에서 소중한 사람을 얻게 해 주었다. 그가 바로 <팔로우>의 공동저자 김효석 교수다.

김효석 교수는 보험사, 방송국 아나운서를 거쳐 홈쇼핑 방송에서 쇼 호스트로 활동하는 동안 일명 '춤추는 쇼 호스트'로 이름을 날렸던 한국강사협회에서 인정한 명강사 중에 한 사람이다. 지금은 서울종합예

술학교 학과장, 공주영상대학 쇼호스트학과 교수로 재직하면서 전국의 유명 기업체를 대상으로 보이스코칭과 설득화법을 강의하고 있다.

그는 내가 <한 권을 읽어도 백 권을 읽은 것처럼>을 발간하면서 추천을 부탁하자, 일말의 망설임도 없이 선뜻 응해 주면서 위의 글처럼 극찬을 아끼지 않았다. 그뿐만 아니라 이후에도 그는 수많은 강의현장에서 진심으로 내 책을 소개해 주었다. 그 덕분에 일 년만에 초판을 매진할 수 있었다.

그 당시 나는 독서논술지도사로 활동하면서 평생학습 현장에서 성인들을 대상으로 하는 강좌를 막 시작할 무렵이었다. 그래서 내게 가장 부족한 설득화법과 스피치 기술을 배우고자 김효석 교수가 운영하는 아카데미에서 설득강사 과정을 수료하면서, 또한 명강사 육성과정 동기 모임인 '명강사드림포럼' 의 회장과 사무국장으로서 함께 모임을 이끌어 오면서 친분을 다지고 있었다.

그러다가 2011년 5월에 '명강사드림포럼' 의 이름으로 대한민국 10인의 강사들이 들려주는 생생한 열정 이야기 <앗, 뜨거워 내 안의 열정>을 발간하면서 우리는 더욱 가까운 사이가 되었다.

그동안 내가 펴낸 책들을 보고 내게 믿음을 갖게 된 김효석 교수가 <팔로우>라는 책의 공동집필을 제안해 온 것이다. 나는 망설일 이유가 없었다. 김교수는 강의를 할 때마다 녹음을 해서 나중에 그것을 필요로 하는 수강생들에게 제공하는 노력을 아끼지 않고 있었는데, 공동집필 과정을 통해서 나는 그가 각 기업체에서 했던 수많은 강의를 모두 섭렵할 수 있는 기회를 갖게 된 것이다.

<팔로우>는 한 동안 교보문고 경제경영 부문에 베스트셀러에 올라 있었다. 뿐만 아니라 내 이름으로 된 첫 책은 앞에서 밝힌 것처럼 초판이 매진되었고, 이제는 <일독백서 – 기적의 독서법>이란 새로운 이름으로 효율적인 독서법을 배우고자 하는 이들과 함께 하고 있다.

동남풍과 글쓰기
글쓰기와 소통의 기쁨

어머니
웃어 주시니
하늘도 웃었다

활짝 핀 꽃송이
아롱아롱
맺힌 향내

환하게 녹아내리는
가슴 속 언어
온몸 빛으로 피오고

땅 끝으로 스며드는
무언의 눈빛
발걸음도 가벼이

어머니
웃어 주시니
세상도 웃었다

　　　- 이인환의 '행복'

나는 지금도 어머니께서 마냥 행복한 표정을 지어 보이던 첫시집 발간 기념식을 잊을 수가 없다. 어머니를 모시고, 어머니에 대한 시를 낭송할 때 자식을 바라보시던 어머니의 눈길은 평생 잊지 못할 것이다. 나는 첫시집을 통해 내가 가장 사랑하는 어머니와 말로는 다 나눌 수 없는 이야기를 나누며 정말 행복한 대화의 시간을 가질 수 있었다.

내 첫시집의 키워드는 제목에 드러난 것처럼 '아버지, 어머니, 그리움, 사랑'이다. 그리움의 강줄기가 사별한 아버지와 아내를 향하고 있다면, 사랑의 물줄기는 팔십 평생 고생만 하시다가 남편과 막내며느리를 먼저 저승으로 보내고 외롭게 빈 집을 지키시는 말년의 어머니를 향하고 있다. 어떻게든지 글을 통해서 어머니께 기쁨을 드리고 싶었기 때문이다. 그리고 마침내 첫시집을 통해 그 소원을 이룬 것이다.

나는 대학원 교육학 석사 논문으로 「어머니의 글쓰기 활동이 자녀의 학업태도에 미치는 영향」이라는 주제를 선택했다. 평생학습 현장에서 많은 어머니들이 글쓰기를 상당히 어려워 한다는 것을 알고, 실제로 자녀의 독서논술을 지도하겠다며 수강을 시작한 분들 중에도 글쓰기 과제가 나오면 중도에 포기하는 것을 수없이 경험하면서, 그만큼 글쓰기 활동이 중요하다는 것을 학술적 이론으로 증명해 보이고 싶었다.

이론적 배경으로는 글쓰기 이론 중에 가장 중요하다고 생각한 대화주의 이론을 근간으로 삼았다. 내가 자신감을 갖고 논문을 쓰기 시작한 것은 실제로 3개월 과정의 독서논술지도사 과정을 통해 자기소개서, 수필, 시, 독서감상문, 논술문 등을 쓰는 과정에서 내적 성장을 이뤘다는 수강생들의 생생한 증언이 있었기에 가능한 일이었다.

글쓰기 이론에는 크게 네 가지가 있다. 1960년대 이전까지는 문법과 텍스트의 모방에 중점을 둔 형식주의 이론이 대세였다. 그러다가 1960년대부터 1980년대까지 글쓰기 과정에 중점을 두고 글쓴이의 목적의식과 사고능력의 개발을 중요하게 여긴 인지주의 이론이 부각되었다.

1980년대 후반에 들어서면서 글쓰기는 개인의 문제가 아니라 사회의 문제이기 때문에 글쓰기 활동은 건전한 사회의식을 갖춰야 한다고 보는 사회 인지주의 이론이 강조되기 시작했다. 그리고 지금의 글쓰기는 필자와 독자의 '보이지 않는 대화'로 간주하는 대화주의 이론이 중요하게 다뤄지고 있다.

나는 글쓰기의 핵심은 '대화'라고 보고 있다. 물론 글쓰기에서 형식과 사회인지를 갖추는 것은 중요하다. 그러나 그 무엇보다 중요한 것은 바로 글을 쓰는 이가 분명한 목적을 가지고 독자와 진실한 대화를 나누는 것이라고 보기 때문이다.

글을 쓰기 어려워 하는 사람들에게 글쓰기 형식을 강조하는 것은 아예 글쓰기를 포기하게 만드는 것과 같다. 마치 영어를 전혀 모르는 아이들에게 영어문법부터 가르치다가 끝내는 영어는 어렵다는 생각을 들게 만들어 아예 포기하게 만드는 것과 같은 것이다.

글은 말하기와 전혀 다를 바 없는 의사소통의 도구일 뿐이다. 단지 차이가 있다면 말은 시간과 공간, 청중과 상황에 따라 많은 것들이 생략된 채 사용되기 때문에 그 자리에서 통하기만 하면 되지만, 글은 앞뒤 전후로 시간과 공간, 청중과 상황에 대한 구체적인 설명이 덧붙여 지지 않는다면 같은 말이라도 그 뜻이 전혀 다르게 해석될 수 있다는 것이다. 또한 말하기는 일회성으로 잘못한 말도 그냥 흘러가 버리면 그뿐이기에 계속 이어갈 수 있지만, 글쓰기는 영구성으로 한번 글로 써놓고 나서 다시 훑어 볼 수 있기 때문에 그 과정에서 잘못된 것이 발견되면 그 이후는 도저히 더 이어갈 수가 없다는 것이다.

따라서 글쓰기를 잘 하려면 무엇보다 먼저 글쓰기는 대화의 한 종류라는 것을 먼저 인식하는 것이 중요하다. 글쓰기는 말로 미처 다 표현할 수 없는 진실한 속내를 드러내는 대화라는 것을 알아야 한다.

"먼저 글을 써 보고 책을 내 보세요. 그러면 무엇보다 먼저 아이들이 엄마를 대하는 태도가 달라질 겁니다."

나는 강좌 시간에 교수님한테 배운 것을 똑같이 말하기 시작했다. 그리고 어머니들이 그것을 실감할 수 있도록 과제물로 제출한 자기소개서, 시, 수필, 독서감상문, 논술문 등을 강좌가 끝날 때 반드시 책으로 만들어서 한 사람한테 서너 권씩 제공해 드리곤 했다. 그러자 강좌가 끝난 다음에 그 책자를 통해 가족들과의 관계가 좋아졌다고 증언하는 분들이 많이 생기기 시작했다.

춘천엔 오늘 하루 종일 눈이 왔어요. 들뜬 기분보단 눈 내리는 창 밖을 차분하게 바라보며 이런저런 생각들로 하루를 보냈습니다. 저도 나이가 들었나 봅니다.

작품집을 친정 부모님께 드리며 '아들아!' 페이지에 첫 월급 탔다고 용돈을 끼워 전해드렸더니, 여러 장르의 제 글을 읽으시고, 아버지는 "대견한 내 딸." 하시며 안아주시고, 어머니는 시를 읽어보시곤 "고맙고, 미안하다." 하시네요. 몇 년 동안 금기시 되어오던 일이 자연스럽게 가족대화의 소통이 되는 화목한 자리였습니다. 선생님, 덕분이에요. 진심으로 감사합니다. 감기조심하시고 눈 길 운전 조심하세요.
— 춘천시 김동민

과묵한 신랑, 까다로운 울 아들 그들이 나를 힘들게 하는 줄 알았습니다. 그건 내가 웃지 않아서였고, 내 맘이 늘 불만투성이였음을 알았습니다. 문제는 나였음을 이번 글쓰기 과정을 통해서 알게 된 거죠.
— 남양주시 강은미

언젠가 글쓰기를 통해 심리치료가 가능하다는 어느 전문가의 말을 들으며 비웃었던 적이 있습니다. 내겐 글쓰기 자체가 괴로움인데 어떻게 상처치유가 된단 말인가.

그런 내가 글쓰기 강좌를 수강하면서 자연스럽게 수필을 썼습니다. 처음에는 마음에 들지 않았지만, 막연하게 마음 속에 남아 있던 상처의 딱지를 뗀 느낌이 좋았죠. 말보다 글이 상처 치유에 더 좋을 거라는 생각으로, 지금은 내 안에 괴로움이 있다면 글로 쏟아내고 싶다는 욕구가 서서히 일어나고 있습니다.

- 춘천시 박은영

나는 글쓰기를 배우고 싶었습니다. 언젠가는 써 먹을 수 있는 멋드러진 글쓰기를 말이죠. 그러나 내가 진정으로 배운 건 마음을 바라보는 마음입니다. 나를 바라보는 마음, 가족을 바라보는 마음, 타인을 바라보는 마음. 나에겐 너무도 커다란 선물이죠. 나의 마음을 먼저 헤아릴 수 있어야, 다른 이의 마음도 보듬을 수 있다는 것을 이론적으로는 알고 있었습니다. 하지만 나의 상태를 점검하고, 아는 것을 실천하는 것이 이렇게 어려울 줄이야. 글쓰기 기술보다 '마음 헤아리기'가 더 중요한 것을 이제 알게 되었습니다.

- 춘천시 김유성

글쓰기 숙제를 통해 아들의 숙제에 대한 마음이 어떠할지를 알게 되었습니다. 역지사지의 마음을 몸으로 직접 체득하게 된 것이죠. 매일매일 너무 쉽게 '숙제해라' 하며 간단히 말해 버리던 나를 반성했습니다. 내가 아들이 되어 아들의 마음으로 더 꼼꼼하게 살피며, 아들과 공감하려고 노력하는 마음을 먹었습니다.

- 구리시 길혜진

아이에게 억지로 일기쓰기를 시키면서 띄어쓰기 맞춤법을 지적하다 결국은 아이를 울리고, 강제로 책읽기를 시키면서 틀리게 읽으면 다시 읽으라 윽박지르고, 그것도 모자라 너 바보냐며 아이의 자존심에 상처 주고, 난 진정 좋은 엄마인 척, 교양 있는 엄마인 줄로 착각하고 있던 내 모습을 되돌아 보게 되었습니다.

– 이천시 이지미

동남풍과 글쓰기

나만의 이야기를 구체적인 글로 써 보자

"내 가슴 속에 있는 이야기를 글로 다 쓰면 책이 몇 권은 될 거야."
"내 이야기를 글로 쓰면 차마 눈물 없이 읽지 못할 거야."

우리는 주변에서 이렇게 말씀하시는 어르신들을 종종 목격한다. 그런데 중요한 것은 이런 분들 중에 실제로 자신의 삶을 글로 옮겨 놓는 경우는 많지 않다는 것이다. 실제로 나는 평생학습 현장에서 늦게 글을 배우시는 어르신들을 상대로 이런 이야기를 많이 들었다. 내가 출판이안을 만든 것도 사실은 이런 분들의 이야기를 엮어서 책을 내고 싶다는 소박한 꿈 때문이었다.

그런데 막상 시작을 해 놓고 보니 쉽지 않았다. 어르신들의 이야기를 쓰려고 하니 막연하기만 했다.

"가난한 집에 태어났고, 전쟁을 겪었고, 배울 기회를 놓쳤고, 글을 읽지도 못한 채 살아오면서 설움도 많이 겪었고…."

어르신들은 거의 비슷한 추상적인 이야기들을 많이 늘어 놓으셨다. 그러다 보니 열 편 이상 넘어서부터는 거의 다 특색이 없는 글들만 모이게 되었고, 책으로 엮는다는 생각은 현재진행형으로 남길 수밖에 없었다.

그러던 중에 어르신들이 자신의 이야기가 그대로 노출되는 것을 꺼리는 심리가 있다는 것을 알게 되었다. 그냥 추상적인 말로 표현하는 것은 자신있게 하는데, 막상 구체적인 이야기로 들어가면 그렇게 노출되는 것을 두려워 하는 경우도 있었다. 내 입장에서 보면 이미 지나간 일이라 그냥 털어 놓아도 될 일이지만, 그 분들에게는 그것이 돌이키기 싫은 상처일 수 있고, 또한 자식들에게 해를 끼치는 것은 아닐까 하는 걱정을 하고 있다는 것도 알게 되었다.

이런 현상은 어머니들을 상대로 글쓰기 강좌를 할 때도 그대로 드러났다. 추상적인 글은 분량도 채우기 어렵지만, 독자들에게 감흥을 주지 못한다. 좋은 글을 쓰려면 자신의 이야기를 구체적으로 풀어 쓸 수 있어야 한다. 그런데 추상적인 글은 그런대로 쓸 수 있는데, 막상 자신의 이야기를 구체적으로 쓰려고 하면 가슴이 답답해지는 경우가 만나게 된다.

그런데 글쓰기가 자신을 성찰하는 글이 되기 위해서는 무엇보다 먼저 자신의 이야기를 객관화시켜서 볼 수 있어야 한다. 그러기 위해서는 먼저 추상적인 이야기보다는 구체적인 이야기를 쓸 수 있어야 한다. 추상적인 이야기에는 이미 어떤 사건을 추상화 시킨 자신의 평가가 개입되어 있어서 자신을 객관적으로 보기가 어렵다. 그러나 구체적인 이야기는 그것을 그대로 옮겨놓는 과정에서 자신도 모르게 제삼자가 되면서 그 사건을 객관적으로 바라보는 눈을 갖게 되는 것이다. 따라서 구체적인 글쓰기를 하면서 만나는 가슴 답답한 경계는 자신의 모습을 객관화 시켜가는 과정에서 반드시 극복해 나가야 하는 자연스런 현상인 것이다.

"어제는 아이가 속을 썩였다. 그래서 혼을 냈더니…."

"아이가 학교에서 선생님한테 억울하게 혼이 나서 돌아왔다. 그래서…."

이 두 글은 추상적인 진술로 이뤄져 있다. 먼저 이 글을 쓰기 전에 아이와 선생님이 못된 사람이라는 평가를 담고 있는 것이다. 글을 이렇게 시작하면 뒷부분을 이어가기도 어렵지만, 자신만의 생각에 빠져 독자들의 공감을 이끌어 낼 확률이 낮아 진다.

"어제는 아이가 아침에 늦게 일어났다. 그래서 화가 났다. 그래서 혼을 냈더니…."

"아이가 학교에서 친구와 싸웠다. 그래서 선생님한테 똑같이 혼나고 왔다고 했다. 그래서…."

구체적인 이야기는 글을 쓰는 과정에서 자신을 스스로 되돌아 보게 한다. 아이가 아침에 늦게 일어난 것을 보고 화를 내는 것이 옳은 일인지, 친구와 싸워서 선생님한테 혼이 난 아이가 잘못한 것은 없는지, 자신을 제삼자의 입장에서 객관화 시켜보는 시간을 갖게 되는 것이다. 그 과정에서 내적 성장이 일어나게 되는 것이고, 세상을 좀 더 객관적으로 볼 수 있는 힘을 갖게 되는 것이다.

추상적인 글은 누구나 쉽게 쓸 수 있지만, 정작 써 놓고 보면 그 뜻을 어떻게 받아 들여야 할지 막막한 경우가 많다. 자신의 생각에 취해 잘 썼다고 느낄지 모르지만, 읽는 이들은 뻔한 이야기에는 먼저 귀와 눈부터 닫아 놓고 잘 듣지를 않는다.

"하느님, 새해에는 돈 많이 벌게 해주시고, 건강하게 해 주시고, 항상 행복한 일만 생기게 해 주세요."

이것은 우리가 일반적으로 가장 많이 접하는 대표적인 추상적인 글이다. 초등학생들도 이런 글은 쉽게 쓴다. 그러나 정작 얼마를 벌게 해줘야 많이 벌게 해주는 것인지, 어떻게 해야 건강하게 하는 것인지, 어떤 일이 행복한 일인지, 전혀 드러나 있지 않다. 하느님 입장에서 본다면 이미 다 들어 주고 있다고 생각하는 것들일 수도 있다. 단지 기준이 달라 자신이 그것을 제대로 받아 들이지 못한다는 것은 인식하지 못하고 있는 것인지도 모른다.

그런 점에서 우리는 다시 한번 케이트 윈슬렛의 글을 음미해 보며, 나만의 이야기를 구체적인 글로 써 볼 필요가 있다.

"하느님 제발, 제발 배우가 되게 해 주세요. 예쁜 장면에 많이 나오게 해주시고, 화장도 예쁘게 해서 올리비아 뉴튼 존처럼 보이게 해주세요. 레오나르도 디카프리오 같은 배우랑 키스도 부탁드립니다. 또 언제나 배우로 살고 싶다는 마음 변치 않게 도와주세요."

'배우가 되게', '올리비아 뉴튼 존처럼', '레오나르도 디카프리오 같은 배우랑 키스도'처럼 구체적으로 글을 쓴다는 것은 아무나 할 수 있는 일이 아니다. 평소에 꾸준히 자신의 이야기를 구체적인 글로 옮겨 놓는 연습이 필요하다. 지금 당장 나만의 이야기를 구체적인 글로 써보는 시도를 해보자.

제 **3** 장

나의 동남풍은
무엇인가?

블루오션을 찾아서

독서는 다만 지식의 재료를 줄 뿐이다.
그것을 자신의 것으로 만드는 것은 사색의 힘이다. - 존 로크

나의 동남풍은?
행복전령사

남민경

홀로 있어도 예쁘고
여럿이 있으니
더욱 좋아

누구나 부담 없고
아무나 함께 하니

나는 오늘도 코스모스
우거진 들판에 서네

한아름 미소로
피어나는
환한 햇살

- 남민경의 ' 나의 일터'

영어, 수화, 독서, 글쓰기, 상담, 강의, 사진, 그림, 바리스타 등등. 나는
배우는 일에 욕심이 많아서 무엇이든지 열정을 갖고 임했다. 그래서 주

변 사람들로부터 인정을 받는 일들이 많다. 그런데 <책 읽고 책 쓰는 부모 프로젝트> 강좌를 들으면서 현재 나 자신의 모습을 짚어 볼 수 있는 시간을 갖게 되었다.

"여러분의 동남풍은 무엇입니까?"

이 말은 나에게 충격적인 질문이었다. 그동안 블루오션이라는 말은 많이 들어 보았다. 그런데 여기서 말하는 동남풍은 '나를 대표할 수 있는 블루오션이 무엇이냐?' 는 말을 비유하는 것이다.

"세상에 영원한 블루오션은 없다고 합니다. 하지만 엄밀하게 말하면 세상에는 유일한 블루오션이 있습니다. 그것은 곧 내가 하는 일에 최고가 되는 것입니다. 그러기 위해서 우리는 제갈공명이 동남풍을 활용해서 자신을 최고의 상품으로 만들었던 비법을 배워야 합니다."

이 말은 결국 내가 세상에서 남들보다 가장 잘 할 수 있는 일이 무엇이냐는 질문이기도 했다. 아니, 그것보다 한 발 더 나아가 현재 내가 하고 있는 일에서 최고가 될 비책이 무엇이냐고 묻는 말이기도 했다.

나는 지금 화장품 뷰티 컨설턴트를 하고 있다. 영업의 경험도 없을뿐더러 평소 스타일도 남에게 잘 보이기 위해 가꾸거나 화장도 잘 하지 않는 성격이라 내 선택을 의아하게 생각했던 사람들이 많았다.

하지만 나는 이 일을 오랜 시간 동안 열망하고 준비해서 시작했다. 나는 아름다움을 추구하기 위해 모델들이나 사람들의 패션 스타일, 특히 메이크업 상태를 항상 관찰했다. 때가 되면 내가 반드시 메이크업을 배워 사람들에게 기쁨을 주는 사람이 되리라.

이 소원은 생각보다 빨리 이뤄졌다. 10년 이상 영어 강사로 활동하던 당시의 나는 나이 들어서도 안정성 있는 직장을 구하고자 했다. 거기에 내 영어 실력을 활용할 수 있다면 더 좋겠다는 생각을 하던 차에 우연히 책을 통해 화장품 글로벌 기업의 문화를 접하고 한눈에 반해 버렸다.

처음 메리케이코리아에 입사해서 얼마나 신나게, 열정적으로 다녔는지 사람들이 "열심히 사니 좋아 보인다."는 말을 많이 했다. 동에서 서로, 구두굽이 다 닳도록 차 없이도 씩씩하게 다니던 나는 1년 반이 지나자 결과가 눈에 보이지 않는 부분에 대해 실망을 하기 시작했다.

그러던 어느 날, 평소 눈인사 하며 가끔 이런저런 얘기를 나누던 아파트의 한 아이 엄마로부터 전화가 왔다.

"저 4동의 미라 엄마예요. 화장품이 필요한데 카탈로그 좀 갖다 주시겠어요?"

"아~ 아! 예, 감사합니다."

그 분은 1년 넘게 내가 열정적으로 신나게 일하는 모습을 지켜보다가 주변 지인들과 "저, 엄마는 화장품 하더니 너무 예뻐지고, 더 생기 있어 보여요. 저 엄마는 저 일 하길 잘 한 것 같네."라는 이야기를 나눴다고 한다.

"저, 화장품 떨어지면 혜리 엄마한테 사려고 다른 사람 뿌리치고 기다렸어요."

그때부터 그 엄마는 나의 VVVIP 고객이 되었다. 지인에게 선물할 일이 있거나 화장품이 필요할 때마다 나를 찾는 그녀, 늘 웃는 얼굴로 인정을 베풀고 격려를 아끼지 않는, 정확히 약속을 지키는 그 고객은 오히려 시골에서 가져온 먹을거리가 있으면 나를 챙겨 줄 정도다. 이제는 그 분의 남편과 아이들까지 한 가족이 된 것 같은 날들을 보내고 있다.

이 분을 만날 때마다 어떻게 우리가 이런 인연을 맺게 되었는가를 생각해 본다. 나에게 무조건적인 신뢰와 감사한 마음을 보여 주어 그 존재만으로도 행복감을 불러 일으킨다. 그러다 보니 나 역시 이 분이 부르면 만사를 제쳐놓고 마음부터 달려가는 나 자신을 발견하곤 한다.

이후로 나는 그동안 나를 서운하게 했던 고객들을 살펴보는 연습을 했다. 그러다 보니 그것은 그들의 문제가 아니라 내 마음에서 먼저 거리를 두고, 선입견을 갖고 그들을 대했기 때문이라는 결론을 얻게 되었다.

그래서 그 다음부터 마음을 바꿔 보기로 했다.

'그래, 모든 고객을 미라 엄마 대하는 마음으로 대해 보자. 모든 이들이 다 나의 소중한 VIP 고객이라는 마음을 갖고 대해 보자.'

늘 무뚝뚝하고 나를 불만있는 표정으로 대하는 것 같았던 어느 고객에게, 나부터 마음을 활짝 열어 욕심을 버리고, 담대하고 밝은 마음으로 대화를 시도하니까 그동안의 선입견들이 차츰 지워지는 것을 느꼈다.

그렇게 한 사람, 한 사람의 고객을 대하기 시작하자 그동안 풀리지 않을 것 같았던 관계가 보이기 시작했다.

"어우, 민경씨. 나 그거 진정 재생 세럼에 완전 반했잖아. 며칠 무리해서 피부에 올라왔던 것들 봐. 다 들어갔잖아. 나 아는 엄마들한테 다 자랑했다."

나를 인정하고 지인들에게 소개해 주는 고객들이 늘어나기 시작했다.

"자기야, 저번에 내 친구가 산 그거 좋다며? 나도 하나 줘 봐. 내가 다크 써클이 장난이 아냐."

나를 대할 때 흉허물 없이 친근감을 보이는 고객들도 늘어나기 시작했다. 그러다 보니 자신감을 더욱 갖게 되었고, 고객들은 제품에도 신뢰감을 보이기 시작했다.

사실 제품이나 회사가 아무리 좋아도 고객이 마음을 열지 않으면 지갑도 열리지 않는 것, 그 마음 열기는 바로 판매자의 태도에 달려 있다는 것, 그 태도란 욕심에 앞서 고객에 대해 적극적으로 호감을 보이고 마음을 열어야 한다는 것을 터득한 것이다.

나는 이것이 바로 내가 갈고 닦아야 할 나의 동남풍이라고 생각한다. 그래서 나는 요즘 더욱 욕심과 편견 내려놓기 연습 중이다. 이것이 상대와 나를 행복하게 해 주고, 원하는 결과 또한 얻을 수 있기 때문이다.

이렇게 쌓이고 쌓인 경험들을 바탕으로 나만의 노하우를 차근차근 활용하는 최고의 행복 전령사가 될 것이다. 언젠가 이런 경험담을 바탕으로 책을 낼 것이고, 나만의 동남풍을 개발해서 많은 이들에게 행복을 전파하는 남민경으로 우뚝 설 것이다.

나의 동남풍은?

글쓰기 교실

한정혜

첫 걸음마 떼던 그날
하루종일 짝짝짝짝
힘차게 응원했다

훌쩍 자란 만큼
멀리 보낼 수 있는 시선을
엄마의 팔길이 안에서만
맴돌게 했구나

걸음걸음 지나온 길이
향기 아닌 것이
어디 있으랴

가 보지 않은 길
선뜻선뜻 내딛는
아들아 환영한다

- 한정혜의 '열두 살 아들에게'

대학졸업 후, 공식적인 첫 사회생활이 방송국이었다. 아르바이트로 시작했지만 현장에 있다 보니 계속해서 연이 닿았고, 보조작가를 거쳐 구성작가 타이틀에 내 이름 석 자가 함께 하기까지 그리 오래 걸리지 않았다. 중·고등학교 시절 항상 좋아해서 좋은 성적을 냈던 국어 시간도 한 몫 했지만, 학창시절에 시나 소설로 친구들의 눈물과 콧물을 빼냈던 맹랑한 추억들도 소중한 자산이 되었다.

방송국에서 내가 주력했던 인물 다큐멘터리는 당시 국악계의 내로라하는 명인들의 인생과 예술을 15분 안에 영상과 내레이션으로 담아내는 작업이었다. 대부분의 방송프로그램이 그렇듯이 일주일에 15분 방송을 위해서 섭외, 인터뷰, 촬영 전 원고, 현장 촬영(2박 3일), 촬영 후 원고 수정까지 꼬박 열흘을 투자해야 '아, 방송에 내보낼 수 있겠구나!' 하고 안도의 한숨을 쉴 수 있었다. 일의 강도가 높았던 만큼 할수록 보람되고 참으로 매력적인 일이었다.

글과 영상으로 사람과 사람을 연결해주는 무언가가 있다는 점에 특히 매력을 느꼈다. 작가로서 나는 주인공을 섭외하고 촬영 전에 직간접적으로 만나야 했다. 이후 연출자와 함께 큐시트와 일정표를 짜고, 10명 내외의 촬영팀을 구성해 그 분을 만나 뵈러 전국 방방곡곡으로 출동했다. 현장에서 맞는 주인공의 인생과 예술은 그나마 나에게 힘을 북돋아 주었다.

우연과 필연, 시간과 공간의 이동, 운명과 삶, 사랑과 예술, 그리고 인생철학 등등 지금 생각해 보면 한 분의 인생과 예술을 15분이라는 정해진 시간 안에 담는다는 것이 참으로 송구스러운 일이었다. 하지만 그렇게 만든 방송은 최종적으로 시청자들과의 만남으로 이어지면서 삶에 활력을 주었다. 방송이 나가고 나면 한결같이 녹화 영상을 꼭 챙겨 달라며, 고생했고 고맙다며, 우리들 손을 잡아주시던 어르신들의 따스한 마음은 지금도 잊을 수 없는 추억이다.

그러나 그때 나는 겨우 이십대 중반의 풋내기였다. 밤을 새워 원고를 쓰는 것과 그 글이 항상 좋은 소리를 들을 순 없다 못해 내 앞에서 무참히 찢겨지는 아픔은 그래도 참을 수 있었다. 하지만 프로그램의 질을 생각하지 않고 협동작업의 근본을 흔들며 이름만 앞세우는 전혀 프로답지 않은 프로들의 부당함은 견딜 수 없었다.

그래도 지금 생각해 보면 내게는 정말 소중했던 경험이었고, 지금까지 독서와 글쓰기로 나를 이끌어 주는 알찬 시간이었다.

어쨌든 나는 결혼과 육아로 잠시 글쓰기와 떨어져야 했다. 그런데 어떻게 알았던가? 아이들이 어느 정도 자랄 무렵에 초등학교 방과후 수업의 논술교사로 일할 기회가 생겼다. 교원자격증과 독서논술지도사 자격증이 있다는 것이 큰 보탬이 되었다.

독서와 글쓰기로 아이들과 만난다는 것이 무척 기뻤다. 기존의 논술교재에 회의적이었던 나는 학기가 시작되기 전 두 달 동안 수업지도안 짜기에 주력했고, 6명의 아이들로 첫 수업을 시작했다. 아이들은 학년뿐만 아니라 성격도 달랐지만, 그만큼 다양하고 독특한 발상으로 수업을 더욱 창의적으로 이끌게 만들어줬다.

특히 재미있던 수업은 '빵 사세요!' 였다. 광고하기를 수업주제로 삼고, 빵과 전단지를 직접 만들어 가족에게 판매하는 것으로 용돈을 받는 체험으로 이어지게 했다. 아이들은 가지각색의 빵을 만들었다. 치즈 없는 샌드위치, 삼각지붕 샌드위치, 쌍둥이 샌드위치 등등. 가격도 천차만별이었다. 250원에서 2만원까지. 아이들은 각자의 집에서 원하는 가격에 혹은 그 이상의 빵 값을 받았다. 할머니 할아버지가 계신 아이들은 명절 못지않은 액수로 복주머니를 채우기도 했다.

그밖에 전래동화 다르게 읽기 등등 아이들이 재미있게 체험하며 즐거워하는 논술교실을 만들어 갔다.

그랬더니 어느 새 입소문을 듣고 찾아온 아이들까지 수강생은 20명을 넘어섰다. 행복했다. 아이들이 책 읽고 글쓰기를 겁내지 않는다는 점이 고마울 정도로 기특했다.

때마침 <책 읽고 책 쓰는 부모 프로젝트>를 만났고, 강좌를 들으면서 나의 동남풍에 대해서 진지하게 생각해 보는 시간을 가졌다.

"이거 우리 엄마가 쓴 글이야."

누구보다도 아들이 먼저 나의 귀를 열어 주었다. 아들은 엄마의 글을 보고 은근히 자부심을 갖고 있다. 그만큼 엄마를 믿어주는 부분이 대견스럽기만 하다.

나는 아들에게 가장 좋아하고, 가장 잘 할 수 있는 일을 하라고 권한다. 이것은 나의 신념이기도 하다. 그래서 '나의 동남풍은 무엇인가?' 찾다 보니 결국 이 자리로 다시 왔다.

그렇다. 내가 가장 잘 할 수 있는 것, 내가 가장 좋아 하는 것을 들라면 나는 독서와 글쓰기를 우선순위로 꼽아왔다. 그리고 지금도 그 열정은 변함이 없다. 어디 그뿐이던가? 나는 누구보다 사람들과 이야기하기를 좋아하고, 특히 아이들을 좋아 한다.

그래서 다시 한번 독서와 글쓰기를 통해 사람들 속으로 다가가려고 오늘도 이렇게 글을 쓴다. 독서와 글쓰기로 아이들과 함께 하는 교실, 내가 가야 할 길이 바로 여기에 있다고 생각하기에….

나의 동남풍은?

핑크빛 I-Story

차임순

무슨 일 하세요?
옷이 멋지네요?

어딜 가나 주목 받는
보랏빛 자켓
스커트

보석 박힌 브러치
빛나는 어깨

오늘은 또 누굴 만날까?
미소 짓는 햇살

행복의 보금자리
나의 일터

    - 차임순의 '메리케이코리아'

나는 2010년 6월에 지인을 따라 서울에 있는 메리케이뷰티 센터로 게스트 이벤트에 초대를 받았다. 6월인데도 엄청 더웠던 걸로 기억에 남는다.

온통 핑크빛으로 되어 있는 뷰티 센터는 정말 '회사가 이렇게 예쁠 수도 있구나!' 하는 생각이 들 정도로 내 마음을 사로잡았다. 어려서부터 핑크색을 좋아했기에 더욱 호감이 갔고, 내 마음은 설렘으로 가득 차오르기 시작했다.

그때 미국 본사에서 막 귀국한 디렉터가 회사 소개를 했다. 그 순간 나는 완전 부러움에 사로 잡혔다. 말을 얼마나 잘 하는지 정말 내가 다녀 온 것처럼 실감이 났다. 메리케이에 대한 인지도를 실감할 수 있는 자리였다.

행사가 끝난 다음에 나는 그 자리에서 바로 팀빌딩 인터뷰를 통해 뷰티컨설턴트로 등록을 했다. 메리케이코리아라는 회사에 완전히 매료되었기 때문이다. 지금도 나는 메리케이코리아를 만난 것은 내 인생에 있어서 소중한 기회였다고 생각한다.

나는 회사의 창립자인 메리케이 애시의 이야기를 접하면서 메리케이코리아에 빠지기 시작했다. 애시는 아이가 셋이나 있는 이혼녀였다. 1960년대의 미국은 남녀차별이 심했던 시기였다. 특히 기독교 국가인 그곳에서 이혼녀로 산다는 것이 정말 힘든 일이었다고 한다. 그녀는 그런 사회에서 아이들 양육을 위한 돈을 벌어야 했기에 세일즈 전선에 나서야만 했다. 하지만 수년 간 세일즈 업계에서 놀라운 성과를 이루었지만 그녀는 여자라는 이유만으로 제대로 대우받지 못한 채 은퇴를 했다. 은퇴 이후 여성을 위한 책을 쓰는 가운데 지금의 메리케이와 같은 멋진 회사를 만들면 어떨까를 생각했다고 한다. 마침내 자신의 꿈이자 여성을 위한 회사를 창립하기에 이른 것이다.

그녀가 생각한 꿈의 회사란 사람들과의 관계가 골든룰(황금룰 : '남에게 대접을 받고자 하는 대로 남을 대접하라'는 예수님의 가르침을 일컫는 말)을 기반으로, 여성들에게 무한한 기회를 제공하는 회사다. 여성 스스로 자신의 재능을 발휘하고 성공하겠다는 의지만 있다면 반드시 성공하도록 도와주는 그런 회사를 꿈꾼 것이다.

이렇게 메리케이 애시의 자서전을 통해 좋은 이미지를 갖고 있었는데, 그때 마침 메리케이 뷰티컨설턴트를 만나 스킨케어 클래스를 받게 된 것이다. 스킨케어를 받기 전의 내 피부는 가을만 되면 올라오는 각질들로 화장을 제대로 할 수가 없었고, 코에 피지가 심한 데다 자꾸 건드리는 바람에 딸기코를 만들기 일쑤였다. 또한 세안 후에 심한 당김으로 인해서 뭐라도 바르지 않으면 피부가 찢어 질 것 같은 통증에 시달려야 했다. 그랬던 피부가 메리케이 제품을 쓴 그해부터 좋아지기 시작해서, 더이상 피부 때문에 고민하지 않아도 될 정도였다. 나는 제대로 된 각질 관리와 보습, 유수분 밸런스를 받쳐주는 기초제품에 정말 반하지 않을 수 없었다.

그 전에 나는 엘리베이터 고객센터에서 설치 문의나 고장 접수의 업무를 하고 있었는데, 일의 양이 많지 않았고 직원이 10여명이 조금 넘는 정도라 서로 이해하고 챙겨주는 친구처럼, 언니처럼 편하게 근무할 수 있는 곳이었다. 그래서 오래도록 다니고자 하는 마음을 가지고 있었지만, 메리케이코리아를 알게 되면서 마음이 바뀌기 시작했다. 이전의 직장에서 반말과 욕설도 서슴지 않는 고객들 때문에 스트레스를 받고 있던 차에 어차피 사람을 대하는 일은 마찬가지라고 생각해서 한번 본격적으로 메리케이코리아에 몸을 담아 뛰어 보자는 생각이 들었다.

"정말 한 번뿐인 내 인생, 나도 멋지게 살아 보고 싶다!"

나는 메리케이 애시의 전기를 떠올리며 꿈을 꾸기 시작했다.

"남들이 말하는 성공, 그래 나도 한번 해 보자."

스스로에게 이렇게 결심을 다지기 시작하자 나는 마냥 기분이 좋아졌다. 내가 원하는 일을 하면서 돈까지 벌 수 있다니 얼마나 좋은 일인가? 아이들이 원하는 것, 해보고 싶다는 것도 해주고, 나와 애들 아빠도 누릴 수 있는 풍요로움을 누리게 해 보자.

나는 그때부터 메리케이에 달라붙은 마음을 뗄 수가 없었다. 더구나 미래에는 100세까지 바라본다는 노후를 생각한다면 이보다 더 좋은 직업도 없을 것이라는 생각도 하게 되었다. 물론 한편으로는 수년 간 안정된 직장생활만 하던 내가 영업이라는 일을 하면서 장애가 없을 수는 없었다.

'과연 새로운 일을 잘 해낼 수 있을까?'

새로운 일에 대한 두려움이 앞을 가로막고 있었던 것이다. 하지만 나는 애시를 떠올리며 두려움을 극복하기 시작했다. 그리고 무엇보다 일을 영업이라 생각하지 않았다. 스킨케어 클래스를 통해 고객의 피부를 확인하고, 컨설팅해 주는 것은 멋있는 일이고, 나 자신이 느낀 것처럼 이웃들에게 행복을 심어주는 일이라고 생각했다.

그 후 나는 대전, 대구, 인천, 제주도 등 여러 지역을 다니며 좋은 분들과 인연을 맺었다. 특히 매해 워커힐 호텔에서 열리는 송년 파티에 멋진 드레스를 입고 참석한다는 것은 매우 뜻 깊은 경험이었다. 결혼 후한 번도 입어 보지 못했던 드레스를 해마다 입어보게 되면서 정말 행복하다는 생각도 들었다.

나는 두 가지 프로모션에 도전 중이다. 하나는 메리케이의 상징인 카 프로모션에 6개월 간 도전하면서 차를 수상하는 것이고, 또 하나는 탑 트립프로모션을 통해 남아공으로 부부동반 영행을 가는 것이다. 나는 이 두 가지를 발판으로 더 많은 여성들을 만나서 함께 성장해가고 싶다. 내게 큰 꿈을 갖게 만들어 준 회사에 무한한 자긍심을 느끼며, 앞으로 더욱 멋진 삶을 펼쳐 나갈 계획이다. 이제 그것은 꿈이 아니라 현실로 내 눈 앞에 다가오고 있다.

지난 5월에 이천서희청소년문화센터에서 <책 읽고 책 쓰는 부모 프로젝트>에 참여한 이유는 내 삶의 질을 좀 더 향상시켜 보고자 하는 이유가 있었다. 특히 나를 메리케이코리아로 이끈 창업주 메리케이 애시의 자서전을 생각하며, 언젠가 내 이야기도 책으로 엮어 보려는 욕심을 가져 보았던 것이다.

<나의 동남풍을 무엇인가?>라는 강의를 들으면서 나는 메리케이코리아에서 더욱 큰 비전을 찾기 시작했다. 나는 지금 최고의 뷰티컨설턴트가 되려는 꿈을 키우고 있다. 제갈공명은 <동남풍의 기적>을 이루기 위해 남들보다 뛰어난 기상을 예측할 수 있는 지식을 가지고 있었다. 그리고 그 능력을 지혜롭게 활용해서 수적으로 열세였던 적벽대전에서 대승을 거두며 역사에 이름을 날리는 성과를 이루었다.

그런 점에서 최고의 뷰티컨설턴트가 되기 위해서는 무엇보다 사람의 심리를 파악하는 능력이 필요하다는 것을 잘 알고 있다. 또한 애시처럼 자신의 이야기를 글로 표현하면 더 많은 사람들의 마음을 자연스럽게 얻어 낼 수 있다는 점도 잘 알고 있다. 앞으로 끊임없이 자기계발에 투자할 것이고, 글쓰기를 통해서 사람들과 소통하는 법을 배우다 보면 반드시 내가 꿈꾸는 자리에 설 날이 멀지 않을 것이라는 자신감을 가져 본다. 그리고 그 꿈을 이루기 위해 가슴 속에 이렇게 새겨 본다.

"나의 동남풍은 메리케이코리아의 최고 뷰티컨설턴트가 되는 것이다."

나의 동남풍은?

다시 꾸는 꿈

이미연

"먹고 살 수 있겠어
취직이 안 되잖아!"

아버지 걱정에
국문학 꿈 접던
열아홉 소녀

돌고 돌아
떠나지 못하고
다시 잡은 꿈

아이들 웃음 속에
새록새록 묻어나는
소녀의 설레임

  - 이미연의 '도서관에서'

"어머, 선생님!"

"응, 미연아."

선생님께서 문득 생각이 나서 그리운 마음에 전화를 하셨단다. 목소리는 20년 전이나 지금이나 변함이 없었다. 처음 받는 선생님의 전화에 감사하기도 하고 가슴이 벅차 오르는 것을 주체할 수 없었다. 선생님 목소리를 들으면서 나도 모르게 20년 전 여고시절로 돌아가고 있었다.

세상 모든 것이 자신만만하기만 하던 시절이었다. 스쳐 지나가실 수 있는데 왠지 모르게 제자 얼굴에 드리운 그늘을 보시기라도 하면 그냥 교무실로 불러 속 시원히 울도록 포근히 감싸 주시던 선생님. 나는 선생님처럼 꼭 좋은 선생님이 되어 아이들의 든든한 울타리가 되겠다고 다부진 꿈을 꾸었다.

하지만 교문 밖 세상은 내 마음처럼 만만하지가 않았다. 처음 대입 시험에서 낙방하자 아버지는 취업에 유리한 컴퓨터 계통학과에 입학할 것을 권유하셨다. 그때부터 국어 선생님은 정말 꿈속에서만 가능한 일이 되어 버렸고, 내 인생은 전혀 상상하지 못했던 세계로 향하고 있었다. 정말 힘든 그때 선생님은 손수 엽서 한 장을 써서 사랑과 관심을 보내 주셨다.

'미연이 널 믿는다. 넌 총명한 녀석이니 꼭 선생님과 같은 학교에서 근무하게 될 거야, 꼭 해낼 거라고…'

나는 엽서를 받고 한없이 눈물을 흘렸다. 지금도 그 엽서는 항상 내 추억의 책갈피에 고이 모셔져 있다. 선생님은 나에게 한없는 꿈과 희망을 심어 주신 분이다.

하지만 나는 전혀 생각지도 못한 회사 생활에 적응하며 그럭저럭 살아가느라 한동안 선생님을 잊을 수밖에 없었다. 아니, 선생님을 생각하면 할수록 내 모습이 너무 슬퍼 애써 잊고 싶어 했는지도 모른다. 끝까지 나를 믿는다고 해주신 선생님의 격려에도 불구하고 나는 국어 선생님의 꿈을 이룰 수 없는 세상의 꿈으로만 치부하고 있었다.

5년 동안 다니던 직장을 그만 두고 결혼 준비를 할 즈음에 컴퓨터기술 관련 자격증이 있어서 교육청에 전산보조직으로 일을 하게 되었다. 어느 순간 전문대를 나왔다는 학력의 한계 때문에 보조직이라는 명칭을 달 수 밖에 없는 현실은 또 다시 나를 갑갑하게 만들었다.

그 무렵에 나는 다시 국어 선생님의 꿈을 떠올렸고, 교육대학원에 진학하려고 마음 먹고 알아 봤더니 4년제 졸업장이 필요하다는 것을 알았다. 그래서 국문과에 편입이라도 하려고 다방면으로 알아봤지만 공대생이 국문과로 편입하는 것은 쉽지 않다. 정말 막막했다. 그래서 컴퓨터 선생님이라도 되어야겠다고 결심하고, 한경대학교 컴퓨터 공학과에 편입을 했다. 하지만 강의는 어렵고 힘들었을 뿐, 그 시간이 즐겁거나 행복하지 못해 나와 동떨어진 시간처럼 느껴지곤 했었다.

'첫 단추를 잘못 끼우니 참 힘이 드는구나.'

어느덧 나는 두 아이의 엄마가 되고, 학부형이 되었다. 초등학교 2학년 큰아이 학교에서 도서관 명예사서 봉사활동을 하면서 나는 다시 여고시절로 돌아가는 기분이었다. 국어 선생님의 꿈이 새롭기만 했다. 그러던 중에 큰 아이가 말했다.

"엄마, 학교에서 엄마들이 책 읽어 주는 프로그램이 있어. 엄마는 책을 재미있게 잘 읽으니까 엄마가 해주면 아이들이 좋아 할 것 같아."

나는 괜히 기분이 좋았다. 그래서 망설임도 없이 바로 신청을 했다. 하지만 막상 일이 시작되면서 교실에 처음 발을 들어 놓았을 때는 참 난감했다. 1학년 아이들인지라 교실에 누가 들어와도 관심도 없었고, 그냥 자기들이 하고 싶은 대로 하고 있었다. 하지만 국어 선생님을 꿈꾸던 여고시절을 떠올리며 나는 정성을 다해 준비해 간 책을 읽어주기 시작했다.

그러자 삼삼오오 시끄럽게 떠들던 아이들이 '방귀 며느리' 책의 초반부를 넘기기 시작하자 책 내용에 관심을 갖고 자기 자리에 앉기 시작했다. 나는 곁눈질로 이들의 모습을 보면서 더욱 정성을 들여 읽어주기 시작했다. 금세 두 권의 책을 다 읽었고, 마지막 책장을 덮을 때 아이들의 눈망울이 나를 향해 집중하고 있는 모습을 발견했다. 정말 나도 모르는 뿌듯한 성취감이 몰려왔다.

두 번째 수업에 들어갈 때는 책 선정에 정말 신중을 기했다. 재미도 있으면서 뭔가 교훈을 주는 책을 읽어주고 싶었다. '누가 쥐를 구해 줄까요?' - 어느 날 "뱀이 쥐에게는 정말 위험하다"는 말을 스컹크에게 들은 쥐가 뱀을 피해 숨어 있는 것을 고슴도치가 보고 "뱀은 널 해치치 않는다."고 말해주지만 믿지 않다가 구덩이에 빠지게 된다, 그러나 정작 구덩이에서 쥐를 꺼내 준 것은 토끼, 다람쥐, 스컹크, 고슴도치도 아닌 뱀이라는 내용- 아이들은 시간이 지날수록 흥미를 붙이고 내 목소리에 귀를 기울이고 있었다. 그렇게 몇 달이 지나 처음에 들어갔던 반에 또 들어가게 됐는데, 나를 기억하는 아이들은 무척 반가워하면서 알아서 자신의 자리로 돌아가 앉기 시작했다. 나는 아이들이 너무 예뻐서 단숨에 책 속에 빠져들며, '내 배가 하얀 이유' -약속시간에 늦기 일쑤인 톰. 미안해하지 않고 늘 핑계만 늘어놓아 친구들을 화나게 하는데…. 어느 날 약속시간에 늦어 친구들은 가버리고 약속했던 일을 혼자 하느라 고생하다 배의 털이 쓸려 나가고 그 자리가 하얗게 변해 버렸고, 그 털을 볼 때마다 약속시간에 늦지 않겠다고 다짐하는 이야기-를 읽어주었다.

나는 요즘 아이들에게 책을 읽어주면서 누구보다 내가 더 기뻐하고 행복해 한다는 것을 느끼고 있다. 그래서일까? 다른 어머니들은 힘들게 읽어 주고 나왔다는 교실에 들어가서도 나는 재미있게 아이들과 하나가 되어서 나오곤 했다. 그러는 중에 나는 내가 정말 이 일을 즐기고 있다는 것을 알았다.

나는 요즘 다시 여고시절의 선생님이 써주셨던 엽서를 다시 꺼내보곤 한다. 나는 책 읽는 것을 좋아했고, 국어 선생님이 되는 것이 정말 간절한 꿈이었다. 그동안 아이 교육에 관심을 갖고 자기주도학습지도사 과정과 독서지도사 과정을 들으면서 적성검사나 다중지능 검사를 해보는 경우가 많았는데, 그때마다 나는 항상 언어와 선생님 쪽에 재능이 있는 것으로 나오는 것을 확인하곤 했다.

한때 EBS 프로그램에서 사회적으로 다른 사람들이 부러워하는 직업을 갖고 있는 사람들이 예상을 뒤엎고 자신의 직업에 불만을 갖고 있는 이들이 많다는 사실을 접했다. 방송에서 그들을 대상으로 다중지능 검사를 했더니 많은 사람들이 직업과 적성이 맞지 않는 경우가 많았다. 그들은 결국 남들이 다 부러워하는 좋은 직장을 그만 두고서라도 뒤늦게 자신의 적성에 맞는 직업을 찾기 위해 절치부심하는 모습을 보였다.

그 모습을 보면서 나는 다시 꿈을 꾸기 시작했다. 6개월 과정의 <책 읽고 책 쓰는 부모 프로젝트>를 망설임 없이 신청한 이유도 그 중에 하나다. 그동안 이 프로그램을 통해서 일독백서 창의적인 독서법이라는 강의에도 흥미가 있었지만, 무엇보다 나의 이야기를 글로 쓰면서 나도 모르게 행복해 하고 있다는 것을 안 것은 정말 예상치 못한 수확이었다.

나는 지금도 책을 읽어주기 시작하면 똘망똘망한 눈으로 나를 주시하는 아이들의 모습을 잊을 수 없다. 20년을 한결 같이 챙겨주시는 선생님의 목소리와 따뜻한 표정을 잊을 수 없다. 내 속에서 몽실몽실 피워 오르기 시작하는 국어 선생님의 꿈을 잊을 수 없다.

지금 내 나이와 현실적인 모습으로는 학교의 정식 국어 선생님이 되기 어렵다는 것은 잘 알고 있다. 하지만 학교의 국어 선생님만이 나의 꿈을 이루는 방법만은 아니라는 것도 잘 알고 있다. 아이들과 함께 도서관에서, 혹은 학교 밖에서 아이들과 꿈과 희망을 나누며 글 쓰는 강사로 내 꿈을 펼쳐보고 싶다.

그래서 나는 꿈을 상향 조정하기 시작했다. 학교 국어 선생님의 역할을 아우르는 아이들의 꿈과 희망을 담아 <책 읽고 책 쓰는 엄마>로 내 마음의 선생님처럼 우뚝 서겠다고.

나의 동남풍은?

용기로 다져진 희망

정원미

안녕하세요
용기 낸 첫인사

머릿속엔 아픈
아이 얼굴이
아른아른

고객의 눈동자 속에
고스란히 떠오르는
아이 얼굴

순간 더
용감해지는 나에게
나도 놀라는데

고객의 밝은 미소
내 발걸음
가볍게 하네

　　　－ 정원미의 '워킹맘'

"우리 회사에서 게스트 이벤트를 하는데 같이 가볼래?"

현재 상위 디렉터인 차임순 언니가 메리케이 제품을 좋아하는 나에게 게스트 이벤트를 소개했다. 평소에 친하게 지내는 언니가 회사에 자부심을 가지고 있는 모습을 보고 나는 망설임 없이 돌이 막 지난 수민이를 안고 수원 뷰티 센터에 갔다.

센터의 밝은 미소와 경쾌한 목소리가 무척 인상적이었다. 누구나 서로에게 반갑게 인사하고 허그(hug)를 하는 모습이 평소에 보지 못했던 모습들이라 부럽기도 했다. 타계한 창업주 메리케이 애시와 회사에 대한 이력을 들었는데, 내 눈에는 메리케이 애시의 얼굴과 행사를 진행하는 분의 멋진 얼굴과 슈트가 크게 들어왔다.

'메리케이 애시란 분은 어쩜 저리 얼굴이 고왔을까?'

'슈트 입은 저 분들은 참 당당하고 멋있다.'

뷰티센터 방문 후에 나는 메리케이 뷰티 컨설턴트로 등록을 했다. 물론 나는 뷰티/피부 전공자도 아니고 세일즈를 해보지 않아서 고민도 있었다. 하지만 남편에게 힘을 주고 싶었고, 메리케이를 보니 한번쯤 나의 인생을 걸 만한 곳이라는 믿음이 생겼다. 무엇보다 사람들의 활기에 찬 밝은 미소들! 나도 그렇게 될 수 있다면 멋진 인생을 살 수 있을 것 같았다.

그때는 몰랐지만 회사 경영 철학인 철학인 고-기브(GO-Give : 타인에 대한 조건 없는 배려와 도움의 정신)와 골든룰은 더욱 나의 마음을 사로 잡았다.

첫 고객은 대학교의 동기생인 동생이었다. 동생의 피부를 점검하고 피부손질법과 제품을 맞춤 컨설팅 해주었는데, 지금 생각해보면 첫 클래스라 순서도 틀리고 버벅거리기도 했었다. 하지만 그녀에게 좋은 것을 꼭 알려 주고 싶다는 열정만은 가득했었다. 그래서였을까? 그녀는 열심히 하는 날 기쁘게 봐 주었고, 미라클이라는 안티에이징 4종 세트를 구매해 주었다.

　지금도 그 날은 나에게 잊을 수 없을 날로 기억되고 있다. 단순히 판매를 해서 기쁜 것이 아니라 누군가에게 우리 회사를 알리고, 품질 좋은 제품을 초보인 내가 판매를 했단 것이 너무나 기뻤다. 그 이후로 나는 자신감을 얻어 고객님들께 다가갔다.

　거기에다 조금만 잘 해도 인정해 주고 칭찬해 주는 회사를 통해 자부심을 느끼고 더욱 더 성장할 수 있었다. 2011년 12월에는 팀리더(팀장급)로 성장하여 RJU(레드쟈켓유니버시티)를 참가할 수 있었다. 전국에서 모인 팀리더를 만나고 그들의 열정을 보고 느끼며, 나는 더욱 할 수 있다는 자신감과 꿈을 이루겠다는 확신을 갖기 시작했다.

　나는 지금 DIQ(승진시험)중에 있다. 단순히 디렉터라는 리더 직급으로 승진이 아니라 회사의 이념인 '여성의 삶을 풍요롭게'를 실천하는 사람이 될 것이다. DIQ를 통해 나의 팀멤버, 유닛멤버는 물론 더 많은 여성들에게 물질적인 풍요로움과 내적인 충만함을 선사하는 행동하는 리더로 우뚝 설 것이다.

　나는 지난 5월 상위 디렉터와 개척을 나가던 중 우연히 이천서희청소년문화센터에 들어서면서 <책 읽고 책 쓰는 부모 프로젝트>을 접할 수 있었다.

　"책 읽고 책 쓰는 부모 프로젝트??!!! 오~~대박이다!"
평소 독서를 많이 권장하는 유니트(일반 컨설턴트들이 속해 있는 집단)라 독서엔 관심이 많았기에 나는 흥분을 감출 수 없었다. 그 순간 나는 공병호 박사가 "앞으로의 세상은 많은 일반인들이 본인의 성공 스토리를 책으로 출판하는 세상이 올 것이며, 그것을 더욱 자신의 가치를 높이는 일이 될 것"이라고 한 말이 떠오른 것이다. 나는 망설임 없이 강의를 신청했고, 수업 중에 <나의 동남풍은 무엇인가?>라는 강의를 들으며 많은 생각을 하기 시작했다. 그 중에 특히 다음과 같이 강조하는 강사님의 말이 가슴에 확 꽂혔다.

"세상에 영원한 블루오션은 없다고 한다. 하지만 엄밀히 말한다면 영원한 블루오션은 딱 하나가 있다. 그것은 지금 자신이 하고 있는 일에 최고가 되는 것이다. 그러기 위해서는 자신의 상품 가치를 높이기 위해 책을 써서 더 많은 사람에게 자신을 알릴 수 있어야 한다."

정말 나의 동남풍은 무엇일까?

내가 최고로 잘 할 수 있는 것은 무엇일까?

나의 상품가치를 최고로 높일 수 있는 방법은 무엇일까?

내가 개척해야 할 나만의 블루오션은 무엇일까?

이런 생각이 머릿속에서 떠나지 않았다. 그러다 보니 어느 순간 바로 내 모습이 보이기 시작했다. 나는 메리케이 컨설턴트의 최고 직급인 INSD(독립 내셔널 세일즈 디렉터)가 되어서, 나를 아는 모든 이들에게 꿈과 희망을 전해주는 리더가 될 것이다.

그렇다. 나의 동남풍은 꿈과 사랑을 실천하는 INSD가 되는 것이다. 이 동남풍을 가꾸기 위해서 지금까지 해왔던 독서와 글쓰기를 계속 할 것이고, 끊임없이 자아성찰을 통해 고객들과 소통을 최우선 과제로 성취해 나갈 것이다. 메리케이와 함께 하는 나의 발걸음은 희망으로 가뿐하다.

나의 동남풍은?
따뜻한 사회복지사
이미경

산책길 발밑에
살포시 앉아 있는 잠자리

널 밟을 뻔했잖아!
안 밟히려면
날아 올라
어서

삶에 지쳐 웅크린
내 모습 본다
근심
염려
걱정 위를
날아 올라

비상한 그 곳에서
미소를
짓는다

    - 이미경의 '비상하라'

서른 살, 혼자 자취하는 방에 칼을 들고 들어온 강도를 만나면서 나는 혼자 살 수 없다는 생각을 했다. 그래서 지금의 남편과 서른세 살에 결혼을 했다. 서른네 살에 첫아이를 출산하고, 이년 후에 둘째아이를 출산했다. 나는 계속 직장을 다니고 있었다. 그때만 해도 아이를 돌봐 줄 만한 마땅한 기관이 없어 가까운 곳에 있는 아주머니들에게 맡기면서 많은 어려움을 겪었다.

그래서 1년 휴직계를 내고 아이를 직접 키워보기로 했다. 그런대로 아기자기한 재미가 있었다. 직장생활로 늘 분주했을 때는 유모차를 끌고 가는 아기엄마들만 봐도 부러워서 나는 언제나 저렇게 한번 해보나 했었다. 그리고 직접 아이를 키워 보니 내 적성에 딱 맞았다. 그래서 남편과 의논 끝에 나는 17년 공무원 생활에 종지부를 찍었다.

"너 분명 우울증으로 고생한다."

"너 곧 후회할 거야. 그땐 세상 살기가 얼마나 힘든데 그 좋은 직장을 왜 그만두니? 조금만 고생하면 평생을 편하게 살 텐데…."

많은 분들이 걱정을 해 주었다. 우리 과에 직원이 서장실에 들어가 내 사직서를 다시 회수해 왔지만, 나는 그것조차 매몰차게 뿌리치고 나왔다. 그 당시 나에게는 아이들보다 더 중요한 것은 없었다. 그리고 그렇게 두 아이만이 잘 되기를 바라는 엄마로서 30대를 정신없이 보냈다.

40대 중반인 요즘 어느덧 아이들이 중학생과 초등학교 고학년이 되면서 나는 혼자 있는 시간이 늘어갔다. 이제 내 인생의 남은 시간들을 어떻게 의미있게 보낼까? 이렇게 정체되어 있을 수만은 없다는 생각도 들었다. 그래서 POP 글쓰기와 컴퓨터 공부도 하면서 계속 무언가를 찾았다. 그러면서 자연스럽게 책 읽기에 몰입하기 시작했다.

이 무렵에 이천서희청소년문화센터의 <책 읽고 책쓰는 부모 프로젝트>를 만났다. 그리고 <일독백서>와 강좌에서 다룬 폭 넓은 종류의 책들을 접하면서 본격적으로 글쓰기를 시작했다. 그 과정에서 글쓰기는 건강을 재창조하는 개인적이고 활동적인 역할이라는 것을 알게 되었다. 글쓰기야말로 상상력, 직관, 무의식, 의식을 다루는 영역이라는 것이다.

나는 정말 기뻤다. 어렸을 때부터 글쓰기는 나의 벗이자 습관이었다. 착하고 성실하게 부모님 말씀에 순종하고, 선생님의 가르침을 법이라 생각했던 10대 시절에 나는 노트건 책 뒷장이건 끄적이는 것으로 내 안의 것들을 표현하는 습관이 있었다. 친구들과 따뜻했던 이야기와 토라졌던 이야기, 친구와 도란도란 나누었던 등나무 아래에서의 추억들, 소개팅에서 만났던 남자친구 이야기 등 모든 것이 다 글감이었다. 그 어떤 형식에도 구애받지 않고 끄적이며 보냈던 10대 시절, 책읽기와 글쓰기가 항상 붙어 있었다.

스무 살, 고등학교 졸업과 동시에 세무공무원이 되었을 때도 나의 글쓰기 습관은 항상 살아 있었다. 부가가치세과, 민원실, 재산세과(양도소득세), 징세과의 광대한 업무들을 접하면서 나는 그 안에서 있었던 일들을 글로 표현했다. 업무 스트레스나 좋았던 일, 직원들과 다녔던 여행, 정오의 햇살을 받으며 우르르 몰려나와 먹었던 점심식사, 저녁 늦게까지 고지서 발송 때문에 야간근무를 해야 했던 기억들이 20대의 노트에 그대로 남아 있다.

"사람들은 글쓰기를 통해 어떻게 살아야 하고, 어떻게 하면 자신의 지혜로 자기 자신을 치유할 수 있는지 알게 될 것이다. 그리하여 사람들은 삶을 위한 글쓰기야말로 자신의 이야기를 신에게 보여주는 가장 아름다운 기원임을 알게 될 것이다."

<책 읽고 책 쓰는 부모 프로젝트>에서 코미나스의 <치유의 글쓰기>를 만난 것은 정말 큰 행운이다. 나는 요즘 글쓰기에 심취해 살아가고 있다. 그리고 실제로 글쓰기를 하면서 나도 모르게 속에 맺혔던 응어리가 풀리는 것을 경험하면서 글쓰기의 힘을 실감하고 있다.

나는 지금 제4의 인생기를 준비하고 있다. 10대의 학창시절, 20대부터 30대 중반까지의 세무공무원 시절, 40대 후반까지의 전업주부, 그리고 이제 다시 본격적으로 나의 능력을 사회에 환원하고자 한다.

세상에는 상처를 안고 살아가는 소외계층들이 많은 것을 잘 알고 있다. 이제부터 이들에게 나의 재능을 쏟아 부을 생각이다. 무엇보다 내가 가장 좋아하고 잘 할 수 있는 글쓰기를 통해서 이웃들의 이야기를 스토리로 엮을 생각이다.

이런 분들에게 전문지식과 자격을 갖춘 사회복지사가 되어서 좀 더 구체적이고 실질적인 도움을 주는 역할을 하고 싶다. 지금은 집안일과 아이들 돌보며 그 꿈을 이루기 위해 강남사이버대학에서 사회복지 강의를 수강하고 있다. 출석과 중간고사, 기말고사, 그리고 과제 리포트 제출, 토론 등으로 해야 할 일이 많다. 특별히 자녀의 출산과 성장과정, 부부관계 등 더 나아가 사회의 전반적인 법과 행정부분을 공부할 때는 나 스스로를 돌아보는 시간을 많이 갖게 되었다.

그동안 살아왔던 내 삶의 경험들이 공부에 큰 도움이 될 때도 많다. 그동안 주관적인 관점에서 세상을 보았는데, 좀 더 넓은 시각으로 객관적이고 국가적인, 사회공동체적인 차원의 큰 틀에서 세상을 바라 볼 수 있는 힘을 키우고 있다. 개인과 사회의 문제를 더 넓은 시야로 보게 되면서 사회의 소외계층에 대한 이해의 폭을 넓힐 수 있어서 나 자신에게 더 없이 유익한 공부가 되고 있다.

나는 나의 동남풍으로 이웃을 사랑하는 마음이 따뜻한 사회복지사의 길을 열어 젖힐 것이다. 더욱 열심히 공부해서 사회복지사 자격증을 취득할 것이다. 그리고 현장에서 그동안 내 열정을 쏟아 부었던 젊은 날의 경험들을 바탕으로 세상을 향해 당당하게 나설 것이다. 단순히 소외계층만을 돕는 사회복지사가 아니라 글쓰기를 활용해서 사회구성원 모두가 이들에게 따뜻한 사랑의 손길을 내밀 수 있도록 하는 방안도 물색

해 나갈 것이다.

이웃을 사랑하는 마음이 따뜻한 글을 쓰는 사회복지사, 생각만 해도 가슴이 설렌다.

나의 동남풍은?

추 억

김희정

봄날 여린 순을 주고 여름날 잎사귀를 주고 가을날 시퍼런 낫에 베어 돼지
게 두드려 맞고 마지막 남은 깨알까지 주고 찬바람 휘몰아치는 추운 겨울날
몸이 말라 비틀어져도 향기를 잃지 않는다. 차가운 땅에 몸을 눕히고 하얀
눈을 이불처럼 덮고도 그윽한 향기를 잃지 않는다. 쪼그리고 앉아 하얀 이
불을 쏠어내리고 코를 박아 보면 단박에 안다. 그 향이 얼마나 좋은지.

- 김희정의 '들깨'

학교 정규 수업을 마치고 온 1~2학년 아이들이 오후 햇살 속에서 모
래놀이를 하거나 그네를 타고 운동장을 누비며 신나게 놀고 있다. 한 시
간쯤 후 얼굴은 벌게지고 이마에 땀이 송알송알 맺힌 아이들이 나에
게 뛰어 온다. 교실에 들어온 아이들은 어느 날은 장난감을 가지고 놀
고 또 어느 날은 동시를 짓고 낭송 한다. 동시 짓기와 글짓기는 3년 동
안 일주일에 2회 정도 하고 있다. 내가 아이들에게 동시 짓기와 글짓기
를 하자고 했을 때 아이들은 정색을 하며 싫어했다. 글짓기는 쓰는 행위
뿐만 아니라 생각을 해야 하기 때문이었다. 하긴 어른 아이, 시대를 구
분할 것 없이 글짓기는 난감하고 힘든 일임에는 매한가지다.

내게도 그런 날이 있었다. 중학교 2학년 때였다. 훤칠한 키에 찰랑거리고 윤기 흐르는 단발머리, 우수에 젖은 듯한 눈이 매력적인 국어선생님이 계셨다. 남자선생님이셨고 학생들 사이에 떠도는 소문은 총각이었다. 계절이 바뀐 후에야 양복을 달리 입는 단벌 신사였는데 간혹 캐주얼을 입고 오시는 날엔 얼마나 눈부시고 멋졌는지 나는 가끔 행복한 상상을 했다.

중간고사나 기말고사가 끝난 국어시간이면 선생님은 학교 뒷산 너머 바닷가로 우리를 데리고 갔고 우리는 소풍 가는 아이 마냥 들떠 선생님을 따라갔다. 학교에서 그다지 멀지 않은 바닷가는 어느 때는 물이 다 빠져 회색빛 갯벌만 그득했고 어느 때는 바닷물이 진군하는 군병들처럼 밀려들어왔다. 선생님은 우리에게 바다와 퇴적층으로 된 바위와 바위틈에 피어난 꽃과 개펄을 관찰 하게 하시고는 주제를 주시거나 때로는 그냥 생각나는 대로 글짓기를 하라고 하셨다. 그러면 남녀합반이었던 우리는 고래고래 악을 쓰며 싫다고 난리법석을 폈다. 하지만 소용없었다. 선생님은 들은 척 만 척 뒷짐을 진채 바다만 묵묵히 바라 보셨고 우리의 외침은 바닷물에 스며들거나 파도소리에 휩쓸려 떠내려가거나 또 갯벌에 파묻혔다. 그리고 선생님은 바닷가에서는 한없이 낭만적이다가도 교실에 들어가면 호랑이로 변신하여 지휘봉으로 엉덩이를 강타하기도 했으므로 우리는 어떻게 해서든 글을 만들어냈다. 그렇다고 하여 글이란 게 뚝딱 써지지는 않아 50분 수업시간에 글 한 편을 써내기는 버거웠다. 죽을 맛이었다. 선생님은 바닷가에서 집으로 돌아오는 길에 또 말씀하셨다.

"오늘 완성하지 못한 학생들은 다음 국어시간까지 꼭 제출하도록!"

우리는 또 우우 하며 괴성을 질렀으나 다음 국어시간에는 어김없이 숙제를 냈다. 그 시절 나는 국어선생님을 마음속으로 무척 사모하던 터였는지라 선생님께 칭찬 받을 궁리를 조금 했었다. 문득 글짓기를 잘 해

가면 선생님께 칭찬을 받고 사랑받을 거라는 생각이 들었는데 문제는 아무리 생각해도 공책 한 장 채울 만한 글이 써지지 않았다. 곤욕이었다. 노트와 볼펜을 들고 이 궁리 저 궁리하며 방안을 뒹굴고 있는데 방안에 굴러다니던 잡지 한 권과 눈이 마주쳤다. 언니가 펜팔 친구로 알게 된 고등학교 문예반 남학생들이 졸업 기념으로 발간한 문집이었다. 나는 그 책을 이리저리 넘겼고 그 책에서 아주 재미있고 감동적인 수필 한 편을 발견했다. 읽다보니 나도 모르게 눈물이 나왔다. 그때 알았다.

'아, 글 한 편이 이렇게 사람 마음을 감동시킬 수 있구나!'

나는 불현듯 그런 글을 쓰고 싶어졌다. 그런데 방법이 떠오르지 않았다. 그 당시에는 지금처럼 인터넷이나 스마트폰 등 정보를 얻을 수 있는 매체가 없었을 뿐만 아니라 글짓기에 대해 구체적으로 가르쳐 주는 사람도 없었다. 나는 그 문집을 읽으며 고민했고 결국 나는 그 수필에다 내 이야기를 중간에 넣어 짜깁기하여 제출했다. 국어선생님은 그 사실을 모르시는 건지 친구들 앞으로 큰소리로 읽게 하시고는 극찬을 해주셨다. 나는 베낀 사실을 들킬까봐 얼마나 조마조마하고 괴로웠는지 모른다. 그날 이후 선생님은 나에게 매주 글을 써오라고 하셨다. 산 넘어 산이었다. 하지만 베끼고 짜깁기는 그만뒀다. 떨리기도 했거니와 그러면 안 된다는 양심의 소리가 더 크게 들렸다. 선생님은 내가 글을 써갈 때마다 칭찬을 해주셨고, 나중에는 학교에서 글 잘 쓴다는 학생들이 모인 문예반에 추천해주셨다. 그로 인해 지금까지 나는 좋은 책과 좋은 글을 보면 가슴이 떨리고 설렌다. 책과 글쓰기와 지치지도 않고 식지 않은 연애를 하고 있다.

오래전 국어선생님이 그러셨듯이 나는 비오는 날이면 빗방울과 비와 관련된 글을 쓰라고 하고 단풍 든 날에는 학교 교정을 둘러보고 그림을 그리거나 동시를 지으라고 한다. 그러면 아이들은 내가 어렸을 때 그랬던 것처럼 괴성을 지르면서도 눈을 반짝이며 하늘과 나무와 꽃을 관찰하고 내가 보지 못하고 알지 못하는 세계를 찾아내어 그들만의 언어로 표현한다. 그러면 나는 칭찬을 듬뿍 해주고 친구들 앞에서 낭송을 하게 하고 한해가 끝날 무렵 그간 쓴 글을 묶어 집으로 보낸다. 나는 오늘도 재미있고 기발한 표현이 담긴 동시를 만난다. 아이들은 변함없이 괴성을 지르지만 나는 안다. 이 일이 그들을 성장시키고 풍요롭게 하리라는 사실을.

나를 만난 아이들이 시간이 흐른 먼 훗날 오늘을 돌아보아 그 시간이 있어 행복했노라 추억할 수 있기를 나는 소망한다. 그간 나를 만난 아이들이 지은 예쁘고 아름다운 동시가 많으나 여기 한 편을 소개하고자 한다. 제목은 <우산>이고 초등학교 2학년 학생 글이다.

주르륵 주르륵
비가 오는 날엔
우산을 펴요.

우리 옷이 비에 젖지 않게 우산이 막아줘요.
우리 대신 흠뻑 젖은
고마운 우산
잘 아껴 써요.

나의 동남풍은?
제갈공명의 초코베리

박진숙

달그락 달그락
달빛을 보내는 소리

안개를 걷어내는 여명은
살포시 머리를 내민다

여기저기 깨어나는
불빛 하나 둘

어느새 새벽은
화사함을 입는다

- 박진숙의 '새벽'

　얼마 전에 인터넷을 보다가 <삼국지>를 사 놓기만 하고 다 읽어 보지는 못했다는 사람의 글을 봤다. 그 사람은 그러면서 솔직히 <삼국지>를 끝까지 다 읽은 사람이 얼마나 되는지 한번 확인해 보고 싶다고 했다. 실제로 우리 주변에는 이 책을 사 놓고 다 읽지 못한 경우도 많고, 대략적인 줄거리는 알고 있어서 읽지 않고도 웬만한 사람들은 읽은 것처럼 착각하는 경우도 많다는 것이다.

어쨌든 이 책을 통해서 '나의 동남풍은 무엇인가?' 처럼 삶의 지혜를 찾는 독서법은 쉽지 않은 일이다. 제갈공명이 적벽대전에서 동남풍을 이용해서 화공전으로 대승을 거둔 것은 분명히 감탄할 만한 일이다. 자연의 변화를 알아 차리고 교묘히 동남풍이 부는 시간을 이용한 것인데, 아무리 생각해 봐도 제갈공명의 오묘한 지혜는 저절로 외경심이 들게 만든다.

<책 읽고 책 쓰는 부모 프로젝트>에 참여하면서 <삼국지>의 적벽대전에서 '동남풍'을 창의적으로 해석하는 것을 배우고 나니, 한 동안 '나의 동남풍은 무엇인가?' 에 대한 생각에 빠져드는 나 자신을 발견했다. 제갈공명이 동남풍을 활용해서 전쟁에 이김으로써 자신의 상품가치를 높인 것처럼 나도 아는 것 중에 잘 활용해서 나의 상품가치를 극대화 시킬 수 있는 것으로 과연 무엇이 있겠는가?

나는 어떤 물건이나 사물을 보면 무엇이든지 만들고 싶어진다. 손으로 만드는 것은 무엇이든지 좋아한다. 천이나 옷조각을 이용해서 장식품을 만들거나 나무나 조각들을 갖고 공예품을 만드는데 특별한 재주가 있는 것 같다.

나는 결혼 전에 보육교사로 일했다. 그 당시에는 보육교사 자격증으로 유치원에서도 일을 할 수가 있어서 한동안 아이들과 함께 했다. 아이들을 좋아하고, 꼼꼼한 성격 덕분에 능력을 인정받아 정말 신나게 일을 했다. 그것은 결혼 후에 아이들을 양육하는데도 큰 보탬이 되었다.

어쨌든 결혼과 동시에 나는 원하는 일들을 마음대로 할 수가 없었다. 집안일과 아이들을 돌보느라 내 능력을 개발할 생각은 미처 하지 못했다. 그렇게 20여 년의 세월이 흘렀다. 지금은 아이들도 다 키워 놓고 집안도 어느 정도 안정이 되어 나 자신을 찾고자 노력 중이다. 독서와 글쓰기를 통해서 나 자신을 새롭게 만나가는 요즘이 무척 즐거운 이유가 여기에 있다.

그러다 보니 요즘은 소극적이고 용기가 없는 내 성격이 '나의 동남풍'을 찾는데 가장 걸림돌이라는 것을 느끼고 있다. 그동안 시댁과 남편, 아이들이 나를 붙잡아서 내 능력을 마음대로 발휘하지 못한 것은 아닌가 했는데, 근본 원인은 나의 이런 내성적인 성격 때문이 아닌가 싶은 것이다. 그래서 요즘 새로운 꿈을 꾸고 있다. 시작은 곧 현재 진행형으로 이어진다.

나는 여주 강천에 있는 작은 산기슭에 초코베리라는 열매를 작목하고 있다. 건강식품으로 자리 잡은 블루베리와 비슷한데 그것보다 약 5배가 높은 항산화 효과를 함유하고 있어서, 눈과 뇌신경에 좋은 약용식물이다. 잎은 차로도 쓰이고, 열매는 주스, 쨈 등 다양한 식자재로 이용가치가 높다. 지금은 초코베리의 상품가치를 많은 사람들에게 알리는 것이 '나의 동남풍'을 개발하는 일차적인 목표가 되었다.

세상에 중요한 것은 참으로 많다. 돈도, 명예도, 좋은 집도, 명품 가방도 때에 따라서는 중요하다. 하지만 그 무엇보다 중요한 것은 사람과 사람, 그리고 사람을 살게 만들어 주는 자연과 환경이다. 지금은 오래 사는 것보다 건강하고 즐겁게 사는 것이 중요한 문제로 대두되고 있다. 육체는 의학으로 얼마든지 살려 낼 수 있지만, 건강하지 못한 육체가 의학에 의존하는 것은 비극에 가깝다. 육체적 건강을 유지하는 것은 영혼을 건강하게 하고, 영혼이 건강한 사람은 즐거움과 행복한 삶을 누릴 수 있다. 초코베리는 바로 우리의 삶은 행복으로 이끌어 주는 건강의 지킴이다.

제갈공명이 초코베리의 효능을 알았다면 어떻게 동남풍처럼 활용했을까? 오늘도 나는 '나의 동남풍은 초코베리다'라는 신념으로 제갈공명의 지혜를 본받으려 하고 있다.

제 4 장

뭐, 엄마가 착해졌다고?

일독백서 창의적인 독서법

〈유비이야기〉
〈내 아이를 위한 비폭력대화〉

아무리 유익한 책이라도
그 반은 독자가 만드는 것이다. - 볼테르

유비라면 어떻게 했을까?

유비의 젊은 시절 이야기다. 어느 날 강을 건너기 위해 무릎을 걷어 올리고 있는데 한 노인이 자신은 힘이 없으니 업어서 건너 달라고 말했다. 유비는 좋은 마음으로 노인의 청을 들어 주었다. 그런데 강을 다 건너서 노인을 내려놓고 갈 길을 가려고 하는데, 노인이 강 건너에 짐을 두고 왔다고 말한다. 유비가 얼른 짐을 가져 오려고 다시 강을 건너려고 하자, 노인은 "네가 그냥 강을 건너서 짐을 가져가면 어떻게 하나?"며 다시 자신을 업고 갔다 와야 한다고 말한다. 유비는 말없이 노인을 업고 강을 건넜다가 짐을 챙겨서 다시 건너온다. 그때 노인이 "네가 처음에 한 일은 누구나 할 수 있는 일이다. 그런데 두 번째 일은 아무나 할 수 없는 일인데, 너는 무슨 마음으로 그 일을 했느냐?"고 묻는다. 그러자 유비는 아무렇지도 않다는 듯이 말한다.

"제가 처음에 노인을 업고 강을 건넌 것은 잘한 일입니다. 그런데 만약에 두 번째 요구를 거절하고 그냥 가버린다면 저는 처음에 한 수고를 수포로 만들어 버리는 것입니다. 하지만 제가 노인의 말씀을 계속 들어드리면 처음에 잘한 일에 계속 잘한 일을 보태는 것인데 어찌 제가 마다할 일이 있겠습니까?"

그 말을 들은 노인은 유비에게 다음과 같은 말을 한다.

"그 말이 너의 머리에서 나온 것이라면 너는 한 나라를 다스릴 만한 덕이 있는 것이고, 그 말이 너의 마음에서 우러러 나온 것이라면 너는 세상의 모든 땅을 다스릴 만한 덕이 있는 것이다. 부디 그 마음을 잊지 말아라."

중학교 1학년 국어 교과서에 이 이야기가 실렸던 적이 있었다. 문제집에 이 이야기가 주는 교훈이 무엇이냐는 오지선다형 문제가 있었다. 이 문제의 답은 무엇일까?

문제   다음 중 이 이야기의 주제는 무엇인가?
  ① 스승을 공경해야 한다.
  ② 현명한 선택을 해야 한다.
  ③ 선행을 많이 베풀어야 한다.
  ④ 노인을 공경해야 한다.
  ⑤ 어려움을 참고 끝까지 노력해야 한다.

사실 이 문제는 우리나라 국어 교육의 문제점을 한 눈에 보여주고 있다. 이 문제의 답은 ⑤번으로 귀결된다. 결국 ⑤번을 선택하면 공부 잘하는 학생이 되는 것이고, 나머지 문항을 선택한다면 공부를 못하는 학생이 되는 것이다. 정말 안타까운 현실이다. 어떻게 이 문제의 답이 ⑤번만이어야 하는가?

요즘 독서의 중요성이 강조되면서 독서량을 평가하기 위해 이런 문제들이 난무하고 있다. 독서를 학업평가에 반영한다고 하니 줄거리 요약과 핵심 문제를 뽑아 평가에 대비하는 학생들의 모습도 많이 눈에 띈다. 독서는 결코 오지선다형이나 단답형으로 평가할 수 있는 영역이 아닌데, 평가를 통해 서열을 정해야 하니 어쩔 수 없이 벌어지는 촌극이다.

생각해 보자. 한 권의 책을 읽고, 주인공의 이름을 외우고, 줄거리를 꿰고, 핵심 내용을 요약 정리하는 것이 무슨 의미가 있겠는가? 물론 책을 아예 안 읽은 것보다는 분명히 좋은 점이 많은 것은 사실이다. 하지만 문제는 어려서부터 이런 식으로 독서 평가를 받아 온 아이들의 사고는 바로 그 시점에서 멈추어 버린다는 것이다.

<책 읽고 책 쓰는 부모 프로젝트>는 바로 이런 문제점을 극복하기 위한 창의적인 독서법을 제시하고, 그것을 생활 속에서 구체적인 사례에 적용 해나가는 과정을 그 출발점으로 삼았다. 그래서 강의 초기에는 무엇보다 창의적인 독서법을 통해 창의적인 사고를 확산시키는데 주안점을 두었다.

창의적인 독서법의 출발점은 책 속에 담겨 있는 내용이나 사건을 단순히 요약하거나 암기하는 것이 아니라 그것을 우리가 처한 구체적인 현실에 적용시켜 보는 것이다. 그러기 위해서는 한 편의 글을 읽고 나면 반드시 다음과 같은 사고 과정을 통해 생활 속에 활용할 수 있는 지혜를 찾을 수 있도록 노력해 봐야 한다.

1. 사실적인 이해
① 이 이야기가 우리에게 주는 교훈은 무엇일까?
② 내가 주인공이라면 어떻게 했을까?

2. 창의적인 이해
① 생활 속에서 이와 비슷한 사례는 무엇이 있을까?
② 이때 주인공이 나였다면 어떻게 했을까?

수업 시간에 유비 이야기를 읽게 한 다음에 창의적인 독서법을 적용해서 그대로 질문을 던져 보았다.

"이 이야기가 우리에게 주는 교훈은 무엇일까?"

"……?"

이런 질문에 자신 있게 대답을 하는 경우는 거의 없다. 이것은 어른들을 상대로 강의를 했을 때도 마찬가지다. 사실 유비 이야기가 주는 교훈을 단답형으로 말하기란 결코 쉽지 않다. 그래서 가급적 다음과 같은 질문을 바로 던지는 것이 좋다.

"내가 유비라면 이 상황에서 어떻게 했을까?"

어른들은 뻔히 보이는 답이라 쉽게 대답을 하지 않지만, 학생들은 솔직하게 자신의 생각을 표현하는 경우가 많다. 사실 수업은 그때부터 생기를 띠기 시작하는 것이다.

"노인이 잘못한 거잖아요. 저 같으면 그냥 가 버릴 거예요."

"노인에게 나를 믿지 못한다면 알아서 하라고 할 거예요. 아무리 좋게 생각해도 보따리를 가지러 다시 업고 건너지는 못할 것 같아요."

심지어 어떤 학생은 이렇게 되묻는 경우도 있었다.

"정말 유비 같은 사람이 있을까요? 소설이니까 가능하지."

사실 이것이 학생들의 본래 모습이고, 솔직한 마음의 표현이다. 그런데 이런 학생들에게 유비 이야기를 통해서 "어려움을 참고 끝까지 노력해야 한다."는 답만이 정답이라고 하는 것이 얼마나 현실과 동떨어진 이야기인가?

그렇기 때문에 이런 식으로 수업이 이뤄져서는 독서의 효과를 기대할 수 없다. 그쯤에서 다음과 같은 질문을 던져 보았다.

"그렇다면 이와 비슷한 사례는 무엇이 있을까?"

"……?"

창의적인 독서법 강좌는 바로 여기서부터 시작된다. 지금까지 이렇게 질문을 던지면 바로 대답을 하는 학생은 거의 만나지 못했다. 한 번도 이와 같은 생각을 해보지 않았기 때문에, 이런 질문에 대답을 유도하기 위해서는 좀더 상황을 풀이해서 구체적인 답을 유도할 수 있어야 한다.

"생각해 봐. 유비처럼 누군가에게 잘해 줬는데 그가 억지를 부리며 또 다른 것을 요구한다면 그것이 바로 이와 비슷한 사례가 되는 거잖아."

그러자 한 학생이 조심스럽게 손을 들더니 이렇게 되물었다.

"선생님, 그러면 친구가 지우개를 빌려 달라고 해서 빌려 줬더니 고맙다는 말도 하지 않고, 다시 볼펜까지 빌려 달라고 하는 것이 그와 비슷한 경우가 아닐까요?"

"그렇지. 만약에 그럴 때 유비라면 어떻게 했을까?"

"……?"

한 학생이 이런 식으로 사례를 이야기하자 그 다음부터 물꼬가 터진 것처럼 다른 학생들도 자신의 이야기를 꺼내기 시작했다.

동생한테 옷을 빌려줬더니, 신발까지 빌려 달라고 하더라.

엄마의 심부름을 하고 왔더니 동생과 놀아 주라고 하더라.

이럴 때 유비라면 어떻게 했을까? 어떻게 하는 것이 과연 현명한 방법일까?

어른들을 상대로 하는 강의에서도 이와 똑같은 질문을 해 보았다. 처음에는 아이들처럼 아무 말도 못하던 분들이 구체적인 사례로 들어가자 봇물 터지듯이 자신의 사례를 이야기하기 시작했다.

아침에 아이를 위해 밥을 해 놓았는데 아이가 귀찮다며 밥은 거들떠보지도 않고 학교에 간다고 투덜거리며 나서더라.

남편을 위해 좋은 옷을 선물했는데 마음에 들지 않는다고 바꿔 오라고 하더라.

좋은 며느리가 되기 위해 시댁에 한 달에 한 번씩 찾아 갔는데 더 자주 오라고 하더라.

이럴 때 유비라면 어떻게 했을까? 어떻게 하는 것이 현명한 방법일까?

사실 이와 같은 경우는 누구나 경험한 일들이 있기 마련이다. 유비와 똑같은 방법으로 현명하게 처신했던 경험이든, 아니면 지금 생각해 보니 유비처럼 행동하지 못해서 상대와 관계가 악화가 되었던 경험이든지, 한번쯤 자신의 행동을 되돌아 보는 기회를 갖게 해 준다.

창의적인 독서법을 생활 속에 활용하면 반드시 생활의 변화가 일어나기 시작한다. 한 권의 책을 읽고 줄거리를 정리하는 것으로 그치지 않고, 그것을 내 삶의 구체적인 모습에 반영하는 연습이 저절로 되기 때문이다. 생각이 바뀌기 시작하니 행동이 바뀔 수밖에 없고, 행동이 바뀌기 시작하니 습관이 바뀌기 시작하는 것이다.

실제로 수많은 수강생들이 그 사례를 증언하고 있다. 특히 어른들은 그 효과가 더욱 빠르다. 자기계발을 위해 스스로 선택한 것이기에 배운 것을 그대로 생활 속에 실천해 보는 노력을 게을리 하지 않기 때문이다.

유비 (161년~223년)

현재에 들어와서 유비에 대한 재평가가 이뤄지면서 일부 학자들에 의해 무능한 군주였다는 평가를 받기도 하지만, 소설 <삼국지연의>에서는 한의 정통성을 이어받은 황제이자 유교적인 덕목을 갖춘 영웅으로 추앙받고 있다. 특히 도원결의와 삼고초려 등을 통해 인재를 알아보는 능력과 사람을 잘 아우르는 덕성을 높이 평가하고 있다.

유비 이야기

수고에 수고를 마다하지 않으니

차임순

1.

배 부른 마음
한둘셋

톡톡톡
단장하고

그를 향해 건너 가네

설레는 아침
부푼 미소

2.

분홍빛
온통

햇살이 쏟아지네
내 가슴 가득

그대의 얼굴

내 안에
나를 일으키네

　- 차임순의 '고객'

　여주에 계시는 고객을 알게 된 것은 지난 4월에 팀 멤버들과 함께 장
호원에 나갔을 때였다. 장호원읍내에 있는 상가를 돌다가 가끔 들리는
미용실에 들어갔는데 손님 한 분이 원장님과 마주 앉아 이야기를 나누
고 있었다.

　"안녕하세요. 메리케이 화장품입니다. 어머~ 어머님, 인상이 참 좋으
시네요. 제가 오늘 어머님 손을 아주 예쁘게 해 드릴게요."

　나는 손님의 손을 잡고 손케어 제품을 짜드리기 시작했다. 총 3단계
에 걸친 손케어 제품을 발라보고는 부드럽고 촉촉한 손을 보면서 함박
웃음을 지으며 좋아했다.

　"어머! 진짜 손이 예뻐졌네!"

　나는 바로 클렌저 샘플러를 건네며 사용법을 알려 주었다. 그리고 사
용 후에 느낌이 어떤지 연락을 드리겠다며 전화번호를 받아 왔다.

　며칠 뒤에 바로 연락을 했더니 그 손님은 평소 세안 후에 다른 제품
을 썼을 때는 피부가 당기는 느낌을 받았는데, 내가 드린 샘플을 써봤
더니 전혀 당기지 않고 좋다고 했다. 그래서 스킨케어 클래스를 받을 수
있도록 권유했더니 흔쾌히 승낙했다. 나는 얼른 주소를 확인하고 토요
일에 자택으로 방문을 했다.

　첫 번째 스킨케어 클래스를 통해 클렌저, 각질관리, 보호, 보습 단계

에 걸쳐 본인 스스로 피부관리를 하는 것이 얼마나 중요한지 알려드렸다. 그러자 그 분이 자신은 유난히 인중 부위가 건조하다고 해서 보습에 효과적인 제품을 시연해 보였다. 마스크팩과 그리스털 필링을 통해 환해진 얼굴을 보며 정말 부드러워지고 환해졌다며 좋아했다. 그 분은 그 후 한 달에 2번 이상 나의 방문으로 꾸준히 스킨케어 클래스를 받았다.

그리고 단품으로 몇 가지 제품을 구입해 주셨다. 하지만 말로는 메리케이로 바꾸고 싶다고 하시면서, 기존에 가지고 있던 제품과 선물로 받은 제품이 많다고 하시며 선뜻 기초 제품을 구입하지 않았다. 그래도 나는 인내를 갖고 꾸준히, 친절을 베풀며 케어를 해주었다. 그랬더니 2개월이 지나면서 유난히 이것저것 우리 제품에 대해 묻는 빈도가 많아졌다.

"이건 뭐라고 했지?"

"아, 네. 이건 낮에 쓰는 에센스요."

"그럼, 이건?"

"아, 예. 이건 어쩌고 저쩌고~~"

"그럼, 이건?"

그 분은 내가 귀찮아 할 정도로 집요하고 세심하게 묻기 시작했다. 어느 때는 밖에 있는 자동차까지 달려가서 그 분이 새로 보고 싶다는 상품을 가져오는 수고도 마다하지 않았다. 그러는 사이에 나는 아예 친딸이 된 것처럼 친밀감을 붙이며 맞장구를 치기 시작했다. 때로는 우스갯소리로 볼멘소리도 곁들이며.

"어머님, 2번만 더 하면 백 번은 되겠네요?"

"그런가? 호호호."

하지만 눈치를 보니 쉽게 제품을 구입할 것 같지는 않았다. '아, 내가 헛수고를 하는 것은 아닌가?' 라는 생각이 들기도 했지만, 그래도 매번 그 분이 상품에 대해 물을 때마다 미소로 성심성의껏 설명을 다해 주었다.

그래서였을까? 어느 날엔가 그 분이 기초제품을 주문하기 시작했다.

"내 평생 피부는 임순 씨가 책임 져!"

"예, 저에게 맡겨만 주세요."

나는 지금 그 순간을 잊지 못한다. 지금도 한 달에 한 번씩 방문하고 있는데, 그때마다 아침밥을 하면서도 내 생각을 했다며 따뜻한 밥을 차려 준다. 이제 나는 그 분의 딸과 같은 존재가 되었다. 단순한 고객이 아니라 나에게 모든 것을 맡겨 주시는 그 분, 지금 이 순간 나는 그 분을 생각하며 유비 이야기를 떠올려 본다.

누구나 유비처럼 노인을 대하기는 쉽지 않다. 그러나 중요한 것은 유비처럼 행동하면 확실히 내가 원하는 사람을 얻을 수 있다는 것이다. 수고에 수고를 마다하지 않으면 언젠가 그 결과는 배로 돌아오기 마련이다. 설사 그 사람한테 돌아오는 것이 없다 하더라도 그 마인드 덕분인지 주변의 다른 사람에게 좋은 평을 받게 되거나, 어떤 식으로든 내게 그만한 대가가 찾아 오는 것을 느낄 수 있다. 나 역시 지금은 어머니처럼 사귀게 된 고객을 통해서 그 교훈을 실감하고 있다.

나는 오늘도 유비처럼 산다는 것이 무엇인가를 생각하며 고객을 향해 즐겁게 발걸음을 내딛는다.

유비 이야기

딸의 마음

남민경

"엄마 입장 되어 보련?"
"제 입장도 봐주세요."

열다섯 딸아이
엄마보다
더 큰 옷을 입었네

어느 새 출렁이던
산 그림자
호수에 젖어드네

- 남민경의 '출렁이던 물결도 - 딸과의 대화'

30대 초반까지는 나도 유비처럼 사람들의 요구에 좋은 마음으로 맞춰 주며 살았다. 그런데 30대 중반부터는 나 자신에 대해, 그리고 나를 대하는 다른 사람들의 태도에 대해 너무 많이 생각해서인지 나 자신이 변하기 시작했다.

나는 지금 비즈니스, 자녀양육, 신앙생활, 특기를 활용한 활동(영어, 수화), 가족관계, 대인관계 등에서 예전과 다르게 어려움을 느끼는 경우가 많다. 그래서인지 유비의 이야기가 더욱 가슴에 와 닿는다.

나는 상대에게 좋은 의도로 일을 했는데 받아 들여지지 않거나, 오히려 내게 더 많은 것을 요구할 때 억울한 생각, 피해의식, 좌절감 등이 밀려오는 경험을 한다. 그래서 처음에 좋은 의도로 했던 일이 원하지 않은 결과를 초래할 때 처음에 했던 좋은 일도 아예 소용없게 만드는 경우가 있었던 것은 아닌가 반성해 본다.

며칠 전, 아이에게 선택권을 주고, 대화와 의논을 통해 좋은 관계를 유지하자는 결심을 했다. 요즘 큰딸과 갈등이 되었던 두 가지 문제 ① 교회 학생회 수련회 참석, ② 방학 활용의 방향에 대해 이야기를 나눴다.

중학교 2학년인 딸은 "교회 수련회는 재미없다. 난 친구들과 지내거나 내가 계획한 대로 다른 일을 하겠다. 방학엔 무조건 신나게 놀겠다. 방학은 쉬면서 놀라고 있는 것이다. 대신 나 자신도 나의 진로에 대해 생각해 보고 찾아 보는 시간을 갖겠다."고 했다.

나는 다른 건 몰라도 교회 수련회엔 꼭 가라, 거기서 뭔가 크게 느끼고 하나님을 만날 수 있는 절호의 기회이다. 너의 인생에 좋은 나침반이 될 것이다. 방학은 쉬라는 의미도 있지만 부족한 과목의 기초를 세워 다음 학기의 수업이 즐거워질 수 있게 하라는 의미도 있다. 이제 곧 3학년이 되고, 기초가 부족해 공부에 스트레스도 받고 있으니 엄마와 함께 공부하자고 했다.

우리가 갈등을 빚자 아빠가 제안을 해서 모처럼 네 가족이 다 모였다. 가족회의를 통해서 서로의 의견을 조율해 보자는 의도였다. 서로를 존중하되 자신의 의견과 의도를 상대방에게 충분히 납득시키고, 최대한 두 사람이 수긍하고 만족하는 결론을 내보자는데 모두가 의견을 모았다.

화기애애한 분위기로 시작한 회의가 결국은 딸의 반항기 어린 "무조건 안 가!"에 흥분한 내가 언성을 높여가며 설득하려 하였고, 이에 큰딸은 내 말을 자르고 토를 달아가며 반대를 하기 시작했다.

방학 동안 큰딸을 가르치기 위해 '박철범 하루공부법'을 메모해 가며 기대에 부풀었는데, 그동안 내 일에만 집중했던 것 같아 딸을 위해 큰 맘 먹고 시간을 내려고 했는데…. 모든 게 엉터리인 엄마인 것 같아 신앙생활만큼은 꼭 물려 주고 싶었는데…. 기분도 상하고, 나의 의도에 대해 구구절절이 설명을 해야 한다는 것이 싫어지고 절망스러워졌다. 뭔가 엄마의 역할을 그럴싸하게 하고 싶었는데 실패했다는 생각, 이런 상황을 다잡아 조율하고 극복하지 못하는 나 자신에 대한 실망감으로 어쩔 줄 몰라 하다가 결국은 회의를 끝내고, 아니 포기하고 말았다.

처음의 의도가 좋았다면 그 의미가 변질되지 않도록 끝까지 마무리를 했어야 하지 않았나? 이럴 때 유비 이야기를 들었다. 노인이 보따리를 놓고 왔다며 다시 업고 강을 건너 달라고 했을 때 그대로 해주는 것은 유비가 아니면 해 줄 수 없는 일이다. 사람의 마음을 얻기 위해서는 무엇보다 상대가 원하는 대로 해줘야 하는 것이 옳지만, 상황이나 감정에 따라 누구나 쉽게 할 수 있는 일이 아니다. 누구나 딸과 대화를 시도할 수는 있다. 그런데 딸이 갑자기 생각지 못했던 반응을 보였을 때, 유비처럼 본래목적을 놓치지 않을 수 있는 사람이 얼마나 될까? 다른 사람이라면 이런 경우에 어떻게 할까? 유비라면 이런 경우에 어떻게 했을까?

나는 혼자 고민하다가 답을 찾을 수 없어서 글로 써서 강의 시간에 발표를 했다. 내 글을 여러 수강생들과 공유하다 보니, 대화라고 하면서 결국은 일방적으로 강요를 하고 있었던 내 모습을 발견했다. 너무 부끄러웠다. 처음에 좋은 의도로 시도한 대화의 자리가 결국 내 욕심으로 인해 본질에서 벗어난 원하지 않은 결론을 얻게 된 것이 아니었던가?

그래서 다시 큰딸과 자리를 만들어 대화를 시도했다. 이번에는 정말이지 내 욕심을 내려놓고 딸의 입장을 들어 보기로 했다. 무엇보다 어떤 말이 나오더라도 대화를 통해 좋은 결과를 얻으려는 본래목적을 놓치지 않기로 했다.

"혜원아, 엄마가 진짜 궁금해서 물어 보는 거니까 괜히 오해하지 말고 들어 봐. 우선 엄마가 네 입장을 생각하지 않고 엄마 이야기만 한 것은 미안해. 그러니까 한번쯤 니가 엄마라면 어떻게 할지 말해 줘."

"……?"

"넌 엄마로서 너의 딸이 자신의 역할을 잘 해서 사회에서 인정받고 자신도 만족하기를 바래. 그러기 위해서는 학교에서도 어느 정도 공부는 해서 공부나 학교에 대한 스트레스에서 벗어나야겠지. 선생님이나 친구들한테 인정도 받아야겠고. 그리고 네 딸이 신앙을 갖고 성실하게 살았으면 해. 그러기 위해서는 교회 수련회에 참석도 해야 하고, 목사님이나 친구들과 친해질 필요가 있어. 그래서 딸에게 공부도 하고 수련회에도 함께 가자고 했어. 그런데 딸이 무조건 반항하면서 싫다고 하면 어떻게 할 거야? 그때 네 기분은 어떨 것 같아? 그때 딸 앞에서 너는 어떻게 행동할 거야?"

나는 최대한 딸에게 강요하는 투로 비치지 않도록 조심스럽게 이야기를 했다. 그 진심이 통했기 때문일까, 딸이 부드러운 말로 자신의 속내를 드러내기 시작했다.

"음, 글쎄? 나라면 최소한 엄마처럼은 안 할 거야. 일단은 강요하거나 잔소리하지 않을 거야."

"……?"

"그리고? 내 딸이 이해할 수 있도록 설명하고 스스로 선택하게 할 거야."

"그래? 근데 이해할 수 있도록 설명하기 전에 딸이 무조건 소리 지르고 반항하고, 중간에 말 끊고 들어보려고 하지도 않으면 어떻게 할 것 같애?"

"음, 일단 기다려 줘야지."

"그래? 그렇구나?"

나는 처음부터 끝까지 묻고 들어 주기로 했기 때문에 최대한 말을 아꼈다. 자칫 내 의견이 나가고 그러다 보면 잔소리가 나갈 것 같아 속으로 생각했다.

'그래, 유비처럼 해보자.'

평소에 큰딸을 대하면서 부딪혔던 갈등과 고민에 대해 역할을 바꿔 계속 묻고 들어주기만 했다. 무엇보다 최대한 딸의 입장을 이해하고, 이 문제를 해결할 수 있다면 딸에게서라도 배우겠다는 심정으로 하고 싶은 말을 내려 놓으며 딸의 말을 들어 주었다. 그러다 보니 어느 순간 서로의 침묵 속에서도 뭔가 깊이 느껴지는 것이 있었다. 모처럼 딸의 속내를 진지하게 들어 보는 자리가 마련된 것이다. 한 동안 이런 식으로 진지한 이야기를 나누다가 잠시 침묵의 시간이 흘렀다.

"엄마, 나 이번에 수련회 갈게. 아무래도 가는 게 좋을 것 같아."

정말 신기하게 혜원이가 먼저 이런 말을 하는 것이었다. 엄마가 그렇게 권할 때는 반항만 하다가 진지하게 아이의 말을 들어 주고, 선택의 기회를 주었더니 알아서 엄마가 원하는 대로 해 주겠다는 것이다. 어디 그뿐인가? 혜원이는 수련회에 다녀와서 묻지도 않았는데 그곳에서 있었던 일을 신나게 들려주고 있었다. 엄마의 뜻을 이야기하고, 딸의 의견을 묻고, 들어주고, 묻는 것으로 딸의 마음을 얻을 수 있었던 것이다.

유비 이야기

예스는 유쾌하게

김희정

그대 묻지 말아줘요
어이하여 그대 이름을 부르는지
그대를 사랑하는지.

그대는 나고 나는 그대며
그대는 사랑이라 나도 사랑임을
그대는 이미 알고 있었으니
어이하여 그대를 그토록 사랑하느냐고
묻지 말아줘요.

- 김희정의 '책과 나'

  십여 년 전, 그녀는 몹시 가난했다. 그녀를 알게 된 처음부터 그녀가
그렇게 가난하다는 사실을 알지는 않았다. 그녀와 나는 어느 모임에 같
은 멤버로 만났고 그 모임 멤버들은 아주 가끔 그녀 집에 간 적이 있다.
우리 모임 멤버는 아이들을 포함하여 열여섯 명이었다. 그녀의 집은 현
관 입구에 있는 작은 방 한 칸에 부엌과 거실과 안방이 일자로 연결된

십육 평형 아파트였다. 그녀 집에서 우리는 늘 다닥다닥 붙어 앉아야 했다. 하지만 누구도 불평불만을 하지 않았다. 그녀가 요리한 카레와 닭볶음탕은 풍성할 뿐만 아니라 맛도 아주 좋았기 때문이었다. 큼직하게 썬 감자와 당근을 듬뿍 넣은 카레와 얼큰한 닭볶음탕은 그다지 어울리지 않은 음식이었으나 우리는 목을 뒤로 젖히고 입을 헤 벌리며 게걸스럽게 먹었다. 그런데 우리는 같은 모임 멤버였으나 그녀에 관해 아는 바가 많지 않았다.

어느 여름 오후였다. 그녀에 관한 소문이 들렸다.

"철수네 미국으로 이민간대. 부부가 워낙 겸손한 사람인지라 그간 말을 안 했나봐. 남편이 유명한 반도체회사 연구원이고 박사라네. 미국회사에서 스카우트 해 간대."

그 소문에 모임 사람들은 입에 침이 마르도록 그녀의 검소한 삶을 칭찬을 하면서도 내심 부러워했다. 나도 그랬다. 그러던 어느 날 그녀가 나를 찾아왔다. 처음 있는 일이고 뜬금없는 일이었다. 그녀가 나를 찾아올 특별한 이유를 찾기는 쉽지 않았다. 그녀와 나는 모임의 일원이었으나 개인적인 친분이 있지는 않았다. 그녀는 현관 앞에서 조금 머뭇거리다가 말했다.

"저……우리 철수…… 하루에 두 시간씩만 봐 줄 수 있어요? 이틀 만요. 급한 일이 있어서요. 몇 군데를 알아봤는데 다들 어렵다고 하네요."

참으로 난감했다. 철수, 그러니까 그녀의 아이, 철수 나이는 세 살이었고 우리 아이랑 동갑이었다. 세 살 된 남자 아이. 키워본 사람은 알 것이다. 천방지축, 거꾸로 행동하기, 떼쓰기 대장에 장난감 던지기 대회 나가면 대상은 따 놓은 당상일 만큼 말썽꾸러기인 때가 세 살 이잖은가. 더군다나 철수와 우리 아이는 가끔 갖는 모임에서 만나면 얼굴을 할퀴고 물어뜯으며 놀았다. 사실, 세 살 그 나이는 그렇게 하고 논다. 다만 옆에서 지켜보는 사람의 마음이 편치 않다. 아이들 보는 일보다 남북정상회

담을 엮어보는 게 오히려 더 쉽겠다 싶은 마음이 들 정도로 마음속에서 지진과 해일이 수시로 일어날 뿐이다.

그러나 차마 거절할 수 없었다. 그녀의 눈빛과 표정, 엉거주춤하게 서 있는 자세가 여느 때와 다르게 너무나 불쌍해보였다. 아무래도 도와줘야 할 것 같았다. 하여 나는 봐주겠다고 해버렸다. 흔쾌하게 예스를 해줬다. 속은 쓰렸으나 어차피 해 줄 거 기쁘고 유쾌한 얼굴로 해주면 그녀가 덜 미안해하고 해야 할 일을 잘 할 것 같았다.

다음 날 아침 아홉시, 그녀는 철수를 현관 앞에 두고 갔다. 두 시간이 얼마나 긴 시간인 줄을 나는 그때 처음 알았다. 세 살짜리 꼬마들은 부지런히 일을 저질렀다. 두 꼬마의 전투로 인해 집은 순식간에 아수라장이 되었고 나는 녹초가 되었다. 그녀는 정확히 두 시간 만에 돌아왔다. 내일은 못 보겠다는 말이 목구멍까지 차올랐으나 처음 마음을 상기하며 참았다. 철수는 아주 씩씩하고 늠름하게 잘 놀았다고만 말했다. 그녀는 다음 날에도 그 시간에 와서 같은 시간에 철수를 데리고 갔다. 그런데 조금, 아주 조금 서운한 마음이 들었다. 기대를 한 건 아니었으나 아는 사람끼리 아이를 봐주면 감사의 의미로 사소한 먹을거리를 들고 오는데 그녀는 빈손이었다. 그러고 이틀 후 그녀가 다시 찾아와 이렇게 말했다.

"내일부터 십오 일 동안 우리 철수 좀 봐 주실래요? 미국 가기 전에 운전면허증을 따야 하는데 데리고 다닐 수 없어서요. 놀이방에 맡기려고 했더니 시간당 돈을 너무 많이 달라고 하네요."

아 놔. 참, 참, 참. 갑자기 들이닥쳐 부탁을 해대는데 거절할 말이 얼른 떠오르지 않았다. 며칠 전 철수가 잘 놀았다고 말한 것이 얼마나 후회됐는지 모른다. 그렇다고 이틀 전 둘이 잘 놀았다고 말했는데 그건 거짓말이었고 사실은 난타전을 했다고 말할 수도 없는 노릇이었다. 하여 나는 또 말했다.

"그러지 뭐."

그렇게 열나흘이 되던 날, 그녀가 말했다.

"사실, 우리 이민 가는 거 아니에요. 속 모르는 사람들은 내 남편이 능력 있다고 부러워하는데 사는 게 너무 힘들어서 가는 거예요. 시댁과 친정, 양가 부모님께 생활비와 병원비를 대드렸거든요. 다른 형제들은 어렵게 살고 철수 아빠는 많이 배웠고 좋은 회사 다니니 당연히 해야 하지만 우리도 힘들어요. 그래서 도망가는 거예요. 그동안 고마웠어요."

겉모습으로 사람을 판단할 일도 아니고 귀로 듣고 눈에 보이는 게 전부가 아니라는 단순한 진리가 눈앞에서 번쩍거렸다. 그녀의 낡고 허접한 세간이 검소한 삶의 증표가 아니었다니. 그간 철수의 낡은 옷이 눈에 거슬렸는데 그 의문이 풀리기도 했다. 그녀는 정말 빈털터리인 듯했다. 아 뇨. 아니 어쩌자고 이국만리로 떠나는 마당에 그런 이야기를 나에게 털어놓는지, 그다지 친하지 않은 나에게 말이다. 그렇게 어려운 사정을 말하면 나한테 어쩌라고 그러는지. 그녀가 나에게 돈을 빌려달라고 사정하지도 않았는데 나는 잠시 마음이 무겁고 괴로웠다.

십오일이 지나고 그녀는 자동차운전면허증을 땄다. 그리고 며칠이 지나 그녀가 미국으로 이사 가기 하루 전이었다. 철수의 빛바랜 옷이 머릿속을 떠나지 않아 가까운 마트에 들러 철수 사이즈에 맞는 옷 한 벌을 샀다. 비싼 옷은 아니었다. 내가 옷을 내밀자 그녀는 눈물을 보이지는 않았으나 너무 과하다 싶을 만큼 고마워했다. 나는 조금 민망하기도 하고 그녀 가족이 미국에서 잘 되어 행복하게 살기를 바라는 마음으로 한 마디를 던졌다.

"십 년 후에 나 미국으로 초청해야 돼요."

"그럴게요."

그녀는 그렇게 말하고 떠났다. 마음 속 깊이 정들 틈은 없었으나 헤어

짐이란 게 늘 그렇듯 짠한 마음이 물밀 듯 밀려왔다. 시간은 활시위를 떠난 화살처럼 날아갔고 십 년이 훌쩍 지났다. 그동안 우리는 한 번도 연락하지 않았고 다른 사람을 통해서라도 그녀 소식을 들을 수 없었다.

하루는 그녀와 나를 아는 사람이 나를 찾아왔다. 오랜만에 미국에 갔고 우연찮게 그녀와 연락이 되어 그녀를 만나게 되었는데 그녀가 나에게 주라고 했다며 로션세트를 내밀었다. 그리고 며칠 후 국제전화가 왔다. 그녀였다. 그녀는 미국에서 아들 한 명을 더 낳았고 잘 살고 있다며 나에게 시간을 내 놀러오라고 했다. 우리는 자주 이메일을 주고받았다. 한번은 이런 내용의 메일이 왔다.

"미국으로 떠나기 전 우리집 형편은 무척 어려웠어요. 단돈 천원이 아쉬웠죠. 우리 가족이 미국으로 떠날 때 영수엄마가 내 손에 쥐어준 만원 한 장, 우리 철수 입으라고 준 옷은 지금도 간직하고 있답니다. 열심히 살아야겠다 생각했어요. 그리고 영수엄마 말대로 이렇게 미국으로 부를 수 있게 되어 너무 너무 기뻐요. 아이들 방학하면 같이 와요. 꼭이요."

정말 꿈속을 둥둥 날아다니는 것 같았다. 이번 겨울방학에는 아이들과 함께 그녀가 살고 있는 미국에 갈 예정이다. 이런 날이 오리라고 꿈에도 생각하지 않았다. <책 읽고 책 쓰는 부모 프로젝트>에 참여하여 유비이야기를 듣다보니 오래전 그녀가 떠올랐다. 그녀를 떠올리며 대가를 바라지 않고 유쾌하게 한 행동은 언젠가는 부메랑이 되어 돌아온다는 사실을 다시 한 번 깨달았다.

유비 이야기

5대독자

이미연

누가 알았을까 이런
종갓집 며느리가 될 줄이야

시아버지 시어머니
하늘도 땅도
숨 죽여 기다리는

......

그렇게 그렇게
다가온
너

　- 이미연의 '5대독자'

　아들인 병직이가 다섯 살 때의 일이다. 추석날 차례를 지내려고 새벽
에 일어나 준비를 하는데, 누가 깨우지도 않았는데 아이가 일어나 방에
서 나왔다.

"병직아, 왜 벌써 일어났어? 더 자지 않고?"

"차례 지내는 날이잖아요."

"괜찮아. 얼른 가서 더 자. 엄마가 있다가 깨워 줄게."

그래도 아이는 대답이 없더니, 주섬주섬 내 옆으로 와서는 차례 준비를 도와주었다.

"역시 종손은 다르구나!"

시부모님은 그 모습을 보시면서 흐뭇한 미소를 지으셨다. 지금도 아들을 애지중지 여기시는 시부모님을 보면 나 자신도 괜히 기분이 좋아진다.

남편을 만나 마냥 좋아서 결혼을 약속할 때까지만 해도 외아들이라는 말만 들었지 정말 이렇게 손이 귀한 종갓집 외며느리가 될 줄은 꿈에도 몰랐었다.

무슨 수를 써서라도 첫째 아이로 아들을 낳아야겠다고 결심했다. 아들 하나 둔 사촌언니에게 '아들 낳는 비법'이라는 책이 있다는 말을 듣고 그 책을 빌려 외우다시피 정독을 했다. 내 행동이 유치하게 보인다 해도 어쩔 수 없었다. 몸가짐도 정말 바르게 했고, 온 정성을 다해 아들을 갖게 해 달라고 기도도 했다. 그렇게 애태운 보람이 있어서 반 년만에 아이를 갖게 되었다. 남편과 나는 정말 세상을 다 얻은 것처럼 행복했다. 그때부터 더욱 마음가짐부터 행동까지 모든 것을 조심해 가며 건강하한 아이를 낳으려고 온 정성을 기울였다.

나는 음악에 소질이 너무 없어서 사회생활에 불편함을 겪을 정도였기 때문에 태교할 때 가장 신경 쓴 부분은 클래식 음악을 듣는 것이었다. 아이를 위한다는 마음으로 듣는 음악이 어느 새 나의 마음도 편안하게 해주기 시작했다. 정말 고맙게도 윤씨 집안 5대독자 8대종손은 세상에 빛을 보았다.

여느 엄마들이 다 그렇듯이 나는 아이에게 더욱 정성을 기울여야 했다. 그다지 책을 즐겨 읽지 않는 나였지만, 아이를 위해 아이가 앉을 무렵부터 무릎에 앉혀 놓고, 동화책을 읽어주기 시작했다. 그러자 아이는 정말 책을 좋아하는 아이로 자랐다. 걸음마를 배울 때부터 수시로 책을 가져와 읽어달라고 했다. 그러면 나는 그 모습이 정말 귀여워서, 아이가 책을 읽어 달라는 것만으로도 기뻐서 열심히 읽어주었다. 아이를 재울 때는 언제나 책을 읽어 주었는데, 어떨 때는 머리맡에 쌓아놓은 책을 두 시간을 훌쩍 넘겨 아이가 잠이 들 때까지 읽어주기도 했다. 그래서인지 아이는 30개월 무렵부터 글을 읽기 시작했다. 시장에 데리고 갔다가 간판 글씨를 읽는 것이 신기해서 집에 돌아와 그림책을 주며 읽어보라 했더니 술술 읽어 내려갔다. 그 동안의 즐거운 수고를 한 순간에 보상받는 시간이었다.

또 하나 무엇보다 다행인 것은 아들이 노래를 그런대로 잘 한다는 것이다. 처음 듣는 팝송도 두어 번 들으면 따라서 흥얼거릴 정도다. 부모교육을 받으면서 다중지능을 알게 되었고, 간이테스트지로 검사를 받을 때마다 나는 음악지능이 정말 낮게 나왔다. 워낙 음치라는 소리를 들어서 남들 앞에서 노래도 거의 부르지 않는다. 하지만 아들이 노래도 좋아하고 잘 하는걸 보면 나는 정말 태교의 힘을 믿을 수밖에 없다는 생각을 한다.

태교로 항상 가까이 했던 클래식이 아이의 다중지능을 엄마가 다르게 만들어 준 것이라 믿을 수밖에 없다.

"엄마가 책을 읽어주면 참 재밌어."

엄마에게 이런 말로 용기를 주었던 아이가 이제 아홉 살이다. 좀 컸다고 제법 고집도 생기고, 주관도 생겨서 가끔 엄마를 힘들게 하기도 하는 남자 아이다. 하지만 아이를 키우며 힘이 들 때마다 나는 아이를 낳기 위해 온 정성을 기울였던 때를 떠올려 보곤 한다. 그때의 그 정성을 잊지 않고, 내가 정성을 다해 아이를 키우는데 수고로움을 마다하지 않는다면, 아이는 반드시 엄마의 뜻대로 곧게 자라 줄 것이라 믿기 때문이다.

때마침 "수고로움에 수고로움을 보태면 배가 되지만, 어느 한 순간이 마음에 안 든다고 거기에서 그만 두면 처음에 했던 수고로움마저 헛수고가 된다"는 <유비 이야기>를 접하게 되니 아들의 모습이 더욱 선명히 떠올랐다.

자칫 5대독자라서 금지옥엽처럼 귀여움만 받아서 버릇없는 아이로 자랄까, 자기만 아는 아이로 자랄까 걱정이 되기에 매사에 더 조심스럽고 조금은 엄하게 대하기도 한다. 하지만 엄마의 이 마음을 아이가 잘 받아들여 엄마의 사랑이라고 헤아려 주리라 믿는다.

유비 이야기

두부 한 모

박진숙

넌 하늘이라 말하지만
땅 끝에서는 바다라고 말하지

별을 쏟아 쏟아내고는
바다 너머 보고 있는데

갑자기 날아온 작은 새 하나
솜사탕 물고 하늘을 가르는

환한 미소로 눈물 보낼 때
말 없이 안고 있는 넌

하늘 그리고
바다

- 박진숙의 '하늘 바다'

시어머니는 직접 농사 지은 콩으로 가마솥 아궁이에 불을 때서 일 년에 몇 번은 두부를 담갔다. 아파트나 빌라가 많은 논밭 사이로 떨어진 곳에 있었기 때문에 동네 사람들은 우리집을 외딴집이라고 불렀다.

"애, 오늘은 두부를 만들 거니까 건너 와라."

시댁은 걸어서 10분 거리라 시어머니가 부르면 자주 가곤 했다. 남편이 출근한 뒤 나는 전화를 받고 무거운 배를 받쳐 들고 시댁으로 향했다. 시집 오기 전에 대도시에서만 살았기 때문에 시골생활이 익숙하지 않았지만, 두부 만드는 것이 신기해서 한참을 들여다 보기만 했다.

두부 만드는 일은 쉽지 않았다. 하루 정도 콩을 불리고, 맷돌로 갈아서 거르고, 가마솥 아궁이에 불을 때고, 나무틀에 옮겨 삼베로 짜고, 비지를 거르고 다시 가마솥에 넣어 간수로 간을 맞추는 복잡한 과정을 거쳐야 했다.

겨울날 힘들게 만든 두부를 비닐하우스 안에 있는 수돗가에 담가 놓곤 하였다. 어느 날 어머니께서 그 두부를 가져 가라 말씀하셔서 방을 나서는데 남편이 "장갑 끼고 가야지."라고 하자, "그냥 가면 어때?"라고 하시던 어머니의 말씀이 정말 차갑게 느껴지던 때도 있었다.

지금 생각해 보면 정말 아련한 그리움이다. 생각만 해도 들기름에 구운 그 두부 맛은 내 코끝에 붙어서 떠날 줄을 모른다.

그런데 요즘은 어떤가? 정말 편리하다. 아마 예전처럼 집에서 두부를 만든다고 하면 선뜻 나설 사람이 얼마나 될까? 시장에 가서 사 먹는 게 훨씬 이익이라고 핀잔이나 하지 않으면 다행일 것이다.

어쩌면 엉뚱한 이야기 같지만 유비의 수고로움에 수고로움을 보태면 배가 된다는 말을 듣는 순간 시어머니의 두부 담그는 모습이 겹쳐졌다. 그 시절에는 음식 하나에도 정성과 수고로움이 깃들곤 했다. 어느 것 하나 쉽게 만들어 지는 것이 없는 만큼 내가 수고한 것보다 더 많은 것을 얻으려는 욕심도 적었다.

그런데 요즘 우리 주변을 보면 그만한 대가를 지불하지 않고 결과만 쉽게 얻으려는 사람들이 많다. 어떤 경우에는 조그만 더 하면 분명히 좋은 결과가 있을 텐데, 성급하게 포기하는 바람에 그동안 애썼던 수고로움까지 헛된 것으로 날려 버리는 경우를 자주 목격한다.

나는 새삼 두부를 만드시느라 온갖 정성을 다 기울였을 시어머니를 생각하며 감사를 드린다. 갈수록 편리함만을 좇는 요즘 세대에 다시는 보기 힘든 교훈이기에….

유비 이야기

책이 그렇게 좋아

한정혜

오빠 슬쩍
누이에게
석류 알 가득

스윽 오빠에게
덩달아
와플 반 조각

오누이 해맑은
미소 온종일
반짝반짝

　　- 한정혜의 '다정한 오누이'

우리 아이들은 책 읽는 것을 좋아한다. 큰아이는 웬만한 소설 정도는
앉은 자리에서 다 읽어낼 정도로 책에 빠지고, 둘째는 학교에서 받은
다독상과 문화상품권을 수줍게 내밀며 어깨를 으쓱하기도 한다. 책을

많이 읽는다는 것이 무조건 좋다고는 볼 수 없지만, 그래도 책을 좋아하는 것만큼 아이들과 이야기 나눌 거리가 많다는 것은 정말 좋은 점이 많은 것은 사실이다. 생각해 보면 나는 아이들을 키우면서 기회가 생길 때마다 항상 유비의 수고로움에 수고로움을 보태는 일을 마다하지 않았다. 나는 아이들이 다니는 초등학교 도서관의 학부모 명예사서로 3년 간 봉사를 했다. 그 기간 동안에 아이들은 방과 후에 엄마가 있는 도서관을 찾아야 했고, 자연스럽게 책과 가까이 할 수 있었다. 또한 방학에는 아이들과 함께 시립어린이도서관에서 오전 시간을 보냈다. 자동차로 장거리를 이동할 때에도 한두 권의 책을 꼭 챙겼고, 끝말잇기를 자주 하며 아이들의 어휘력을 향상시키기 위해 노력했다.

"이 책은 엄마가 읽고 있는 중이니까 그냥 여기 놔두세요. 궁금하다고 읽어보다가 페이지 넘기지 말구…."

어쩌다 아이에게 권하고 싶은 책이 있으면 재미있는 부분을 펼쳐서 그 속에 이런 쪽지를 써 놓고 식탁 위에 보란 듯이 펼쳐놓았다. 그러면 아이들은 향기 좋은 간식에 끌리듯 그 책을 덥석 물곤 했다.

요즘 두 아이가 책을 읽는 모습을 볼 때마다 엄마가 되고 나서 스스로에게 "잘했어!"라고 칭찬해주고 싶은 것이 크게 두 가지가 있다. 아이를 가졌을 때부터 음악을 자주 들었던 것과 출산 후 아이가 잠들기 전에 항상 자장가를 불러주거나 책을 읽어 준 것이 바로 그것이다. 물론 나도 음악 듣는 것과 책 읽은 것을 좋아해서 정서적 안정과 공감대를 갖기 위해 의도적으로 노력을 기울인 것이지만, 사실 가끔은 가사일에 지쳐 있을 시간이라 자장가를 불러 주거나 책을 읽어 주면서 깜빡 잠에 빠질 수가 있어서 좋았다.

아이들은 어려서부터 엄마가 읽어주는 것을 좋아했다. 첫째가 책을 한 아름 안고 오면 작은 아이도 따라 하기 일쑤였다. 나는 그때마다 웬만하면 다 읽어주었지만 둘이 스무 권도 넘은 책을 가져올 때면 "오늘은 세 권씩만!"이라고 타협을 하기도 했다. 물론 유난히 피곤한 날은 그도 다 못 채우고 졸다가 아이들에게 들키기도 했던 기억이 새롭다.

"아이들 책 많이 읽으면 좋죠. 저는 책으로 세계여행도 했는걸요."

큰아이의 담임선생님을 만났을 때 들은 말이다. 지금 생각해봐도 참좋은 말이다. 그 다음부터 아이가 책을 읽을 때 정말 조심했다. 특히 이때 정말 필요한 것이 바로 유비의 수고로움에 수고로움을 보태는 마음이라고 생각했다. 세계여행을 하고 있는 아이의 방해꾼이 되지 않기 위해 노력 또 노력을 해야 하는 시간이기 때문이다.

그래서 아이들이 책을 읽고 있으면 주변의 소리들을 최대한 낮췄다. 우선 목소리를 낮추고, 걸음소리도 낮추고, 설거지도 꼭 해야 할 것이 아니면 아예 미뤄두었고, 세탁기는 아예 생각도 하지 않았다. 그렇게 분위기를 만들어 나가니까 첫째가 읽으면 둘째도 읽고, 나 역시 자연스럽게 책을 펼쳐 들게 되곤 했다. 그러다 보면 어느 새 거실은 도서관이 되고 우리는 서로 여행길에 올라 있었다.

하늘을 날기도 하고 새로운 친구들을 만나 모험을 하기도 했다. 우주를 날고 바닷속을 헤엄치며 개미에게 쫓기거나 원시인이 되어 있기도 했다. 팥죽 할머니가 호랑이와의 내기에서 지면 잡아먹힐까 봐 열심히 팥죽할머니를 응원하느라 얼굴이 상기되기도 하고, 솔로몬 왕이 되어 어린 아기의 목숨을 두고 친엄마를 찾아내야 하는 중요한 순간에 지혜를 짜내느라 손톱을 물어뜯기도 했다. 용돈을 모아 꼭 가보고 싶었던 이집트의 피라미드 속에서 고고학자로 변신해 파라오의 관 뚜껑을 열기 직전의 떨리는 마음으로 두근거리는 마음을 겨우 진정시키곤 했다.

유비 이야기

일하는 즐거움

정원미

설레는 만남
두근두근

잘하고 있는 걸까
기쁨은 드리고 있나

살피고 살피는
내 안의 거울

　　　- 정원미의 '뷰티컨설턴트'

선배 언니가 나의 고객이 된 것은 작년 8월 말이었다. 뷰티컨설턴트
로 일한 지 석 달 남짓한 시기였다. 언니는 회사의 성격도 모르고 오로
지 나를 믿고 어떤 제품인지 써 보겠다고 한 것이다. 나는 반가운 마음
으로 스킨케어 클래스를 하기 위해 언니의 집으로 향했다. 일을 시작한
지 얼마 되지 않아 실력은 부족하지만 열정만은 최고였던 시기였다. 언
니는 나를 그 어느 때보다 반갑게 맞아 주었다.

"요즘 얼굴이 너무 건조하고 메마른 것 같아."

"걱정마세요. 제가 도와 드릴게요."

클래스를 시작하기 전 나는 피부 문답지를 작성하고, 언니의 현재 피부 상대에 대해서 상담을 했다. 자연스럽게 기본적인 피부상식을 알려드렸다. 그리고 제품 시연을 시작했다. 우리는 노-터칭(No-touching) 방식으로 고객의 얼굴을 터치하지 않는다. 다만 집에서도 본인이 피부관리를 제대로 할 수 있도록 홈케어 방법을 알려 드린다.

언니는 첫 번째 클래스에 만족을 표했고, 선뜻 60만 원에 가까운 제품을 구매해 주었다. 이렇게 큰 금액에 한 번도 판매해 본 적이 없는 나는 가슴이 두근거렸다.

'나도 할 수 있구나.'

그날 늦은 점심을 김밥 한 줄로 때우면서도 정말 행복했다. 큰 금액을 판매했다는 기쁨과 나도 노력하면 누군가에게 즐거움과 만족을 줄 수 있다는 자신감이 생겼다. 그리고 무엇보다 나 자신을 믿어주는 언니와 같은 사람이 내 곁에 있다는 것이 정말 든든하기만 했다. 언니는 대기업 교대근무를 하느라 그 이후로 연락하기가 쉽지 않았다.

"제품은 좋은데 바쁘다 보니 챙겨 바르기가 쉽지 않네?"

가끔 연락이 될 때마다 나는 언니가 제품을 잘 사용할 수 있도록 도와주는 것이 뷰티컨설턴트의 의무라는 생각에 최선을 다했다. 언니는 오후 2시에 출근하고 10시에 퇴근하는 근무시간 때문에 나를 만났을 때 몹시 피곤해 보였다.

"이건 언제 쓰는 거지?"

언니가 내미는 제품을 보니 반 이상을 써야 할 기간인데 거의 새것으로 남아 있었다. 나는 그때 제품보다 정말 언니의 건강이 걱정스러웠다. 그래서 제품 판매보다 언니를 걱정하는 말로 시간을 채웠다.

"5분만 투자하면 되는데 정말 바쁘셨나 보네요. 이러니까 돈만 아깝

잖아요. 괜히 저도 속이 상하네요."

　제품을 파는 것도 중요하지만 무엇보다 고객의 건강과 피부를 걱정해 주는 것이 더 중요하다고 생각했다. 그래서 언니에게는 전화보다 방문하는 것이 더 중요하다는 생각을 했다. 그러던 어느 날 언니와 깊은 대화를 나누다 내가 도와 줄 수 없는 힘든 일에 빠져 있다는 것을 알게 되었다.

　언니는 인생에서 중요한 고비를 맞이하고 있었고, 나는 함께 아파하는 것밖에는 큰 도움을 줄 수가 없었다. 그래서 나는 언니에게 도움이 될 만한 책을 선물해 주며 진심으로 언니가 행복했으면 좋겠다는 말을 건넸다. 내가 힘들 때 나를 믿어 줘서 용기와 힘을 주었던 언니를 위해서 정말 무엇이든지 다 해 드리고 싶었다.

　몇 개월이 지난 후 언니에게 전화가 왔다. 밝은 목소리였다.

　"같이 일하는 동생도 있는데 한번 찾아 와 줄래?"

　"네, 정말 감사해요."

　무엇보다 전화선을 타고 들리는 언니의 밝은 목소리가 기뻤다. 그동안 걱정했던 모든 것들이 날아가는 기분이었다. 그래서 언니가 정해준 시간에 그 어느 때보다 기쁜 마음으로 달려갔다. 언니가 소개해준 고객도 인상이 매우 좋으신 분이었다. 나는 언니를 만났다는 기쁨도 기쁨이지만, 내가 언니에게 뭔가 해 드릴 수 있다는 것이 좋아서 정성을 다해 클래스를 해 드렸다. 그러자 언니는 내게 더 많은 제품을 주문했다. 특히 처음으로 클래스 받은 언니의 후배도 마스크 팩을 한번 사용해 보고 달라진 피부에 놀라워 하며 선뜻 나의 고객이 되어 주었다.

　언니는 현재 나의 VIP고객이다. 제품을 많이 구입해서만이 아니라 마음에 마음을 더하면 반드시 그만한 행복이 따라 온다는 믿음을 갖게 만들어 주신 정말 귀중한 VIP고객인 것이다.

일독백서

<비폭력 대화>와 글쓰기

인간이 여타 동물과 다른 점에 하나가 다양한 언어를 사용한다는 것이다. 동물들도 자신들만의 언어로 의사표현을 하는 경우는 많지만, 인간처럼 다양한 언어를 창조해서 활용하지는 못한다. 오로지 인간만이 사물처럼 실체가 없는 관념적인 언어도 만들어 쓸 줄 안다.

그런 점에서 로젠버그의 <비폭력대화>에서 의사소통을 할 때 어떤 언어를 사용하느냐에 따라 삶의 대인관계가 달라질 수 있다고 강조하는 것은 당연한 말이다. 따라서 이 책은 지식을 습득하려는 독서보다 생활 속에서 상대에게 긍정적인 영향을 미치는 언어를 사용하는 삶을 실천하겠다는 자세로 펼쳐 들어야 한다.

이 책의 핵심은 자칼언어와 기린언어로 요약할 수 있다.

자칼언어란 상대의 감정을 건드려 갈등과 마찰을 불러 일으키는 언어이고, 기린언어란 상대의 감정을 만족시켜 줌으로써 화합과 조화를 불러 일으키는 언어다.

기린 언어란 관찰, 느낌, 욕구인식하기, 목적을 분명하게 인식한 부탁하는 말이다. 이에 빈해 자칼 언어란 평가, 생각, 욕구를 숨긴 강요하는 말 등이다.

나는 <일독백서-기적의 독서법>이라는 책을 통해서 효과적인 독서와 글쓰기를 강조했다. 따라서 <비폭력 대화>도 이런 관점으로 접근하면 독서지도와 글쓰기에 효율적으로 활용할 수 있다.

무엇보다 글을 잘 쓰려면 기린언어에서 강조하고 있는 '관찰', '느낌'까지만 제대로 이해하고 있어도 그 효과는 충분히 얻을 수 있다. '욕구 인식하기'와 '목적을 분명하게 인식한 부탁'은 심리학을 이해해야 좀 더 깊이 들어갈 수 있는 말이다. 그래서인지 이 부분을 상당히 어려워하는 독자들을 만날 때가 많다. 그런데 어려운 부분은 빼놓고, 기린언어에서 강조하는 두 단계, 즉 '관찰'과 '느낌'을 표현하는 연습을 글쓰기에 접목시켜 활용하면 그 효과가 크다는 것을 알 수 있다.

글쓰기를 잘 하려면 추상적인 표현보다 주제를 뒷받침하는 구체적인 사례를 적절히 표현할 수 있어야 한다. 그런데 구체적인 표현이란 말은 <비폭력 대화>에서 말하는 '관찰'과 근본적으로 같은 말이다. 즉 기린언어의 출발점인 '관찰'은 글쓰기에서 '사실을 구체적으로 표현하라'는 말과 같은 말이라 할 수 있다.

우리는 의식적으로 노력하지 않으면 구체적으로 '관찰'을 한 표현보다 추상적으로 요약해서 평가하는 표현에 익숙해 있다. 평가에 익숙한 사람들은 글쓰기에서 같은 말만 반복하는 경우가 많고, 그러다 보니 구체적인 예시를 제시하는 것보다 분량 채우는 것을 상당히 어려워 할 수밖에 없다. 따라서 우리는 글을 잘 쓰기 위해서 구체적이고, 사실적으로 표현하는 연습을 해야 한다.

① "오늘은 비가 와서 학교 복도에서 뛰어놀다 선생님께 혼이 났다."

② "오늘은 비가 왔다. 그래서 친구들과 실내에서 놀다가 복도를 뛰어다녔다. 그때 선생님께서 우리를 불러서 말씀하셨다. '이 놈들, 복도에서는 뛰지 말고 조용히 다녀라.' 그래서 우리는 조용히 교실로 들어와 자리에 앉았다."

①에는 평가가 담겨 있는 표현으로 자칫 복도에서 학생을 혼낸 선생님이 나쁜 사람이 될 수도 있다. 그러나 ②는 구체적인 사실을 묘사한 표현으로 독자가 있는 그대로 상황을 파악할 수 있다. 또한 글을 쓰는 사람도 구체적인 사실을 묘사하는 과정을 통해 그 상황을 그대로 재인식할 수 있다.

똑같은 사건을 표현하더라도 ②와 같이 구체적인 표현을 하면 글의 분량도 늘어날 뿐만 아니라 독자들에게 상황을 사실적으로 전달함으로써 독자가 글을 읽을 맛을 나게 만드는 효과가 있다.

<비폭력 대화>의 용어를 빌리자면 ①은 자칼언어인 '평가' 의 표현이고, ②는 기린언어인 '관찰' 의 표현인 것이다.

일반적으로 서양식 언어표현은 주어와 서술어가 반드시 들어가야 한다. 그런데 우리말의 언어표현은 주어와 서술어가 생략된 채 목적어만 사용되는 경우도 많다. 서양말은 언어표현이 중요하지만, 우리말은 비언어적인 표현이 더 중요하게 작용하는 경우가 많다. 즉 우리말은 언어보다 관계와 상황이 의사소통에 더 큰 요소로 작용한다는 것을 알 수 있는 것이다.

"너는 지금 텔레비전을 보고 있구나."

이 책의 설명대로라면 이 표현은 '평가' 보다 '관찰' 인 기린언어라고 할 수 있다. 그런데 우리의 현실은 이 말을 하는 상황이나 목소리, 또는 어조에 따라 다른 의미로 전달 될 수도 있다.

'지금까지 텔레비전을 본 건 잘못이니까 이제 얼른 꺼.'

'너 텔레비전 끄고 공부하지 않으면 혼 난다.'

똑같은 말을 해도 사람마다 속에 다른 의도를 가지고 목소리만 곱게 하는 것일 수도 있다. 이럴 때도 과연 "너는 지금 텔레비전을 보고 있구나"라는 표현을 '기린언어' 라고 할 수 있을까? 중요한 것은 '어떤 말을 사용했느냐' 가 아니라 어떤 상황에서 어떤 마음으로 상대와 통하려고 했느냐는 것이다. 이것을 보지 못한다면 나는 아무리 기린언어를 익혔다 하더라도 실제로 쓰는 말은 자칼언어일 수밖에 없는 것이다.

따라서 <비폭력대화>에서 분류하고 제시하는 기린언어가 무조건 좋은 말이라고 암기해서 쓰려는 생각은 위험할 수가 있다.

"너는 지금 텔레비전을 보고 있구나."

상대는 이 말을 '자칼언어'로 듣고 어쩔 수 없이 자리에서 일어났는데, 자신은 '기린언어'를 사용해서 효과를 봤다고 착각을 하면서 오히려 갈등의 씨앗을 더 많이 뿌릴 수 있기 때문이다.

이 책의 저자 마셜 로젠버그는 미국 태생으로 서양식 언어표현에 익숙한 사람이다. 따라서 이 책에서 긍정적인 언어와 부정적인 언어로 나눈 것을 우리 현실에 그대로 적용하기에는 무리가 따를 수 있다는 것을 알아야 한다.

더구나 이 책에서 제시하는 '비폭력대화'를 독서만으로 습득하기에는 많은 제약이 따르기 때문에 결코 쉬운 일이 아니라는 것을 알아야 한다. 이 책의 내용대로 실천하고 싶다면 이 분야의 전문가들이 체계적으로 운영하는 <비폭력대화> 프로그램에 그만한 시간과 비용을 투자해서 직접 배워 나가는 것이 가장 현명한 선택일 수가 있다.

그럼에도 불구하고 <비폭력대화>를 조금이라도 쉽게 습득하고 싶다면, 평소에 구체적이고 사실적인 글쓰기 습관을 키울 필요가 있다. 기린언어인 '관찰'은 우리가 글쓰기에서 강조하는 '구체적이고 사실적인 표현'이라는 말과 같은 뜻이기 때문이다.

"너는 지금 텔레비전을 보고 있구나."

생각해 보자. 이 말을 구체적이고 사실적인 글쓰기로 활용하려면 무엇부터 해야 할까? 실제로 말로 표현할 때 이 말은 앞뒤 전후 상황을 다 빼고 할 수밖에 없는 말이다. 내가 파악한 상황과 듣는 이가 파악한 상황이 다르면 서로 오해가 생길 수밖에 없다.

이 표현을 글쓰기에 활용하려면 무엇보다 먼저 앞뒤 전후 상황을 구체적이고 사실적으로 묘사해야 한다. 그렇지 않으면 독자는 상황을 모르기 때문에 이 말의 뜻을 알아 차릴 수가 없다.

따라서 구체적이고 사실적인 글쓰기를 하는 과정은 '관찰표현'을 습득하게 되는 과정이라고 할 수 있다. 이것이 익숙해지면 말하기에서도 상황을 설명하는 것이 '관찰언어'를 자연스럽게 사용할 수 있는 바탕을 다지게 되는 것이다.

내 아이를 위한 비폭력 대화 (양철북, 2009년)

아이와 부모 사이에 발생할 수 있는 갈등을 지혜롭게 해결하는 대화의 기술을 알려준다. 아이에게 저지를 수 있는 실수들, 즉 자신의 욕구를 표현하는데 서투르기 때문에 드러나는 행동들에 대해 큰 소리치지 않고도 소통할 수 있는 방법이 있음을 알려준다.

비폭력 대화

뭐, 엄마가 착해졌다고?

한정혜

엄마 착해졌네

놀라 반기며
아이가 던진 말

천천히 아이를 들여다보고
솔직히 나를 전했을 뿐인데
엄마 등 뒤에 날개 보인다 한다

다가서려고 움직인 나의
한 걸음이
열 마디 말보다 좋았나 보다

보인다
아이들 웃는 모습
…… 나도
웃는다

- 한정혜의 '등 뒤에 날개가 보인다고?'

초등학교 5학년과 2학년인 나의 아이들은 이맘때의 아이들이 그러하듯이 궁금한 것도 많고 내가 보기엔 별 일 아닌 것 같은데도 심각하게 받아들이는 경우가 있다. 가끔 엄마의 말 한마디에 입이 삐죽 나오거나 얕은 한숨을 폭~ 내쉬기도 하는데 그때마다 나는 엄마니까 너희들 걱정돼서 하는 얘기라고 말한다. 그렇지만 아이의 표정은 이랬다.

"으~, 잔소리!"

<책 읽고 책 쓰는 엄마 프로젝트>에 참여하면서 우리는 엄마라는 공통점 덕분에 아이들과의 관계에서 일어나는 비슷비슷한 일상들을 토론의 주제로 삼기도 한다. 대부분 공감이 가거나 맞장구를 치며 고개를 끄덕이곤 했는데 한 동료 선생님께서 <비폭력대화>라는 책을 읽고 난 뒤에 중학생이 된 딸에게서 "엄마 착해졌네!" 라는 말을 들었다고 해서 나는 '설마~' 라고 생각한 적이 있다. 내가 보기에 참 진지하고 사려 깊은 분인데, 아이에게 '착해졌다' 는 말을 들었다니… 아니, 그러면 그 전에는 어찌했길래… 혹시 너무 뻔한 얘기를 하는 것은 아닌가 싶기도 했다. 그러면서도 한편으로

'그래도 난 우리 아이들에게 꽤 괜찮은 엄마이고 가끔은 천사 같은 엄마일 거야! 물론 큰 아이는 사춘기라서 잔소리라고 예민하게 반응할 때도 있지만….'

하고 스스로를 자만심 의자에 앉혀놓고 있었다.

"엄마, 정말 착해졌어!"

그런데 내가 이 말을 직접 듣게 될 줄이야!

쏴아아아아~

저녁밥 지을 쌀을 씻으며 시계를 보니 벌써 오후 다섯 시가 다 되어간다. 책읽기에 폭 빠져있던 아이들이 기지개를 펴기가 무섭게 통통 거리며 놀잇감을 찾아내 네 차례야 내 차례야 이기고 지고 깔깔깔을 반복하고 있다. 방과 후에는 학교 과제와 복습을 정해진 시간만큼 잊지 않고 하기로 했는데 오늘은 내가 좀 짚어줘야 하는 날인가 싶어서 얘기를 꺼내려다 잠깐 생각해본다. 기린의 대화 - 충분히 관찰하고 말 건네기…. 조심스럽게 시도해 보기로 마음 먹는다.

"그렇게 재미있어?"

"큭큭큭큭. 네! 수수께끼 맞추긴데 답이 정말 재밌어요."

"아, 수수께끼! 엄마도 좋아하는데... 재밌지 참."

"네. 히히"

"얼마나 재밌으면 둘 다 얼굴이 빨개지도록 웃었어!"

"까르르르."

"그렇게 계속 웃으면 배가 다 꺼질지도 몰라. 저녁 다 되려면 한 시간 정도 걸릴 텐데…."

"조금만 더 할게요"

"그래, 조금 더. 재밌게 노는 거 보느라 엄마도 많이 웃었다, 그런데... 저녁 준비하다(가 시계를) 보니까 너희들 오늘 숙제랑 공부는 다 해놓고 노는지도 궁금하네."

"아, 맞다! 숙제는 없는데, 저 오늘 수학이랑 국어공부 할거에요. 음…. 딱 15분만 더 놀고 나서 할게요. 다은아, 너도 그렇게 하자?"

"응, 알았어! 나도 숙제는 없고 수학문제 풀 거야."

"아, 15분만 더…. 그럼 엄마가 15분 뒤에 공부하자~ 안 해도 될까?"

"네, 저희가 알아서 할 게요."

"그래? 좋았어! 그럼 엄마는 반찬 맛있게 만들어야겠다. 재미있게 놀아."

"네, 근데 엄마, 왜 이렇게 착해졌어요?"

"응? 엄마가 착해졌다고?"

"네, 전에는 그만 놀고 저녁 먹기 전에 공부해야지! 하셨는데 오늘은 착하게 말씀하시잖아요."

"그래? 그럼 엄마 착해진 거야?"

"네, 진짜 착하세요!"

나와 아이들 사이에 있던 보이지 않는 벽이 사르르 사라지는 느낌이었다. 동시에 나는 자만심 의자에서 벌떡 일어나야만 했다. 평소와 크게 다르지 않은 것 같은데 나는 어떻게 착해졌을까? 아이들과 나눴던 이야기를 되짚어보면, 아이들의 현재 상황을 그대로 애기해주고 되묻고 공감하다가 내가 하고 싶었던 얘기를 했고, 내가 걱정했던 상황, 상기시켜주고 싶었던 부분을 전했을 뿐인데….

'착해졌다고?'

비폭력 대화

수민아, 고마워

정원미

1.

"여보, 여보!
꽃별이야, 꽃별!"

누가 부르나
여기는 어딘가

미처 깨어나지 못한
마취된 온몸

흔들어 대는
남편의 환호성

2.

"이러다 아이와 산모
모두위험해요!"

다급했던 한 순간
끝내 의식을 잃고

깨어나 보니
애틋한 핏덩이

네가 진정 꽃이구나
네가 진정 별이구나

　　　- 정원미의 '수민이 세상에 온 날'

'수민일 어떻게 하지? 수업시간에 다른 분들한테 폐를 끼칠 텐데…'

아침부터 내 마음은 갈팡질팡했다. <책 읽고 책 쓰는 부모 프로젝트> 강좌에 수강생으로서 참석은 해야 하는데, 어린이집이 여름방학을 해서 수민이 걱정이 되었기 때문이다. 선생님께서는 아이를 데리고 와도 괜찮다고 했지만, 괜히 아이를 데리고 갔다가 수업에 방해만 주고, 수업도 제대로 듣지 못할 것 같은 걱정이 앞서는 것을 어쩔 수 없었다.

하지만 나는 용기를 내서 일단 아기를 데리고 참석하기로 결심했다. 어떻게든지 강좌를 듣고 싶었기 때문이다. 또한 선생님께서도 아기와 함께 참석하면 배울 것이 더 많다고 신신당부를 하셨고, 나도 집안에만 있기보다는 수민이의 성향을 고려해 함께 들어도 괜찮겠다는 생각도 들었다. 같은 직장에 다니는 언니의 차를 타고 강의실에 들어서기까지 수민이는 엄마랑 함께 한다는 것을 매우 즐거워했다.

강의실에서 이인환 선생님과 다른 수강생분들이 반갑게 맞아 주었다. 우리 수민이는 어리둥절하면서도 신기한 표정을 지으며 여기저기 탐색하듯 돌아 다니는데, 그 순간 집을 나서기 전에 걱정했던 일들이 떠올랐다.

수민이가 한시라도 자리에 앉아 있지 않으면 어떻게 하지? 수민이는 이제 겨우 만 28개월인데, 한 자리에 오래 앉아 있기를 바란다는 것 자체가 무리가 아닌가? 잠시도 한 자리에 앉아 있지 않아서 일명 말괄량이에, '왈순이'라 불리는 아이인데, 괜히 내 욕심을 챙기려고 아이에게 못할 짓을 하는 것은 아닌가?

어쨌든 강의는 시작되었고, 나는 아이를 데리고 왔다는 것도 잊은 채 잠시 수업에 빠져들었다. 하지만 얼마 지나지 않아 수민이가 옆에서 신호를 보내기 시작했다.

"엄마, 나가. 나가."

"수민아, 엄마 공부하니까 조금만 기다리자. 엄마가 이따 과자 사줄게."

그래도 수민이는 막무가내였다.

"엄마, 나가. 나가."

어쩔 수 없이 수민이를 안고 밖으로 나왔다. 예상은 했지만 이렇게 빨리 나가자고 할 줄이야. 엄마를 졸라 밖으로 나온 수민이는 여기저기 탐색을 하기 시작했다. 아이 뒤를 졸졸 좇아 다니며, 내가 왜 아이를 데리고 왔을까 후회하기 시작했다.

한참을 밖에서 여기저기 돌아다니다가 이제 수민이도 충족했으리라 마음을 먹고, 다시 강의실로 수민이를 안고 들어갔다. 수민이는 잠시 얌전히 앉아 있는 듯하더니, 이내 또 나가자고 성화를 부리기 시작했다.

선생님과 다른 수강생 분들에게 민폐를 끼친다는 미안함에 얼른 아이를 안고 나왔고, 그 순간 마음 속에는 아이 때문에 공부를 할 수 없다는 생각에 짜증이 밀려왔다. 그렇게 밖에서 아이를 업고 여기저기 돌아다니다가 불현 듯 이제 28개월밖에 안 된 아이에게 낯선 환경에서 3시간 동안이나 얌전히 앉아 있으라고 하는 것은 욕심에 눈이 먼 엄마의 못된 심보가 아닌가 싶은 생각이 올라왔다. 그러자 괜히 아이에게 미안한 마음이 올라왔고, 가슴에 가득 찼던 짜증도 차차 사라지기 시작했다.

그때 나는 정말 마음이 편안해 졌다. 사람 마음이 종이 한 장 차이라고 하지만, 한 순간 생각을 바꾸자 내 마음이 이렇게 평온할 수가 없었다. 그러자 이내 '아이와 내가 이 시간을 어떻게 하면 잘 보낼 수 있을까?' 라는 긍정적인 생각이 들기 시작했고, 내 마음이 바뀌니 아이의 표정과 마음도 편안해 지는 것이 눈에 보이기 시작했다.

나는 수민이와 다시 강의실로 들어갔고, 수민이에게 "엄마가 공부를 해야 하니 얌전히 앉아 있자."라고 아이의 눈을 보며 말하고 아이를 포근히 안아 주었다. 그러자 아이도 엄마에게 짜증을 내거나 다급하게 나가자는 말을 하지 않고, 오히려 엄마의 입장을 이해해 주는 표정으로 미소를 보여 주었다.

그때 마침 이인환 선생님은 아이를 예뻐해 주시며 음료수까지 뽑아 주었고, 다른 수강생 분들께서도 이름을 부르며 애정을 보여 주었다. 수민이는 이에 응답하듯이 즐거워 했고, 엄마가 공부에 집중할 수 있도록 얌전히 자리에 앉아 있었다.

'이럴 수가!'

나는 그 모습을 보며 속으로 감탄을 할 수밖에 없었다. 이것이 마음의 힘인가? 내가 공부한다는 욕심만 챙길 때는 아이도 자기 욕심을 챙기며 밖으로 끌고 다니더니, 내가 아이의 입장을 생각하고 욕심을 내려놓으니 아이도 한 순간 엄마의 입장을 이해하고, 엄마가 공부에 전념할 수 있도록 한 자리에 앉아 준 것을 어떻게 설명할 수 있을까?

그때 이인환 선생님은 "이 강좌는 이론공부가 아니라 실천공부가 되어야 한다"고 했다. 한 권의 책을 읽고 그 책의 내용이 어떻다는 것을 아는 것에 그치는 것이 아니라, 그 책 속에 담겨 있는 내용을 그대로 생활 속에 실천하고, 그 경험담을 글로 옮길 수 있어야 한다고 했다. 그런

점에서 정말로 내가 공부를 잘 하고 있는지를 알려면 아이를 데리고 오는 것이 좋다고 했다. 그래야 바로 아이를 통해 내 실력을 검증받을 수 있는 것이라고 했다. 그렇지 않고 이론으로만 배우고 집에 가서 아이를 잡는다면 그것은 올바른 공부가 아니라고 했다.

그런 점에서 나는 수민이를 데리고 공부하러 오기를 참 잘 했다는 생각이 든다. 비록 앞부분에서 아이가 나가자고 하는 바람에 강의를 빼먹기는 했지만, 그래도 상대를 배려하는 마음을 다하면 상대도 내 마음을 그대로 배려해 준다는 것을 이제 28개월밖에 되지 않은 수민이를 통해서 바로 체험할 수 있었으니까!

그렇다. 그 순간 나는 수민이를 통해서 진심을 다한다는 것이 무엇인지를 배웠다. 누구나 자신을 이해하고 인정하면 진심을 받아 들이게 되어 있다. 이제 겨우 28개월밖에 안 된 아이가 그것을 눈앞에서 증명해 준 것이다. 새삼 아이야말로 부모의 참스승이라는 말이 마음에 와 닿는 순간이었다.

비폭력 대화

그땐 죽을 만큼 아팠는데

이미경

놀라지 마라
집에 일이 생겼어

감당하기 어려운
열여섯 적 슬픈
엄마의 소식

남기신
목걸이만 봐도 울컥
올라오는
엄마의 향기

꿈은 언제나
뭉게구름처럼 흩어지고

삼십 년 쌓은 그리움
두 아이 보듬은
울타리 되었네

　　　- 이미경의 '엄마가 되어'

"당장 나가! 다시는 내 눈 앞에 나타나지 마!"

1985년 고등학교를 갓 졸업한 2월의 추운 새벽을 잊을 수 없다. 중학교 3학년 여름방학이 채 되기 전 날 어머니가 돌아 가시자 새어머니를 맞아 들인 아버지가 매정하게 나를 쫓아낸 것이다. 새어머니와 친해지지 못하고 갈등을 일으키자 아버지가 새어머니를 택하고 친딸인 나를 버린 것이다. 이게 무슨 날벼락인가? 그때 나는 아무런 반항도 하지 못하고 울면서 집을 나와 갈 곳을 찾아 겨우 의지할 수 있었던 친한 친구 집에서 하룻밤 신세를 지고 바로 월세방을 구해 자취생활을 시작했다.

어디서부터 잘못된 것일까? 어머니가 일찍 돌아가신 것은 결코 내 잘못이 아니건만, 나는 정말 아버지한테 사랑을 받을 자격이 없었던 것일까? 아버지를 정말 용서할 수 없었다. 그래서 마음속 깊이 칼을 품고 지내는 심정으로 표현할 수 없는 분노의 사슬이 나를 옥죄어 올수록 오기로 세상에 맞서기 시작했다.

젊은 날을 그렇게 보내서 그런지 불면증과 위궤양으로 많은 시간 고생을 해야 했다. 다행히 지인으로부터 신앙생활을 권유받고 마음의 안정을 취하며 서서히 질병으로부터 자유로워 질 수 있었다.

그리고 27년이 지난 지금에서야 백발이 되신 아버지께 아픈 가슴을 드러내며 하소연을 해 보았다.

"아버지 그때 왜 저를 내쫓으셨나요? 그러고도 잠이 잘 오시던가요? 아버지를 무섭게도 증오하며 살았었는데 결국엔 제가 죽을 만큼 아팠답니다."

그러자 아버지는 한동안 아무 말도 못했다.

"나도 제정신이 아니었었다."

이 한 마디만 남기시고는 재빠르게 가버리셨다.

아버지의 말을 듣고 나니 그때의 일들이 주마등처럼 더욱 생생하게 펼쳐졌다. 인간은 망각의 동물이라는데, 왜 나는 이 지독한 아픔을 잊지 못하고 있는가? 그토록 많은 세월이 흘렀건만 왜 억울하고, 슬프고, 충격적이었던 일들은 이리도 지독하게 나를 따라 다니는 것일까!!

나도 이젠 결혼생활 14년, 마흔일곱의 중년 아줌마로 중학교, 초등학교 다니는 두 아들을 키우면서 생각해 보니 부모님의 맘을 조금이나마 읽을 수 있는 힘이 생긴 것일까? 여든을 바라보는 아버지의 힘없는 어깨와 굽은 등, 그 위에 허연 머리칼이 그저 측은하게 느껴지는 것은 어쩔 수 없다.

최근 <책 읽고 책 쓰기 부모 프로젝트> 강좌 시간에 여러 선생님들과 서로 다른 인생의 여정에 대해 이야기를 나눈 적이 있었다. 글을 쓰려면 누구나가 쓸 수 있는 이야기가 아니라 나만의 이야기를 쓸 수 있어야 하기에 자신을 돌아보는 시간을 가진 것이다. 그때 다른 선생님들도 이야기를 털어 놓는 것을 보니 어머니를 일찍 여읜 것은 나만의 일이 아니었다는 것을 알게 되었다. 선생님 중에 몇몇 분이 나처럼 일찍 어머니를 여읜 상처를 갖고 있다는 것을 알고 나서, 그동안 상처만 크게 안고 살아왔던 내 모습이 떠올랐다. 사람들은 누구나 사연과 색깔만 다를 뿐 서로 비슷한 상처와 어려움을 겪으며 살고 있다는 것을 확인한 것만으로도 내게는 큰 위로와 격려가 되었다.

그동안 힘들어 하면서도 오기로 아버지를 미워하며 살아 왔던 내 삶을 돌아보면서, 사실 지금까지 겪어야 했던 내 상처와 아픔이, 아직도 옛날일로 눈물을 흘리는 내가 피해자만이 아니라 가해자일 수도 있겠다는 생각을 하게 되었다.

다시금 돌이켜 보니 아버지가 나를 내쫓은 것은 정말 귀신이 곡할 노릇만은 아니었다는 생각이 든다. 학창시절 나는 내 입장에서 힘들었던 일들을 일기장에 다 기록하는 버릇이 있었다. 나만의 답답한 가슴을 푸는 유일한 통로였다.

그런데 한 번은 일기장에 새어머니에 대한 욕을 실컷 써가며 답답한 가슴을 달랬던 적이 있었다. 그런데 그것이 그만 큰일을 일으켰다. 나는 그 일기장을 마치 새어머니한테 보라는 듯이 책상 위에 두고 학교에 갔던 것이다. 나로서는 절대로 해서는 안 될 실수였는데, 새어머니는 그것을 내가 의도적으로 보게 한 것처럼 느껴졌던 것이었을까? 학교에서 돌아오자마자 새어머니 눈에서 시뻘건 불이 쏟아져 나오는 것을 그대로 받아 들여야 했다.

"내가 아무리 못된 짓을 했더라도 네가 어떻게 이렇게 보란 듯이 내 욕을 일기에 써서 책상 위에 올려 놓을 수 있느냐?"

그때부터 나는 새어머니와 더욱 관계가 멀어졌고, 그 파장은 아버지를 요동케 했을지도 모른다. 아니 어쩌면 내가 그 일을 계기로 아버지마저 나를 미워하시고 새어머니 편만 든다고 생각했는지도 모른다. 어쨌든 그 이후부터 나는 아버지가 나를 미워하시는 것 같았고, 나는 사춘기적 반항끼를 숨기지 못하고 불만을 표출하며, 아버지와 새어머니 말씀에 순종하지 않는 버릇이 생겼을지도 모른다.

"나도 그때는 제정신이 아니었었다."

어쩌면 이 말이 아버지의 진심일지 모른다는 생각이 든다. 그 당시 나로 인해 많이 속상해 하셨을 아버지 마음을 들여다 볼 수 있는 여유가 생긴 것일까?

좋은 글을 쓰려면 구체적인 사실을 먼저 쓰고, 느낌을 써야 한다는 말이 생각난다. <비폭력대화>에서 말하는 관찰언어가 바로 구체적인 사실을 표현하는 말이라고 했다. 같은 말을 하더라도 먼저 구체적인 사실을 이야기하고 느낌을 이야기하면 크게 갈등을 빚을 일이 없는데, 처음부터 사실보다 자신이 판단한 것을 기준으로 이야기를 하면 서로 감정이 상해서 갈등의 골만 깊어진다고 했던가?

"새엄마한테 왜 그랬냐?"

그때 아버지가 내게 이렇게 묻기라도 했으면 어땠을까? 그러면 나도 어떤 식으로든 내 이야기를 했을 텐데….

우연찮게 인생의 새로운 시도를 해보려고 마음 먹고 있을 때 만난 <책 읽고 책 쓰는 부모 프로젝트>는 내게 아버지를 새롭게 생각해 보게 만드는 시간을 만들어 주었다. 그동안 가슴에 한처럼 품었던 아픔이 결국은 그 누구만의 잘못이 아니라 갈등을 슬기롭게 풀 줄 몰랐던 무지에 있었던 것이 아닌가 싶었다. 환경이 바뀌었으면 새엄마한테 맞추며 살았어야 했는데, 바뀐 환경을 생각하지 않고 나에게 새엄마를 맞추려 했던 어리석음이 결국 아버지와 나 사이에 대못을 박은 것은 아닌가 싶다.

생각해 보면 나는 아버지한테 냉정하게 쫓겨난 순간부터 강하게 살아남는 훈련을 했다. 이것은 내가 아버지를 이해하고 용서해야 하는 재산으로 축적이 되어 있었다. 어쩌면 내가 한 직장을 17년 동안 성실하게 다녔던 것과 결혼생활을 항상 감사하게 받아 드리며 행복을 추구할 수 있는 힘의 원천이 바로 아버지가 나에게 '세상의 혹독함을 알아야 한다고, 세상을 맞추는 것보다 세상에 나를 맞추며 살아야 한다' 는 혹독한 시련을 주었기 때문이 아닌가 싶기도 하다.

이렇게 나를 돌아보며 생각해 보니 내게 상처만 있었던 것은 아니다. 나를 내쫓은 아버지가 내 직장 정문에 와서 서 계시다가 나를 보고는 달아나듯 가 버리셨던 모습이 아련한 기억으로 살아오는 것을 보면…. 어쩌면 아버지는 한번이라도 내 얼굴을 보고 싶고 견딜 수 없어 오셨던 것은 아니었을까? 어쩌다 나와 마주친 것은 한번뿐이지만 아버지는 몇 번이고 그곳에서 나의 모습을 지켜보았을지도 모른다는 생각이 드는 것은 또 무슨 조화인가?

踏雪野中去(답설야중거)
不須胡亂行(불수호난행)
今日我行跡(금일아행적)
遂作後人程(수작후인정)

눈 쌓인 들길 걸을 때
어지러이 밟지 마라
오늘 내가 남긴 발자국이
뒷사람의 이정표가 될 것이니

― 서산대사

제**5**장

응, 우리 엄마야

일독백서
창의적인 독서법

〈이상한 나라의 앨리스〉
모파상의 〈목걸이〉
〈개똥이 이야기〉

독서는 인간을 정신적으로 충실하고
심오하게 해줄 뿐만 아니라
영리한 두뇌를 만들어준다. ─프랭클린

앨리스라면 어떻게 했을까?

앨리스는 토끼가 커다란 굴로 뛰어 들어가는 것을 보았다. 앨리스도 그 뒤를 좇아 굴속으로 뛰어 들어 갔다. 토끼 굴은 터널 모양으로 똑바로 뚫려 있었다. 그런데 갑자기 내리막이 되어 미끄러지듯 내려가다가 그만 아래로 뚫린 굴에 떨어지고 말았다. 굴 속은 깜깜하여 아무것도 보이지 않았다. 굴 주위를 살펴보니 찬장과 책꽂이 등이 눈에 띄었다.

–<이상한 나라의 앨리스> 중의 일부

초등학교 5학년 국어 문제집에 토끼를 따라 굴 속으로 떨어졌을 때 엘리스의 마음이 어땠을지 짧은 글로 써 보라는 주관식 문제가 있었다.

한 아이가 답안지에 '앨리스는 무섭고 두려웠을 것이다' 라고 썼다. 그리고 '신나고 즐거웠을 것이다' 라는 답을 학인하고는 억울하다며 질문을 했다.

"이때는 무섭고 두려운 것이 당연한 것 아닌가요?"

아이의 질문을 받고 답안지를 확인해 보니까 '호기심이 많았을 것이다. 재미있었을 것이다. 등등' 은 맞지만, '무서웠을 것이다, 두려웠을 것이다. 등등' 은 틀린 답안이라고 나와 있었다. 아이는 이 부분을 이해하지 못하겠다는 듯이 억울해 했다.

이 상황에서 엘리스가 무서웠을 것이라고 하는 답은 왜 틀릴 수밖에 없는 것인가? 우리는 이 작품을 통해서 무엇을 배워야 할까?

<이상한 나라의 엘리스>는 영국의 빅토리아 왕조 시대상을 반영하고 있다. 신대륙 개척이 활발히 진행되면서 식민지 개척에 앞장을 선 영국이 해상왕국으로서 최고조의 국력을 과시하던 시기였다. 국가적인 시책으로 정치와 경제, 문화, 교육 등 모든 분야에서 새로운 세계에 대한 탐험과 도전 정신이 강조되던 시절이었다.

많은 사람들이 자신이 겪어 보지 못한 상황에 처했을 때 두려움을 느끼는 것은 미지의 세계에 대해 두려움을 느끼기 때문이다. 미지의 세계를 향한 개척자 정신은 저절로 키워지는 것이 아니다. 따라서 개척자 정신을 키우기 위해서는 미지의 세계를 만났을 때 두려움을 극복하기 위한 동기부여와 끊임없는 노력이 필요하다. 따라서 그 시기에 개척자 정신을 강조했던 이들은 아이들에게 풍부한 상상력과 미지의 세계에 대한 동경심을 심어 줄 매체가 그 어느 때보다 더욱 필요했다.

상상력이 풍부한 사람일수록 도전정신이 강하고, 도전정신이 강한 사람일수록 실패에 대한 두려움이 적다. 마찬가지로 실패에 대한 두려움이 적은 사람일수록 미지의 세계에 대한 호기심이 많고, 그 호기심을 충족시키기 위해 더욱 많은 노력을 한다. <이상한 나라의 엘리스>는 바로 시대와 국가가 필요로 했던 아이의 모습을 그리고 있는 것이다.

따라서 나라에서는 이런 책을 읽은 아이들이 풍부한 상상력을 키워가며, 미지의 세계에 호기심을 갖고 새로운 환경에 금방 적응해 나가는, <엘리스>와 같이 시대가 필요로 하는 인재로 성장할 수 있도록 교육을 시키고자 했던 것이다. 그러므로 '토끼를 따라 굴 속으로 떨어진 엘리스의 마음은 어땠을까?' 라는 문제에서 '무섭고 두려웠을 것이다' 라는 답은 틀릴 수 밖에 없는 것이다.

굴 속으로 떨어진 것은 엘리스가 전혀 예측할 수 없었던 새로운 환경이다. 이때 엘리스가 무서워 하고, 두려워 했다면 어떻게 되었을까? 그랬다면 <이상한 나라의 앨리스>는 그 당시 많은 사람들에게 사랑도 못 받았을 뿐만 아니라, 오늘날 우리가 꼭 읽어야 하는 세계명작도 되지 못했을 것이다.

그러므로 우리는 이 글을 통해서 '토끼를 따라 굴 속으로 떨어진 엘리스의 마음은 즐겁고 신났을 것이다' 라는 답을 얻어야 하고, 그 마음을 얻기 위해 노력해야 한다. 그래야 새로운 환경에 처했을 때 두려움이 올라오더라도 엘리스의 마음을 떠올리며 긍정적이고 희망적으로 전환시킬 수 있는 힘이 생길 것이고, 새로운 환경에 능동적으로 대처하는 도전정신과 용기를 얻는 길에 들어설 수 있기 때문이다.

이 마음을 얻기 위해서 우리는 새로운 상황에 처할 때마다 '이때 엘리스라면 어떻게 했을까?' 를 생각하며 한번쯤 자신이 처한 환경에 대해 생각해 볼 필요가 있다. 그러면 자신도 모르게 새로운 환경에 적응하기 위해 뭔가 새로운 시도를 하고 있는 모습을 만나게 될 것이다.

이상한 나라의 앨리스 (1865)

영국의 작가 루이스 캐럴의 장편동화. 동명의 소녀 앨리스 리델을 위해 쓴 것을 1865년 J. 테니얼의 삽화를 곁들여 출판한 것이 호평을 받았다. 현재 수십 개국의 언어로 번역되어 애독되고 있다. 우리 나라에도 수십 개의 출판사에서 편집하고 각색한 책들이 나와 있다.

앨리스라면 어떻게 했을까?
동굴 앞 주문

남민경

비켜라
두려움아

심호흡 한 번
질끈
감은 눈

두근두근
다가서는

설레임의
전주곡
　- 남민경의 '언제나 도전자'

"앨리스라면 어떻게 했을까?"

　요즘 나도 모르게 전화기를 들 때마다 떠오르는 말이 있다. 이 말을
떠올리면 나도 모르게 용기가 솟는 정말 마법 같은 주문이다. 어떻게

이런 힘이 생기는 것일까?

<이상한 나라의 앨리스>, 어렸을 때 동화책으로 접하고, 어른이 되어서 아이들에게 읽어주며 그냥 "재미있네." 정도로 보고 넘겼던 책이다. 그런데 요즘 <책 읽고 책 쓰는 부모 프로젝트>에서 이 책에 대한 새로운 독서법을 배웠다. 일명 '일독백서 – 기적의 독서법'이다.

"앨리스처럼 동굴에 떨어진다면 마음이 어땠을까요?"

많은 사람들이 "무섭고 두려웠을 것이다."라고 생각했을 것이다. 그런데 '일독백서'의 저자 이인환 선생님은 이것을 상징적인 의미로 해석하고 있다. 그러면서 동굴이 상징하는 것이 무엇인지 생각해 봐야 한다고 했다. 앨리스에게 동굴은 새로운 환경과 연결시켜주는 통로였다. 그러니까 우리 주변에서 새로운 환경과 만나게 해주는 상황을 동굴이라고 봐야 한다고 했다. 그러면서 <이상한 나라의 앨리스>를 생활 속에 교훈으로 받아 들이려면 동굴처럼 새로운 환경에 처했을 때 어떻게 할 것인가를 새겨봐야 한다고 했다.

많은 사람들은 동굴처럼 새로운 상황에 처하면 무섭고 두려움에 떨지만, 앨리스는 개척민의 자세로 새로운 환경에 끊임없이 호기심을 갖고 적극적으로 대처해 나간다. 이 책이 우리에게 주는 교훈은 새로운 환경에 처할 때 적극적이고 능동적으로 대처해 나가는 자세를 배워야 한다는 것이다. 그러면서 수시로 새로운 환경에 처할 때마다 '앨리스라면 어떻게 했을까?'를 마음 속으로 새겨보라고 했다. 그러면 자신도 모르게 앨리스처럼 용기가 나는 자신의 모습을 확인할 수 있을 것이라고도 했다.

내가 가장 긴장하면서 두려운 마음까지 드는 순간은 고객에게 전화를 걸 때다.

"여보세요? 안녕하세요, 고객님. 지난 번 제품은 잘 쓰고 계시나요?"

간단한 몇 마디이지만 나는 이 한 통의 전화를 하기 위해 마음 속으로 조바심내며 수없이 기도를 하곤 한다. 당당한 마음으로 떨지 않게 해 주세요. 당연히 해야 할 일이지만 희한하게도 이것은 매번 어렵고 가슴 떨리는 도전 과제였다.

오래 전부터 다른 사람과 통화하는 일이 너무 어려워 웬만한 건 다 문자로 해결하고, 어쩔 수 없이 통화가 꼭 필요한 경우에는 심호흡을 몇 번 하고, 기도하고, 충분히 내 마음을 안정 시킨 후에야 하곤 했다. 그래서 나와 친한 사람들이나 가족들은 서운한 속내를 비추기도 했다. 무슨 전화 한 통이 그리 어렵냐고…. 하지만 수화기가 집채보다 무겁게 느껴지는 것은 어쩔 수 없었다.

이런 내가 고객을 위해서 전화를 해야만 하는 영업을 시작한 것은 정말 큰 용기를 낸 선택이었다. 이런 나의 성향을 알기에 나는 이런 한계를 극복하기 위해 남들보다 더 열심히 노력했다. 하지만 전화기 앞에만 서면 항상 마음은 두근거렸다. 그러던 중에 <앨리스 이야기>를 접하게 되었다. 실험 삼아 전화기 앞에서 '이럴 때 앨리스라면 어떻게 했을까?'를 되새겨보곤 했다. 그러면 신기하게도 나도 모르는 용기가 솟아 나서 전화기를 자신 있게 드는 힘이 생겼다.

나를 믿고 제품을 구매한 고객에게 잘 쓰고 계신지, 느낌은 어떤지, 불편한 것은 없는지, 궁금한 것은 무엇인지, 진심으로 배려하기 위해 전화는 필수적이다. 생각해 보니 그동안 전화기는 내게 동굴과도 같은 존재였다. 눈 감으면 컴컴하고 무서운 동굴이지만, 내가 당당하고 자신있게 들어서면 고객과의 끊임없는 만남을 이어주는 통로였던 것이다.

"앨리스라면 어떻게 했을까?"

요즘은 전화기뿐만 아니다. 무엇인가 새로운 일을 시작해야 할 때마다 나도 모르는 두려움이 밀려오면 나는 이 마법 같은 주문을 되뇌는 내 모습을 발견하곤 한다. 그러면 정말 나도 모르는 힘과 용기가 생기는 것을 느끼곤 한다.

'그래, 내가 선택한 일이고 어차피 할 일이라면 즐겁게 하자!'

이전에는 홍보 전단지를 나눠 줄 때 찡그린 표정으로 거부하고 지나가는 사람들이 나를 너무 무시하는 것 같아 상처 받았다. 하지만 요즘은 게을러지고 사기가 떨어질 때, 뭔가 결과를 만들어 내고는 싶은데 막연한 두려움이 앞설 때도 일부러 전단지를 들고 나선다. 그러면 내가 살아 움직이고 있는 활기를 느끼게 되고, 간혹 전단지를 거부하고 지나가는 사람에게서 겸손함을 배운다.

어디 그뿐인가? 이제는 사람들의 다양한 반응을 흥미롭게 관찰하는 여유도 즐긴다. 그러다 가끔씩 식당 개업 전단지를 돌리는 사장님을 만나면, 말없이 동지애가 느껴져 짠한 마음이 올라오기도 한다.

이렇게 자신있게 일하다 보니 가끔 따라 나와 일을 도와주는 아홉 살 둘째까지 자신만만하다.

"엄마, 저 아줌마한텐 왜 안 줘? 나한테 줘 봐. 내가 주면 기특하다고 더 받아줄지도 모르잖아?"

중학교 2학년인 큰딸은 우리 회사 제품으로 철저히 피부관리를 해서, 주변 사람들의 마음을 사는 홍보모델 역할을 자처하고 있다. 이런 딸들의 모습을 보면 가슴이 뭉클해지고 더 자부심을 갖고, 성실히 일해야겠다는 다짐을 하게 된다.

이제는 제품에 대해 간혹 불만을 얘기하는 고객님과의 통화도 심호흡 한번 하면 그만이다. 씩씩하고 밝게 무슨 얘기든 듣겠다는 마음으로 응대하니까 상대방의 마음이 금방 풀리는 경험도 하고 있다.

한때 10년을 영어강사하던 내가 영업을 한다고 했을 때 걱정하고 조심스러워하던 남편이나 주변 사람들에게 요즘 나는 자신감 넘치는 커리어우먼이 되었다. 그래서 이제는 모르는 사람도 잠재적 고객이라고 생각하고 자신 있게 말하고 다닌다.

"메리케이는 50년 간 단 한 번도 성분이나 안정성으로 문제를 일으킨 적이 없는 세계 최고의 코스메틱 회사입니다! 안전성과 기능은 세계 최고라는 것이 저의 자부심입니다. 쓰고 나서 좋아지면 관심 있는 사람 3명 이상 소개시켜 주시기 바랍니다."

앨리스라면 어떻게 했을까?

보고 싶었어 vs 보여주고 싶었어

한정혜

호기심 가득 앞치마
엄마자리
차지한 아들

솜씨는 서툴러도
식탁은 하하호호

초등학교 오학년
어디서 배웠을까

계란 프라이 몇 개로
행복하게
해주는 법을

- 한정혜의 '줄탁동시'

1.

"엄마, 계란 프라이 제가 해볼게요."

"지난 번에 해 봤는데 또?"

"네, 재미있어요. 제가 할게요, 해도 돼죠? 네?"

"…, 해도 되는데 지난 번처럼 계란 껍데기 싱크대에 어질러 놓으면 일단 엄마가 기분이 안 좋고, 또 가스레인지 높이가 어른들한테 맞춰진 상태라 불도 위험하고, 프라이팬 다루다가 기름이라도 튀면…"

"아, 오늘은 계란 껍데기 바로 치울게요. 그리고 불조심해야 하는 건 지난 번에도 말씀해 주셔서 잘 알고 있어요. 엄마도 옆에 계시잖아요. 예쁘게 만들게요."

"도대체 왜 그렇게 해보고 싶을까?"

"제가 만들어서 엄마 맛보게 해드리고 싶어서요."

"… 그럼, 혹시… 계란 프라이 해보고 싶은 이유가… 가스불도 위험하고 뜨거운 기름이랑 프라이팬도 조심해야 하지만, 그래도 저 이만큼은 할 수 있을 정도로 '컸다'고 보여주고 싶어서야?"

"네, 맞아요, 그거에요 그거!"

아! 도대체 얼마나 보여주고 싶었을까? 계란 프라이를 해보고 싶다고 한 게 4학년부터였는데 5학년하고도 2학기가 저물어가도록 나는 눈치 채지 못했다. 엄마로서 정말 미안했다. 두려움에 움츠리기보다 용기를 내 어른세계의 문을 열려고 하는 아이의 손을 왜 그렇게 끌어내리기 바빴는지 모르겠다. 계란을 프라이팬에 톡 쳐서 노른자와 흰자가 기름 위에서 치익~ 하고 퍼지는 순간, 액체 상태에 열이 가해지면 고체가 되는 단백질의 성질을 왜 과학시간에만 배우라고 했을까? 건강하고 씩씩하게 크기를 바란다면서 과연 나는 무엇을 기준으로 한 틀을 정하고 그 안에서 아이를 키우고 있었던 것일까? 스스로에게 그만 화들짝 놀라고 말았다.

<이상한 나라의 엘리스>에서 엘리스는 토끼를 따라 굴속으로 뛰어들어가서 무서워하거나 두려움에 떨지 않았다. 오히려 어둠 속에서도

주변을 둘러봤고, 신기한 것들을 즐겁게 찾아냈다. 지금 나의 아이 또한 엘리스와 다를 바 없는 상황들을 맞이하고 있는데 엄마인 나는 내가 정한 기준이나 틀이 제일 안전하다고, 가장 좋은 곳이라고, 언제까지 어떻게 장담할 수 있을까? 백문이 불여일견이라고 호기심에서 시작해서 직접 보고 느끼고 경험하다 보면 백번 듣는 것보다 더 좋은 밑거름이 될 수도 있다는 것을 왜 머리로만 알고 있었단 말인가?

"톡톡 촤르르르 치익…."

노른자위와 흰자위가 섞이고 한 쪽은 짜고 다른 한 쪽은 싱거운 계란 프라이는 깔깔거리는 웃음소리로 그날 식탁을 만찬으로 꾸며줬다.

2.

"엄마, 203동 뒤에 고구가 캐고 있어요. 저 친구들이랑 가서 고구마 이삭 주워 올게요!"

"안 돼, 신발에 흙 다 묻히고 옷도 엉망이 될 테고 밭에 가는 길도 울퉁불퉁 위험하고…."

"작년에 엄마랑 같이 가 봐서 저도 알아요. 조심해서 다녀올게요. 신발도 제가 닦을게요. 큰 봉투 두 개만 담고 금방 올게요, 제발요, 네?"

"큰 봉투 두 개? 거길 가득 채우면 얼마나 무거운데?"

"그럼 엄마랑 같이 가자."

"엄마도 참, 친구들이랑 같이 가기로 했다고요. 제가 많이 많~이 캐 가지고 올게요."

아이와 실랑이를 벌이다가 문득 내 속에서 울리는 소리를 들었다.

'앨리스야, 앨리스야, 이번엔 무슨 동굴이야? 이만큼 컸다고 또 뭘 보여주고 싶은 거야?'

나도 모르게 내면의 소리를 듣고 아이에게 조심하라고 신신당부를 하며 커다란 장바구니 두 개를 내어줬다. 보내놓고 마음 편할 리 없었지만, 솔직히 고구마 이삭줍기가 요령이 있어야 하는데 한 봉투나 담아 오려나 싶어 피식 웃음이 났다.

40분쯤 지났을까? 벨이 울렸다. 문을 열고 보니 빨갛게 상기된 얼굴에 땀을 비 오듯 흘리면서 고구마 이삭이 흘러넘치도록 꽉 들어찬 가방을 양 어깨에 둘러 멘 큰 아이가 서 있었다. 그 모습이 마치 석기시대에 도끼 자루 하나 없이 사냥에 성공한 용맹한 남성처럼 의기양양했다.

순간 나도 어떤 동굴 앞에 선 기분이 들었다. 우리가 언제부터 엄마와 아들이 아닌 엄마인 '여성'과 사춘기 아들인 '남성'으로 마주하기 시작했는지 궁금해졌다. 내가 겪어보지 못하고 지나온, 머리로는 알더라도 본능적으로 이해할 수 없는 세계를 아이가 보여주는 것 같았다. 아직 변성기와 같이 눈에 띄는 신체적인 변화를 발견하진 못했지만 아이는 이미 어떤 변화의 성장곡선을 그려오고 있었음이 느껴졌다.

아침에 티격태격 힘겨루기를 하고, 점심에 땀 뻘뻘 흘리며 축구로 뒹굴고, 저녁에 개구쟁이 모습 그대로 어깨동무하는 또래의 남자아이들…. 진작 들어가 봐야 했던 '남자' 아이의 세상에 나도 앨리스처럼 폴짝 뛰어들었다.

일 년 전, 눈을 동그랗게 뜨고 목소리를 높이며 '나에게 대들었다'고 생각했던 장면이 제일 먼저 다가왔다. 그건 어쩌면 '저는 당신과 달라요!'가 아니었을까? "학교 다녀왔습니다."와 동시에 가방을 던져놓고 문 앞에서 기다리던 친구들과 다시 우르르 몰려가는 횟수가 잦아진 일에도 고개가 끄덕여졌다. 아무리 사춘기라도 그렇지 도대체 왜 그러는지 답답하고 이해가 안 간다고 생각했었는데 그건 이해가 안 됐던 것이 아니라 인정하지 못했던 것이다. 좀 더 솔직히 말하자면 남자로 커가고 있음을 몰·랐·던 것이다. 그때 그 '남자' 아이…. 어쩌면 나보다 더 답답

했겠지?

동굴 속에서 낯설었던 시간들을 맞추다보니 퍼즐조각처럼 이가 딱딱 맞는다. 멈추었던 톱니바퀴가 다시 맞물려 돌아가는지 째깍거리는 소리에 발걸음도 맞추어본다. 여전히 조심스럽지만 소설이나 영화 속의 한 장면을 코앞에서 마주칠지도 모른다는 생각에 이제는 살짝 설레기도 한다. 그리고 어느덧 남자로 내 곁에 선 아들을 환영하고 축하해주고 응원해 주어야겠다는 생각이 들었다.

조금은 호들갑스럽게 "어머나, 어머나!"를 연발하며 묵직한 가방을 받아드는데 이 '남자' 아이, 전쟁터를 다녀온 무사처럼 무용담을 늘어놓는다.

"엄마, (헉헉) 있잖아요, 제가 (헉헉) 처음에는 (헉헉) 작은 고구마 이삭만 주었거든요. 근데 (헉헉) 트랙터(헉헉) 지나가고 난 다음에 할머니들이 작업한 뒤를 (헉헉) 졸졸 (헉헉) 따라가 봤더니 (헉헉) 이렇게 제 얼굴보다 더 큰 고구마들이 (헉헉) 막 나오는 거예요. 그래서 (헉헉) 작은 것들 다 쏟아내고 큰 고구마만 (헉헉) 다시 줍고, 제 거 다 채우고 친구들도 나눠주고 (헉헉) 온 거에요. 엄마, 저 안 늦었죠? 빨리 왔죠?"

항상 무슨 일이건 호기심을 갖고 해 보고 싶어 하고, 한번 하면 어떻게든지 좋은 모습의 결과를 얻어내는 아이에게서 동굴 속으로 뛰어 들어 새로운 환경에 적응해 가며 신나게 즐기고 있는 앨리스의 모습을 보았다. 숨이 차서 헉헉거리는 아들의 이마에 머문 햇살이 참 맑아 보였다.

앨리스라면 어떻게 했을까?
서진이와 앨리스
차임순

"우리 같이 놀래?"

어느 곳이든
척척 말 붙이고

어느 때건
하하호호

금방 어울리는
여덟 살 아이

엄마도 배워야 하는데
배워야 하는데

　　　- 차임순의 '고객을 만나기 전에'

"앨리스라면 어떻게 했을까?"
요즘 아침에 집을 나설 때마다 한번쯤 생각해 보는 말이다. 그러면 나도 모르게 속에서 불끈 힘이 생기는 것을 느낀다. 오늘 하루 어떤 일이 생긴다 해도 정말 자신 있게 헤쳐 나갈 수 있다는 용기가 생기는 것을 느낀다.

<이상한 나라의 앨리스>는 어렸을 때 읽어 보고 한 동안 잊고 있었던 책이다. 그런데 <책 읽고 책 쓰는 부모 프로젝트>를 통해서 이 책에 대해 새롭게 해석한 강의를 들으며 나도 모르게 폭 빠져 들었던 경험이 항상 새롭게 다가온다.

"앨리스가 토끼를 따라 갔다가 어두운 동굴로 떨어졌을 때 기분이 어땠을까요?"

처음에 이런 질문을 받았을 때 나 역시 '무섭고 두려웠을 것이다' 라고 생각했다. 그러나 이 책에는 유럽인들이 신대륙을 개척해 나가던 시대적 배경이 담겨 있고, 앨리스는 그 당시 신대륙을 개척하러 나서는 사람들을 대표하는 인물로 볼 수 있다는 말을 들으면서 정말 내 생각이 시대에 뒤처지는 태도를 반영하는 것일 수도 있겠다는 생각을 할 수밖에 없었다.

실제로 앨리스는 동굴에 떨어진 상황에서 무서워하거나 두려움에 떨지 않았다. 새로운 상황에 처할 때마다 호기심을 갖고 얼른 적응해서 능동적으로 자신의 앞길을 개척해 나갔다. 이런 태도는 아이들만 아니라 정말 나부터 배워야 할 자세인 것이다.

그 동안 나는 이 책에 이런 깊은 의미가 담겨 있을 것이라고는 전혀 알지 못했다. 그런데 요즘은 처음 만나는 고객이나 좀 대하기 힘든 고객을 만나야 할 때 나도 모르게 앨리스의 모습을 떠올려 보는 나를 발견하곤 한다. 이렇게 생각하고 나면 어느 누구를 만나도 자신있게 대할 수 있다는 용기를 얻을 수 있어서 기분이 좋다.

"앨리스라면 어떻게 했을까?"

어느 날 나는 배운 대로 독서지도도 할 겸 이 이야기를 초등학교 1학년인 아들에게도 들려주고 싶었다. 그동안 일을 하면서 소홀히 했었는데, 요즘 들어와서 아들이 엄마와 말하는 것을 좋아 하길래, 이왕이면 의미있는 대화를 나누고 싶어서 먼저 앨리스 이야기가 담겨 있는 짧은 동영상을 보여 주었다. 특히 앨리스가 동굴에 떨어졌을 때, 그리고 음료수나 케이크, 빵을 먹으며 커지거나 작아지는 모습들을 환기시키며 물어 보았다.

"서진이라면 저렇게 앨리스처럼 동굴에 떨어지면 어떨 것 같아?"

나는 서진이도 당연히 "무섭고 두려울 것"이라는 대답을 할 줄 알았다. 그러면 내심으로 수업 시간에 배운 대로 <이상한 나라의 앨리스>의 시대적 배경을 이야기해 주며, 저럴 때는 앨리스처럼 호기심을 갖고 새로운 환경에 적응해 나가려고 적극적으로 행동해야 한다고 말해 주려고 했다. 그런데 서진이는 내가 전혀 생각해 보지 않은 대답을 했다.

"나라면 나무를 잡을 거야. 그리고 불을 만들 거야."

"그럼, 앨리스처럼 커지면 어떻게 할 거야?"

"나에게 덤비는 동물을 죽일 거야."

"그러면 작아지면은?"

"문으로 들어가서 수영을 하고 재밌게 놀 거야."

어떠한 경우에도 무섭고 두렵다는 말은 하지 않았다. 아이는 무슨 질문을 해도 항상 엄마가 생각한 것 이상을 말하곤 했다. 나는 끝내 아이에게 내가 원래 말하고자 했던 이야기를 꺼낼 기회를 찾지 못했다. 아니 굳이 그 말을 꺼낼 필요성을 느끼지 못했다는 표현이 맞는 말이다. 아이는 이미 앨리스와 같은 자세로 살고 있었기 때문이다.

"앨리스라면 어떻게 했을까?"

이 말이 서진이보다 나에게 더 필요하다는 것을 느꼈다. 실제로 아이는 낯선 장소에 가서 낯선 사람을 만나도 금방 친해지는 성격이다. 그런데 지금의 나는 어떤가? 전혀 예측할 수 없었던 상황을 만나면 '무섭고 두렵다'는 생각에 움츠려 들지는 않았던가?

  그러다 보니 어느 새 옆에서 조잘조잘 자신의 생각을 재미있게 이야기하는 아들의 모습이 "엄마도 할 수 있어."라고 힘을 북돋아 주는 응원의 메시지로 들리기 시작했다.

일독백서

마틸드의 목걸이를 찾아서

가난한 집에서 태어나서 하급관리인 남편을 둔 마틸드. 남편이 가져온 파티 초대장을 보고 초라한 모습을 보이기 싫다고 투정을 부린다. 남편이 준 비상금으로 옷밖에 살 수 없었고, 그것만으로 부족해 진주목걸이를 빌려 파티에 참석을 한다. 그 덕분에 한껏 멋을 부리고 파티를 즐기고 왔지만, 진주목걸이를 잃어 버렸다는 것을 알고는 고생의 나락으로 떨어진다. 마틸드는 고민을 하다 결국 빚을 얻어 잃어버린 것과 똑같은 진주목걸이를 사서 친구에게 돌려주고, 그 빚을 갚기 위해 집까지 처분하며 십여 년 동안 온갖 고생을 하게 된다.

그러다가 우연히 친구를 만난다. 친구는 마틸드가 고생하면서 힘들게 살고 있는 모습을 보고 어쩌다 이렇게 됐느냐고 안부를 묻는다. 그때서야 마틸드는 십여 년 전에 있었던 일의 자초지종을 이야기하고 친구에게 말한다.

"진주목걸이 때문에 이렇게 됐어."

그러자 친구는 안쓰러운 표정으로 마틸드에게 말한다.

"왜, 진작에 이야기하지 않았니? 그 목걸이는 가짜였는데…."

프랑스의 소설가 모파상의 단편소설인 「목걸이」의 핵심 줄거리이다. 마틸드의 십여 년 고생이 더욱 뼈아파지는 순간이다. 사람들은 이

소설의 주제가 '인간의 어리석은 욕망과 허영심이 초래한 인생의 비극'이라고 가르치고 배운다. 남에게 잘 보이려는 허영심 때문에 마틸드가 십여 년 고생을 사서 한 것을 본보기로 삼아 '어리석은 허영심을 부리지 말자'는 식으로 교훈을 삼고 있는 것이다.

그런데 주제를 이렇게밖에 정리를 못한다면 문제가 있다고 본다. 그래서 강의를 할 때마다 이 이야기를 들려주며 수강생들에게 이렇게 질문을 하곤 했다.

"여러분이 마틸드처럼 진주목걸이를 빌렸는데 잃어버렸다면 어떻게 하시겠습니까?"

이쯤에서 독자님들도 한번 생각해 볼 시간을 가져보았으면 한다. 대개 10명 중에 7~8명은 현명한 답을 내놓았지만, 2~3명은 마틸드와 같은 입장이어서인지 어쩔 수 없이 마틸드처럼 했을 거라고 답하는 경우도 있었다.

정말 내가 마틸드의 입장이라면 어떻게 했을까?

"친구에게 사실대로 말하고 대책을 마련할 겁니다."

대개 많은 이들은 이렇게 말을 하며 처음부터 사실대로 말하지 않은 마틸드의 태도를 문제 삼았다. 심지어 초등학교 5학년 학생 중에는 오히려 이렇게 반문하는 경우도 있었다.

"선생님, 마틸드 바보 아니예요? 그냥 친구에게 말했으면 처음부터 가짜라는 것을 알고 그 고생 안했어도 됐잖아요."
"그래, 그렇지. 그런데 왜 바보 같은 짓을 했을까?"

정말 중요한 문제이다. 왜 마틸드는 초등학교 5학년 학생도 쉽게 생각하는 방법을 떠올리지 못해 10여 년 동안 생고생을 해야 했을까? 왜 그 순간에 70~80%의 사람들이 생각하는 간단한 해결책을 떠올리지 못했을까?

모파상의 「목걸이」는 허영심의 문제로만 볼 것이 아니라, 인간이 어떤 상황에 처했을 때 마틸드처럼 어리석은 판단을 할 수밖에 없도록 만드는 욕심이라는 것으로 확장해 볼 필요가 있다. 문학작품이 담고 있는 상징의 의미를 찾아 실생활에 좀 더 폭넓게 활용할 수 있어야 한다.

'우리가 현실 속에서 범하는 마틸드와 같은 잘못은 어떤 것이 있을까?'

'우리가 마틸드와 같은 잘못을 범하지 않으려면 어떻게 해야 할까?'

그러면 다음과 같이 주제의식을 확장시킬 수도 있다.

"「목걸이」는 자신이 어려움에 처했을 때 자기 식대로 해결하려는 사람들에게 교훈을 주는 내용이다. 마틸드는 목걸이를 잃어 버렸을 때 왜 사실대로 말하지 못했을까? 사실대로 말하고 어떻게 했으면 좋겠냐고 물어 보았으면 고생은 하지 않아도 됐을 텐데…. 따라서 이 작품은 '잘못을 했으면 사실대로 말하고 해결책을 찾자' 라는 교훈을 주고 있다."

물론 이렇게 정리하는 것만으로도 아쉬움이 남는다. 좀 더 이야기를 확장해서 각자 자신에 맞는 사례를 찾아 낼 수도 있기 때문이다.

마틸드는 왜 잃어 버렸다고 사실대로 말하지 못했을까? 그것은 바로 허영이라는 욕심 이 만들어낸 자존심 때문이다. 인간의 내면 속에 자리 잡은 욕심은 때로는 합리적인 판단을 가로막는 장애가 된다. 따라서 허영심의 근간인 인간의 욕심에 대한 성찰이 이뤄져야 한다.

사람은 욕심에 따라 서로 다른 삶을 살게 된다. 허영심이 강한 사람은 허영심 따라, 물질욕이 강한 사람은 물질욕 따라, 명예욕이 강한 사람은 명예욕 따라, 권력욕이 강한 사람은 권력욕에 따라, 동물적 본능인 성욕이 강한 사람은 성욕에 따라 자신의 삶을 꾸리고 있다.

어느 한 부분의 욕심이 강한 사람은 아무리 그 욕심을 버려야 한다고 해도 그 말이 결코 들리지 않는다. 아니 그 욕심을 버리라고 지적해 줄수록 오히려 감정을 부려가며 더 큰 잘못을 범하는 경우가 많다. 따라서 마틸드와 같이 허영심이 강한 사람에게는 아무리 허영심을 버려야 한다고 해도 제대로 들리지가 않는 것이다. <목걸이>를 허영심이 강한 사람이 읽었을 때 '맞아, 이러니까 허영심을 버려야 돼.' 라고 느끼기가 힘들다는 것이다.

이것은 마치 물질욕에 사로잡힌 수전노에게 "이웃을 위해 기부하는 것이 더 큰 행복을 불러온다"라고 설교하는 말에 지나지 않고, 권력욕에 사로잡힌 독재자에게 "권력이 무상하다는 것을 알자"라고 훈계하는 것과 같다. 성욕에 사로잡혀 있는 바람둥이에게 일부일처제의 당위성을 강조해봤자 무슨 소용이 있겠는가?

우리는 생활 속에서 마틸드와 같은 잘못된 판단을 수없이 범하고 있다. 자신의 잘못을 사실대로 말하고 도움을 청하면 쉽게 풀 수 있는 고민거리도, 자기만의 생각에 빠져, 자기만의 생각으로 해결책을 찾으려다 고생을 하거나, 심지어 자신의 인생을 파멸로 이끌어 가는 경우가 많다.

<마틸드의 목걸이>
남들이 다 아는데 정작 나 자신만 모르는 나의 문제점

<마틸드의 목걸이>란 이처럼 '남들은 다 아는데 정작 나 자신만 모르는 나의 문제점'이란 의미를 담고 있다. 마틸드와 같이 어리석은 판단을 하지 않으려면 무엇보다 먼저 <마틸드의 목걸이>는 마틸드만의 문제가 아니라 바로 나 자신의 문제일 수 있다는 것을 인식해야 한다. 그렇지 않으면 어느 한 순간 나도 마틸드처럼 순간의 선택을 잘못해서 고

생을 자초할 수 있기 때문이다.

　현재 내가 원하는 것을 얻기 위해 노력하는 만큼 그것을 얻지 못하고 있다면 한번쯤 '나의 마틸드 목걸이는 무엇인가?' 라고 살펴보는 노력이 선행되어야 한다.

모파상 (1850년~1893년) 단편선

　<모파상 단편선>에는 허영을 채우려다 인생을 낭비해버린 여인의 이야기, 쓸모없는 노끈 하나 때문에 큰 화를 당한 노인, 변화와 도전을 두려워하다 비참한 최후를 맞는 걸인의 이야기 등 물질과 권력 앞에 약해지고, 현실에 좌절하며, 작은 쾌락을 추구하다 큰 대가를 치르기도 하는 인물들의 이야기가 담겨 있다.

마틸드의 목걸이
평가에 대한 두려움
한정혜

엄마, 저는
왜 지금 여기에 있을까요

하루에도 몇 번씩
받아 안는 책벌레
열두 살 아들의
호기심

어떻게 찾을까
어디서 찾을까

똘망똘망 아이의
눈동자 채워 주고픈
엄마의 마음

　　　- 한정혜의 '어디서 찾을까'

<책 읽고 책 쓰는 엄마 프로젝트>에 참여하면서 나는 나의 목걸이

도 찾고 싶어졌다.

'아! 이 얘기는 나만 알고 있을게 아니라 글로 쓰면 참 좋겠다 싶어서' 컴퓨터 앞에 앉았다가 몇 줄 못 쓰고 이내 '사람들이 잘 썼다고 할까?' 라는 생각에 빠져있는 자신을 종종 보아왔기 때문이다. 정말 궁금했다. 나는 왜 평가를 두려워할까? 아직 글을 쓰지도 않았는데⋯. 그러다가 이런 질문을 받았다.

"혹시 어렸을 적에 무엇인가를 평가받은 기억이 있을지도 몰라요. 만약에 있다면 그게 두려움의 원인이 됐을 거에요."

"저에 대한 어떤 평가가 두려움을 낳았다고요?"

그 때 떠오른 두 개의 기억⋯.

기억 1.

"김치찌개 끓여놨어요"

"정말? 세상에! 어디 좀 먹어볼까."

"네!"

"(후릅)⋯. 혹시 설탕 넣었니?"

"⋯? 네, 커피숟가락으로 아주 조금⋯."

"찌게에 설탕을 넣으면 어떻게 해? 버려야겠다."

초등학교 2학년 초겨울이었던 것 같다. 맞벌이를 하시는 부모님께서는 밤 9시가 돼서야 집에 오셨는데 어린 마음에 따끈한 저녁상을 차려 드리고 싶었던 것 같다. 엄마 품에 포옥 안기고도 싶었을 테고,,, 마루에 놓인 연탄난로 위에서 보글보글 끓던 김치찌개를 누가 버렸는지는 끝내 기억에 없지만, 지금 생각해 보니 그때 정말 큰 상처를 받았는지 기억이 생생하다. 내 깐에는 잘 하려고 했던 것인데, 마음까지 찌개에 섞어 냉정하게 내다버린 것은 아닌가 싶다.

기억 2.

"커피 좀 타 줄래?"

"네!"

"(홀짝) … 여기 설탕 넣었니?"

"… 네, 아주, 아주 조금요…"

"블랙만 마시는데. 미안하지만 버리고 다시 타줄래?"

초등학교 6학년 때 담임선생님께서는 블랙커피 마니아셨다. 잘 알고 있었지만 그날따라 나는 왜 설탕을 넣었을까? 잘 하는 것인지도 몰랐던 나의 손재주를 칭찬하시고 교실 뒤편에 그림을 걸어주시다 못해 환경미화를 도맡도록 해주셨던 것에 대한 보답? 아무튼 선생님께 잘 하려고 한 것이 그만 헛수고가 되어 버렸다. 그때 설탕 탄 커피를 내 손으로 버리면서 못하면 이렇게 냉정하게 버림받는다는 인식이 자리 잡혔는지도 모르겠다.

일부러 숨기거나 감추려한 적은 없던 것 같은데 아주 선명하게 기억하고 있는 걸 보니 어쩌면 이것이 내 속에 있었던 마틸드의 목걸이가 아니었나 싶었다.

울컥 눈물이 나올 것만 같았다. 어린 시절 믿고 따르던 두 사람에게 마음을 주었는데 답으로 평가를 받았다고 느낀 것 같다. 어쩌면 버려진 건 찌개와 커피가 아니었을지도 모른다는 생각도 들었다. 그렇다고 눈물이 흘러넘치거나 하진 않았다. 불혹의 나이를 한해 넘겨서일까? 찾고 싶던 목걸이를 찾아서였을까? 마음 속에서 여전히 울컥울컥 오르락내리락하는 뭔가가 있는데도 웃음이 났다. 그리고

'이게 전부일까? 시작일 수도 있겠지?'

목걸이를 찾기 전 날 설거지를 하는데 아들이 블루베리를 갈아서 직접 먹여주었다.

"엄마 주고 싶어서 만든 거야?"

"네,"

"고마워! 사실은 고무장갑 때문에 마시기 불편해서 조금 있다가 마신다고 하려다가 상록이가 직접 먹여 주길래 그대로 마셨어."

"아, 그러셨구나! 엄마 있잖아요, 여기 눈금 보이시죠? 50밀리리터까지 블루베리를 넣고 여기 200밀리리터까지 우유를 넣을 때 맛이 가장 좋아요!"

"와~ 엄마는 대충 타서 갈아줬는데 상록인 비율을 딱딱 맞춰서 탔구나! 그래서 엄마가 탄 것보다 맛이 훨씬 좋았나보다. 아주 맛있어!"

"히히 맞아요!"

아이의 웃음소리가 새롭게 들리는 날들이다.

마틸드의 목걸이

천 권의 책
남민경

괜찮아 괜찮아
배탈쯤이야

……

그런데 그런데
이상하네

먹으면 먹을수록
밝아지는
등불의 행렬

몸도 마음도
가뿐가뿐
훠얼훨

　- 남민경 '내 이름은 책벌레'

　"한 달의 책을 얼마나 읽습니까?"

"이틀에 한 권씩이요."

나는 자신만만했었다. 그래서 어느 자리에서건 책을 얼마나 읽느냐고 물으면 항상 당당하게 대답했다. 초등학교 때는 말할 것도 없고, 중학시절부터 불혹을 앞 둔 지금까지 나는 정말 책과 함께 했다. 그냥 책 읽는 것이 좋았고, 책을 통해서 뭔가 하나를 알게 되면 그 기쁨을 뭐라 표현할 수 없었다. 특히 대학시절에는 도서관에만 가면 세상에서 가장 큰 부자가 된 것만 같았다. 그래서 항상 도서관을 찾았고, 그 속에서 마냥 행복했다.

독서의 종류도 다양했다. 그래서 시에 빠져 있을 때는 온통 시로 편지를 장식했고, 소설에 빠져 있을 때는 지금 내가 살고 있는 것이 현실인지 상상 속인지 모를 정도로 몰두해 있었다. 영어공부를 할 때는 영어와 관련된 것이라면 교재뿐만 아니라 에세이든, 전공서적이든 가리지 않고 찾아 보았다. 나 자신에 대해 생각이 많아지고 불만족스러울 때는 어떻게 나를 찾아가고, 인간관계를 맺어야 하는지 찾기 위해 자기계발 서적을 탐독했다. 정말 멋지게 살고 싶을 때는 성공관련 책을 파고들기도 했다.

"엄마, 이번엔 또 무슨 책을 읽었길래 그래?"

책을 읽으면 어떻게든지 생활 속에 적용하려고 했고, 그러다 보니 내가 뭔가 새로운 말이나 행동을 하면 딸아이는 엄마는 못 말린다는 표정으로 물었다.

그랬다. 나는 책에 관련된 것이라면 자신이 있었다. 실제로 독서량으로 따지면 결코 누구에게도 뒤지지 않을 자신이 있었다.

그런데 어느 한 순간 나 자신의 뒤통수를 치는 질문을 받기 시작했다. <책 읽고 책 쓰는 부모 프로젝트>의 첫 시간부터 나는 뭔가에 큰 충격을 받은 것 같은 기분이었다.

"인터넷이 발달하고, 조만간 칩 하나로 두뇌에 정보를 입력시킬 날이 올지도 모른데 왜 책을 읽어야 하죠? 어차피 모든 정보는 쉽게 얻을 수 있는데 왜 책을 고집해야 하죠?"

"삼국지를 통해서 우리가 배워야 할 것이 무엇인가요?"

"이상한 나라의 앨리스는 우리가 왜 읽어야 하죠? 말도 안 되는 황당한 이야기들로 이뤄져 있는데 무엇을 배워야 하죠?"

"......?"

나는 한순간 말문이 막혔다. 책을 읽으면 많은 지식을 쌓을 수 있고, 그 만큼 세상을 잘 살 수 있으니까 책을 읽어야 한다는 말은 차마 할 수가 없었다. 인터넷 검색만 하면 실제로 책을 읽은 것보다 더 많은 것을 알 수 있을 텐데 왜 책을 읽어야 하지? 정말 그동안 수없이 많은 책을 읽어 놓고도 나는 왜 이런 질문에 대답 하나 제대로 못하는 걸까? 정말이지 한 순간 머릿속이 하얘지는 경험을 해야 했다.

특히 모파상의 <목걸이>를 통해 "마틸드의 목걸이는 남들을 다 아는데 나만 모르는 나만의 잘못"이라는 것으로 해석하는 말을 들었을 때는 '정말 이렇게 짧은 단편소설 하나를 통해서도 나를 성찰하는 방법을 찾을 수 있구나'라는 생각을 했다. 그러면서 나는 정말 진지하게 '나의 마틸드의 목걸이'는 무엇일까에 대해 생각해 보았다.

"세상일이 어떻게 책에 나와 있는 대로만 되나? 너무 책 이야기만 하지 마."

아이 양육 문제를 놓고 남편과 이야기를 나누다 요즘 잘 나간다는 자녀교육 관련 책을 읽고 그 이야기를 했더니 너무 책만 믿지 말라던 남편의 이야기도 새롭게 떠올랐다. 생각해 보니 책을 읽으면 어느 부분에 어떤 이야기가 나왔다면 그대로 해야 한다고 했다가 뜻대로 되지 않아 애를 먹던 기억도 새로웠다.

그러자 습관처럼 책을 읽기는 했지만 체계도 없이 닥치는 대로 탐독을 했던 모습이 나 자신에게 스스로 부끄럽게 다가왔다. 아주 기본적인 질문에도 대답 하나 제대로 하지 못하는 나 자신이 참으로 초라해 보였다. 그동안 내가 천 권에 가까운 책을 읽었다는 지적 자만심에 빠져 있었던 것은 아닌가? 혹시 이것이 <나의 마틸드의 목걸이>가 되어서 앞의 있는 사람의 말보다 책 속에 담겨 있는 구절에 매여서 소통을 어렵게 했던 것은 아닌가? 이런 생각들이 머릿속에서 꼬리를 이으면서 나를 괴롭히기 시작했다. 정말 우리는 왜 책을 읽어야 하는 걸까?

하지만 차차 시간이 흐르면서 나는 <일독백서 - 기적의 독서법>을 통해 독서는 지식습득만이 아니라 두뇌개발의 특효약과 같다는 말을 들으면서 내가 헛된 일을 하지는 않았다는 위안을 얻기 시작했다. 한 권을 읽더라도 그 속에 있는 비유와 상징적 의미를 파악해 내고, 창의적인 해석으로 생활 속의 지혜를 풀어 헤치는 방법을 배우고, 또 그것을 바탕으로 생활 속의 이야기를 글로 표현해 나가면서 나는 더욱 자신감을 얻기 시작했다.

"책을 많이 읽은 사람은 조금만 노력하면 글도 그만큼 잘 쓸 수 있습니다."

"독서가 바탕이 되지 않은 글쓰기는 금방 밑천이 드러날 수밖에 없습니다."

실제로 글쓰기 교육을 제대로 받지 못해 애를 먹고 있는데, 이런 이야기들을 들으니까 더욱 힘이 나기 시작한 것이다.

나는 지금도 습관처럼 책을 읽고 있다. 메리케이 일을 하면서 고객의 마음을 얻는 기술을 배우기 위해 설득의 기술을 다루는 책들을 찾고 있다. 지금도 종종 딸에게 읽어줄 동화책도 많이 읽고 있다. 마흔을 앞에 두고도 마음에 남는 책을 접했을 때는 마냥 기쁘기만 하다.

나는 욕심이 많다. 꾸준히 책도 쓰고 싶고, 사진. 그림. 다양한 예술작품 활동도 하고 싶다. 메이크업, 수화, 영어, 강연, 비즈니스… 어느 하나도 놓치고 싶지 않다. 혹자는 한 우물만 파야지 그렇게 욕심 부리다가는 하나도 못 잡을 수 있다고 걱정을 할지도 모른다. 하지만 나는 걱정하지 않는다. 지금까지 내가 하는 일에 어느 것 하나 소홀히 한 적이 없기 때문이다.

그래서 지금부터는 그동안 체계 없이 읽은 책들을 정리하기로 했다. 주제별로, 시기별로, 관심사별로 정리하면서 나만의 독서 목록을 작성하기 시작한 것이다. 컴퓨터 속에 저장하듯 머릿속에 채워 놓는 지식이 아니라 남편과 아이들에게, 고객과 직장 동료들에게, 나아가 세상의 모든 이들과 소통하는 지혜로 활용할 수 있도록, 나만의 자료를 만들기 시작한 것이다. 가슴에 품은 것이 책만이 아니라 세상을 밝히는 등불일 수 있다는 자부심을 갖고….

일독백서

개똥이에게 배우는 의사·소통법

옛날에 개똥이가 살고 있었다. 개똥이는 열심히 일을 해서 황금을 많이 모았다. 개똥이는 황금을 보관할 곳이 마땅치 않아 집 뒤뜰의 구석진 곳에 땅을 파서 묻어 두었다.

개똥이는 자신이 건망증이 심해 나중에 황금을 묻어 둔 곳을 잊어버릴까 봐 고민하다가 팻말을 세워 두기로 했다.

그런데 팻말에 사실대로 써 놓으면 남들이 쉽게 알아보고 훔쳐갈까 봐 고민을 하다가 이렇게 써 놓았다.

"여기는 개똥이가 황금을 묻은 곳이 아님."

이 마을에는 쇠똥이도 살고 있었다. 쇠똥이는 어느 날 개똥이가 써 놓은 팻말을 보고 쾌재를 부르며 황금을 캐 갔다. 그러면서 개똥이를 속이기 위해 그곳에다 이렇게 써 놓았다.

"쇠똥이는 여기에 없는 황금을 가져 가지 않았음."

다음 날 황금이 없어진 것을 알게 된 개똥이는 범인을 잡겠다고 노발대발하며 동네 사람들을 향해 외쳤다.

"쇠똥이 빼고 다 나와!"

<개똥이 이야기>는 물론 우스갯소리 중에 하나다. 그런데 우리는 이런 우스갯소리 속에서 촌철살인의 비유와 상징이 숨어 있는 것을 발견

할 수 있어야 한다.

　나는 독서논술 강의 첫 시간에 초등학생에서부터 학부모에 이르기까지 수많은 수강생들에게 이 이야기를 들려 주곤 한다. 그때마다 수강생들은 이야기가 끝나기가 무섭게 개똥이의 행동이 어이없다는 듯이 웃음을 터뜨린다. 그러면 그 웃음이 끝나기를 기다렸다가 비유와 상징의 의미를 찾는 작업을 위해 반드시 이런 질문을 던진다.

　"이 이야기는 우리에게 큰 교훈을 주고 있습니다. 그것은 무엇일까요?"

　그러면 순간적으로 강의실은 정적에 잠기고는 한다. 질문이 너무 뜬금없어서 그럴 수도 있고, 어쩌면 너무 뻔한 것을 물어서 어이가 없다는 생각에 그럴 수도 있을 것이다. 그럴 때 나는 그 정적을 깨며 좀 더 세부적으로 질문을 던진다.

　"개똥이가 세워놓은 팻말이 의미하는 것은 무엇일까요?"

　"……?"

　정말 올바른 독서법을 위해서도 한번쯤 진지하게 생각해 볼 문제다.

개똥이의 '팻말'이 갖는 의미는 무엇인가?

　우리는 개똥이의 행동을 비웃고 있으면서 실제로 개똥이와 같은 어리석은 행동을 생활 속에서 수없이 범하고 있다는 것을 인식하지 못하고 있다.

　우리가 <개똥이 이야기>에서 '팻말'이 갖는 의미를 되새겨 봐야 하는 이유가 바로 여기에 있다. 내가 글 한 줄, 말 한 마디를 하더라도 생각하지 않고 하면, 그것이 바로 개똥이와 똑같은 어리석음을 범하는 행동이기 때문이다.

　"엄마, 오늘 국어 선생님 하고 싸우고 왔어요." "너, 그게 무슨 말버릇이니?"

"선생님이 서술형 평가를 틀렸다고 했단 말이에요. 그래서 선생님한테 평가 기준이 뭐냐고 따졌더니, 평가 기준도 말해주지 못하면서 괜히 저보고 버릇이 없다고 화를 내잖아요."

"내가 그럴 줄 알았다. 어떻게 선생님한테 따질 수가 있니?"

"엄마, 제발 제 편 좀 들어 줄 수 없어요? 가뜩이나 선생님 때문에 화가 났는데, 엄마까지 그럴 거예요?"

"나는 네가 공부만 잘 하는 아이가 되기보다는 먼저 예의를 갖춘 아이가 되었으면 좋겠어. 공부는 좀 못해도 사는데 지장이 없지만, 예의가 없으면 세상 살기 힘들어. 무슨 말인지 알겠어?"

"엄마, 제발 그만해요. 난 지금 몹시 화가 나 있단 말이에요."

실제로 우리는 생활 속에서 이런 이야기를 많이 접한다. 아이는 시험 문제 때문에 화가 나서 선생님과 틀어지고, 집에 와서는 엄마하고도 틀어지게 되었다.

이 상황에서 우리는 아이의 상태가 심각하다는 것을 알 수 있다. 아이는 자신의 의사표현을 직접적으로 하고 있다. 엄마가 자신의 말을 어떻게 들을지는 전혀 생각하지 않고, 그저 하고 싶은 말을 다 하면서 자신의 억울함을 알아 달라는 것이다.

"선생님과 싸웠다."

이런 표현을 쓰는 것은 곧 자신이 버릇없는 아이라는 것을 스스로 드러내는 행위라는 것을 모르고 있다. 즉 개똥이가 '여기에 황금 안 묻어 놓았음'이라고 써 놓은 말과 비슷한 어리석음을 범한 것이다. 아이는 아무리 억울해도 "선생님과 싸웠다"는 한 마디를 하는 것과 동시에 남들이 자신이 버릇없다고 판단한다는 것을 전혀 인식하지 못하고 있다. 개똥이처럼 "여기 황금 묻어 놓지 않았음"이라고 써붙이고, 상대가 자기가 쓴 글을 그대로 믿어 달라고 하는 것과 다를 게 없다.

물론 이 대화 속에는 엄마도 아이와 함께 심각한 모습을 보여주고 있다. 아이의 말 속에 담겨 있는 뜻을 전혀 들으려고 하지 않고, 아이의 말만 듣고 반응을 보이고 있는 것이다. 엄마 역시 자신의 말을 아이가 어떻게 들을지는 전혀 생각하지 않고, 자신이 하고 싶은 말만 하면서 아이가 자신의 말을 듣지 않는다고 훈계하고 있는 것이다.

"네가 잘못했어."

아이가 아무리 잘못했다고 하더라도 어쨌든 몹시 화가 나 있는 아이에게 이렇게 말하는 것은 아이의 입장을 전혀 배려하지 않는, 상대의 말을 들어주지 않고 일방적으로 자신의 말만 하는 엄마의 성품을 적나라하게 드러내는 어리석은 표현이라는 것을 인식하지 못하고 있다. "여기 황금 묻어 놓지 않았음"이라고 써붙여 놓고 동네 사람들이 그것을 믿지 않고 황금을 캐갔다고 화를 내고 있는 개똥이와 전혀 다를 바 없는 행동을 하고 있는 것이다.

그렇다면 이런 경우에 현명한 엄마라면 어떻게 해야 할 것인가?

"선생님과 싸웠다."

이 말을 버릇없는 아이의 말로만 들을 것이 아니라 그 순간만큼은 "억울하니까 나 좀 이해해 줘."라는 말로도 들을 수 있어야 한다. 진정으로 아이의 잘못을 고쳐주고 싶다면 먼저 엄마가 아이의 감정부터 받아 주고, 아이의 감정이 다 가라앉은 다음에, 아이가 말을 받아 들일 만한 감정상태가 되었을 때 잘못을 이야기해 줄 수 있어야 했다.

이렇게 따져 보면 사실 아이와 엄마가 했던 표현들은 개똥이가 세워 놓은 팻말과 다를 것이 없다.

개똥이는 "여기에 황금을 묻어 두지 않았음"이라고 써 놓으면 다른 사람들이 다 그렇게 믿을 것이라고 생각했다. 아이와 엄마도 자신이 말하기만 하면, 듣는 사람이 자신의 말을 그대로 들어 줄 것이라고 생각하고 있는 것이다.

결국 엄마와 아이, 그리고 개똥이는 상대방이 글을 보거나 말을 들을 때는 반드시 상황에 맞춰 그 속에 담겨 있는 뜻을 받아 들인다는 것을 인식하지 못하는 어리석음에 빠져 있는 것이다.

개똥이를 타산지석으로 배우는 올바른 의사표현법

우리는 어떤 말을 하거나 글을 쓸 때 상대가 내 말을 그대로 믿어 주기를 바란다. 그래서 자신의 목적을 이루기 위해 말이나 글로 자신의 의사를 표현하지만, 정작 듣는 이의 입장을 고려하지 않는 경우가 많다.

특히 자기중심적인 사람일수록 말을 함부로 하면서, 자기 스스로 자신의 본심을 드러내놓고, 상대가 자신이 한 말대로 들어주지 않는다고 감정을 부리는 경우가 많다.

따라서 우리는 <개똥이 이야기>를 뇌리 속에 각인시켜 놓을 필요가 있다. 내가 아무리 옳은 말을 했더라도 상대의 반응이 좋지 않다면, 혹시 내가 지금 개똥이와 같은 어리석은 표현을 하고 있는 것은 아닌지 살펴보아야 하기 때문이다.

특히 가정에서 아이들과 이야기를 나누다 마찰이 생길 때 한번쯤 <개똥이 이야기>를 상기하게 되면, 그 순간에 말보다 더 중요한 그 무엇이 있다는 것을 얼른 깨닫고, 아이와 갈등을 빚고 있는 그 순간의 상황을 좀 더 객관적으로 볼 수 있는 여유를 가질 수 있게 된다.

요즘 아이들은 자기 의사표현을 직설적으로 하는 경우가 많다. 대중매체에서 좀 잘 나간다 싶은 연예인들이 하는 발언을 보면 위험수위를 넘는 것들이 많다. 그런 점에서 우리는 내 아이가 이러한 사회문화적 환경에 익숙한 아이라는 것을 먼저 인정하는 마음가짐이 필요하다.

직설적인 표현 자체가 잘못된 것이 아니라 그것을 어떤 상황에 사용하느냐가 중요하다는 것을 알려 주어야 한다.

"아유, 성질 나!"

"왜 그러는데?" "선생님이 내 말을 자꾸 씹는단 말이에요."

한 아이가 학교에서 돌아오자마자 엄마를 보고 이렇게 말을 했다.

엄마는 아이의 말을 듣고 순간적으로 두 가지 생각이 떠올라 어떻게 말을 해야 될지 몰라 잠시 멍하니 있었다. 첫째는 내 아이가 말을 너무 함부로 한다는 것을 알아서 놀랐기 때문이고, 둘째는 내 아이가 선생님한테 나쁜 아이로 낙인찍혀 있는 것은 아닐까 싶은 걱정이 들었기 때문이다.

"그래서 아이한테 어떻게 하셨는데요?"

"그때는 우선 아이의 말을 듣기만 하고 그냥 넘어갔죠. 아이 얘기를 듣다 보니 화가 날 만도 하더군요. 그런데 그 순간에 갑자기 <개똥이 이야기>가 떠오르는 거예요. 지금 아이의 말하는 태도를 보면 아이가 잘못한 것을 바로 짚어 줄 수가 없었어요. 자칫 아이가 잘못했다고 하면 엄마인 나까지 아이의 말을 씹는 것이 될까 봐 조심스러웠던 거예요."

우리는 이 어머니의 말에 귀를 기울일 필요가 있다. 어른들을 대상으로 한 강좌에서 이런 경우에 어떻게 하겠냐고 공개질문을 한 경우가 많다. 그런데 이 엄마처럼 현명하게 대처하겠다는 사람은 거의 없었다.

많은 사람들이 대개 이런 식으로 대답을 했다.

"아이에게 먼저 네 말버릇부터 고치라고 말해 주겠어요."

"학교에 전화를 해서 자초지종을 알아보겠어요."

그런데 이처럼 아이의 말만 듣고 그 자리에서 바로 직설적인 반응을 보인 것은 "선생님이 내 말을 씹었어요."라고 하니까, "네 말버릇부터 고쳐."라거나 "엄마가 선생님한테 전화해서 알아 본다."라고 하는 반응들은, 마치 "쇠똥이가 황금을 가져가지 않았음"이라고 써 놓은 글을 보고 범인을 잡겠다고 "쇠똥이 빼고 다 나와!"라고 외친 개똥이의 행동과 크게 다를 바가 없다는 것을 알아야 한다.

아이는 지금 뭔가 자기 뜻을 이루지 못해 감정이 상해 있는 상태이다. 이때 "선생님이 내 말을 씹었어요."라는 말은 "선생님한테 무시 당해서 속 상하니까 내 마음 좀 알아 주세요."라는 뜻을 담고 있다고 볼 수도 있다. 따라서 이때는 먼저 아이의 감정을 있는 그대로 들어줄 필요가 있다. 아이의 입장을 생각해서 "그랬니? 속상하겠구나."라는 식으로 적당히 맞장구를 쳐가며 아이가 화 난 감정을 풀 기회를 주어야 한다.

먼저 엄마는 내 말을 들어주는 내 편이라는 생각을 갖게 만들고, 아이의 감정이 다 풀리고 나면 그때쯤에 <개똥이 이야기>에 빗대가면서 잘못을 짚어 준다면, 내 아이를 올바른 방향으로 이끌 수 있는 것이다.

"선생님이 네 말을 씹었다니 그게 무슨 뜻이니? 사람들은 옳고 그름을 따지기 전에 네가 그렇게 말하는 것을 듣고 이미 네가 잘못했다고 판단할 수 있어. 개똥이가 '황금을 묻어 놓지 않았음'이라고 했다고 해서 사람들은 그것을 그대로 믿지 않는다는 것을 알아야 해. 따라서 선생님이 내 말을 들어주지 않으면 먼저 어떻게 하면 선생님께서 내 말을 들어주실까 좀 더 깊이 생각해 가며 조심스럽게 말을 해야 하는 거야. 알았지?"

그러면서 또 한편으로 나 역시 개똥이처럼 상황에 맞지 않는 말을 하면서 상대가 내 말을 있는 그대로 받아 들이지 않는다고 화를 내고 있지는 않은지 수시로 살피는 자기 성찰의 시간을 가져야 한다. 한 순간 상황에 맞지 않는 말을 하면 그것이야말로 개똥이와 다를 바 없는 어리석은 행동을 하는 것이라는 인식을 새겨야 한다.

<개똥이 이야기>를 통해 개똥이의 어리석은 행동을 타산지석으로 삼아 올바른 의사표현법을 배울 수 있다면 그것이야말로 최상의 독서 효과를 얻었다고 할 수 있는 것이다.

개똥이 이야기

진짜 통하는 것

남민경

네가 좋다 모두가
피하고 싶어 해도

나는 네가 좋다
너로 인해

불혹의 문턱에 서서
어디로 가야 할지

내가 누구인지
찾아 볼 수 있기에

고맙다 고맙다 너는
나의 시작이다

- 남민경의 '서른아홉'

얼마 전, 오랜 지인이 다른 사람과 심한 마찰과 갈등으로 힘들어 하고 있었다. 나는 두 사람을 다 알고 있어서 어떻게 된 일인지 두 사람 모두에게서 들을 수 있었다. 그러고 보니 나의 오랜 지인에게 안타까운 모습이 보였다.

오랜 지인은 정 많고 의리 있고 책임감이 강한 성격이었다. 평소에는 잘 해 주는데 결정적인 순간에 직설적인 성격 때문에 다른 사람과 자신에게 상처를 주는 행동을 해서 스스로 갈등과 마찰을 불러 들이는 경우가 많았다. 나는 지인을 사랑하는 마음으로 지인을 위한다는 일종의 사명감까지 갖고 솔직하게 조언을 해 주기로 작심을 했다. 내 직설적인 조언을 들으면 얼마간은 피하고 싫어할지 몰라도 언젠가 내 진심을 알게 되면 다시 나를 좋아해 주게 될 것이라는 마음을 갖고….

"제가 보기에 친구는 누가 한 번 싫어지면 무조건 못마땅해 하고, 상대가 좋은 의도로 접근을 해도 나쁘게만 해석하는 것 같아요. 한번 눈 밖에 난 사람에게 기회를 주지 않잖아요. 사람은 변하는 거고, 무조건 나쁘기만 하거나 착하기만 한 것이 아닌데, 그렇게 일방적으로 내 기준으로 판단만 해서는 안 되잖아요. 꼭 자존심이 생명인 거 같아 보여요. 너무 자존심을 내세우는 것 같아 좀 그래요. 그 자존심 때문에 상대뿐 아니라 스스로도 힘들어 하는 모습이 안쓰러워요."

"…… 설마 모든 걸 내 잘못으로 보는 건 아니죠?"

"그럼요, 그랬다면 제가 어떻게 이런 말을 하겠어요."

그랬더니 지인은 스스로 내 말을 받아 들이는 것 같았다.

그때는 서로 이렇게 좋은 말로 끝을 맺었다. 며칠 후에 만났을 때도 지인은 혹시 나를 미워하면 어쩌나 걱정했던 내 마음을 아는지 평소처럼 자연스럽게 대해 주었다. 여느 때와 크게 다를 것이 없었다.

'음, 많이 발전했구나. 역시, 내가 말해 주기를 잘 했어.'

이런 생각이 들며 오히려 지인이 존경스러워지고 감동까지 받았을 정도였다. 그러나 나중에 알게 된 그의 진심은 그게 아니었다.

그가 내 조언을 좋은 의도로 받아 들이지 않았다는 것, 상대가 받아 들이기엔 내 말이 너무 독설, 또는 공격적인 말로 들렸다는 것이다. 오랜 세월을 함께 한 남편조차도 자신에게 그런 말을 하지 않았는데, 나한테 그런 말을 들으니 정말 충격적이었다는 것이다. 결국 그는 내 말에 대해 오해하고 섭섭해 하고 있었던 것이다.

'아, 나는 나름대로 사랑하는 마음으로 각오를 하고 힘들게 이야기해 준 것인데, 그에게는 그저 자신을 아프게 한 소리로 들렸을 뿐이구나.'

오랫동안 서로를 겪으며 이해하고 친하게 지내왔기 때문에 내가 솔직하게 진실을 말해주면 좋아지겠거니 했는데 그것은 완전히 나만의 착각이었다.

오랜 시간을 두고 좀 더 생각해 보니 내 잘못도 보이기 시작했다. 아무리 좋은 말도 상대의 기분을 살피지 않고 직설적으로 해준 것은 내가 분명히 잘못했다는 생각이 들었다.

그 무렵에 <책 읽고 책 쓰는 부모 프로젝트>에 참가하면서 개똥이 이야기를 듣게 되었다. "개똥이가 황금을 묻어 두지 않았음"이라고 써 붙이면 누구나가 그대로 믿을 것이라고 생각한 개똥이의 잘못을 나도 그대로 범한 것이 아닌가 싶은 생각이 든 것이다. 그랬다. 내가 진실을 이야기해 주면 상대가 그대로 받아 들일 것이라고 생각한 내 행동이야 말로 개똥이와 크게 다를 것이 없었다.

사람은 내가 아무리 좋은 말을 하더라도 그 말을 액면 그대로 받아 들이지 않는다. 자신의 입장에서 자신의 뜻대로 상대방의 의도를 판단하면서 듣는 것이다. 정말 그때 내가 아무리 좋은 말을 해주더라도 그 사람은 자신의 상황과 입장, 나와의 관계를 파악하면서 자기 뜻대로 해석한다는 것을 왜 생각하지 못한 것일까? 나 자신을 반성해 보는 자리를 가져 본다.

개똥이 이야기

엄마! 일등하는거지?

차임순

잘 할 수 있을까

응, 엄마는 잘 할 수 있어
항상 좋은 향기가 나니까

주저앉고 싶을 때마다
들려주는 여덟 살
아이의 응원가

세상에서 제일로
든든한 나의
샘줄기

　- 차임순의 '아들'

어느 날, 초등학교 1학년 서진이가 학교에서 받아쓰기 점수로 20점을
받아왔다. 나는 일하느라 아침에 일찍 나가고, 저녁에 대부분 9시나 되
어야 들어오는 관계로 서진이를 돌볼 틈이 없었다. 당연히 집에서 공부

지도를 많이 해주지 못하고 있어서 속이 상했다. 그래도 아이에게 알아듣기 좋은 말로 나름대로 규칙을 정해주고, 하루에 한 번은 꼭 받아쓰기 연습을 하라고 했는데…. 물론 엄마 말대로 따라주지 않는 날들이 더 많았지만, 그래도 그동안은 70점 이상은 항상 받아 왔는데, 이번에는 20점이라니 한 순간 큰 충격을 받았다.

서진이는 매주 수요일마다 8명의 또래 아이들과 함께 리더교육이라는 수업을 받는다. 어느 때처럼 수업이 끝날 시간에 맞춰 서진이를 데리러 갔는데, 선생님께서 나를 잠깐 보자고 하셨다.

"서진이는 수업에 집중도 잘 하고 착한 아이예요. 그런데…."

사실 선생님이 보자고 할 때는 앞 이야기보다 뒷 이야기에 더욱 긴장을 하게 된다. "그런데…." 이후에 이어지는 선생님 이야기에 나는 잔뜩 긴장을 할 수밖에 없었다.

"어머니, 서진이가 아직 한글을 잘 쓰지 못하고 있어요. 그래서 본인 생각을 공책에 적을 때는 몇 번이고 물어야만 쓸 수 있을 정도네요."

결국 또래 아이들에 비해 서진이의 받아쓰기 실력이 뒤처진다는 이야기였다. 나는 선생님의 말을 들으며 속이 상했지만, 무엇보다 일한다는 핑계로 아이 공부에 대해 미리 챙겨주지 못한 것에 미안한 마음이 들었다.

요즘 <책 읽고 책 쓰는 부모 프로젝트>에 참여하면서 나 역시 과제물을 제때에 제출하지 못하는 경우가 많아서 아이의 심정을 더욱 이해할 수 있었다. 남들보다 뒤처진다는 것을 알았을 때 누구보다 큰 고통을 겪는 사람은 바로 자신이다. 이럴 때 옆에서 뭐라고 하면 더 잘해야겠다는 마음이 들기보다는 오히려 그냥 포기하고 싶은 생각에 빠지기 십상이라는 것을 나 자신의 경험을 통해서 실감하고 있었다.

"왜 엄마가 하라는 대로 받아쓰기 안 했어? 그러니까 시험도 망치는 거 아냐? 도대체 20점이 뭐냐? 예전에는 안 그랬잖아?"

예전 같았으면 나는 서진이에게 이렇게 속사포처럼 쏘아 붙였을지도 모른다. 하지만 한 순간 자신도 점수가 안 나와 속상해 있을 아이에게 이렇게 말하는 것은 너무 잔인한 일이란 생각이 들었다. 솔직히 엄마가 일한다는 핑계로 밤 늦게까지 집에 들어오지 못해서 아이를 방치한 잘못도 결코 무시할 수 없는 일이 아니던가.

그래서 나는 무엇보다 요즘 <책 읽고 책 쓰는 부모 프로젝트>에서 배우고 있는 대로 글쓰기 기술을 활용해 보기로 했다. 글을 잘 쓰려면 구체적인 상황을 먼저 이야기하고, 내 느낌을 이야기하라고 했지. 그래, 먼저 앞에서 구체적인 상황을 그대로 표현해주고, 그 다음에 내 느낌을 이야기해 보자. 지금 서진이도 받아쓰기 점수가 안 나와 속이 상해 있는데, "왜 받아쓰기 연습 안 했냐?"고 하는 것은 "여기 황금 묻지 않았음"이라고 팻말을 붙이고 남들이 그대로 믿어주기를 바라는 개똥이와 무엇이 다르단 말인가? 적어도 개똥이 같은 엄마가 되지 않으려면 먼저 아이의 마음부터 이해해 보자. 이렇게 생각하자 자연스럽게 서진이를 위하는 말이 나오기 시작했다.

"서진아, 공부하기도 힘든데 다른 친구들보다 못하는 것 같아 많이 속상하지."

"……."

"서진아, 엄마도 네가 받아쓰기 점수를 20점 맞았다는 것에 많이 속상해. 엄마가 일하느라 늦게 들어와서 함께 못 해줘서 미안하지만, 엄마는 서진이가 스스로 받아쓰기 연습을 해서 남들처럼 좋은 점수를 맞았으면 해. 그러면 서진이도 좋고, 엄마도 좋겠지?"

서진이를 바라보며 마음 먹고 내 안에 진심을 말하려니, 나도 모르게 울컥 하며 눈물이 날 뻔했다. 그 순간 서진이도 엄마 마음을 알아 챘는지 눈물을 흘리며 나를 안아주며 말했다.

"엄마, 잘못했어요. 죄송해요. 앞으로 열심히 할게요."

그 일을 계기로 이제는 받아쓰기를 연습을 열심히 하고 있는 서진이, 엄마가 늦는 날이면 전화를 걸어 먼저 이야기를 해준다.

"엄마, 언제 와? 엄마, 나 받아쓰기 연습 다 했어요."

자신의 마음을 이해해 줘서 그런지 요즘 서진이는 엄마와 이야기를 나누는 것을 좋아한다. 그래서 어쩌다 엄마가 일거리를 집에 가져오면 옆에서 도와주는 것을 좋아한다. 전단지를 접거나 샘플 붙이는 일을 도와주며 신나게 말한다.

"엄마, 이거 내가 도와주면 엄마가 일등 하는 거지? 나는 엄마가 좋아요."

마냥 어리다고만 생각한 서진이가 어느 새 엄마를 생각해 주는 의젓한 아이로 커가고 있다. 내가 밤늦게까지 일하는 것은 가족을 위해 내 스스로가 선택한 것이다. 자칫 아이 때문에 일하면서도 신경이 쓰여, 괜히 돈 번다고 힘들게 일하면서 아이를 잘못 키우는 것은 아닌가 하는 걱정을 떨칠 수 없을 때가 많았는데, 요즘 서진이가 하는 행동을 보면 괜한 걱정이라는 생각이 든다.

아이를 가장 잘 키우는 방법은 엄마가 솔선수범하는 것이라고 했다. 내가 먼저 가족을 위해 열심히 사는 모습을 보이면 아이도 저절로 그 기운을 따라 배울 것이라고 했다. 그러기 위해서는 끊임없는 자기계발도 필요한데, <책 읽고 책 쓰는 부모 프로젝트>를 통해 아이와 함께 소통하는 법을 배울 수 있어서 정말 행복한 나날들이다. 아직 어리다고만 생각한 서진이가 오히려 엄마의 공부를 도와주고 있는 것만 같아서 마음이 더욱 든든해진다.

개똥이 이야기

치마는 싫어

한정혜

"너 어려서랑 똑같다."

아침마다 옥식각신
아홉 살 여자아이
도대체 누굴 닮아?

삐죽삐죽 입 모양새
꽤 들어본
내 모양새

꿍얼꿍얼 도리질에
모르는 척 맞춰주니
볼우물이 쏘옥쏘옥

빙그레,
누구긴!

　- 한정혜의 '거울 앞에서'

부드러운 면에 도톰한 누빔 처리, 귀엽고 빨간 잔꽃 무늬, 깃과 소매부분의 따뜻한 털 장식, 무릎 위까지 내려오는 캉캉치마 스타일, 세트로 털토시가 달린 레깅스까지…. 게다가 사랑스런 그녀의 로망 '핑크' 다.

'맞아, 다은이가 좋아할 거야.'

예전의 나였다면 아이를 위한다는 생각에 선뜻 지갑을 열어 구매를 결정했을 것이다. 딸 키우면서 공주처럼 예쁘게 꾸며주고 싶은 엄마들의 마음, 나도 갖고 있었기 때문이다. 지금도 예쁜 옷이나 머리핀을 보면 그냥 지나치기가 쉽지는 않다. 내 마음에 드는 것은 무조건 아이에게 해주고 싶은 마음이 앞서기 때문이다.

하지만 내가 아무리 좋은 것을 해 준다 하더라도 아이가 싫으면 그만이다. 진정으로 아이를 위한다면 무엇보다 아이가 원하는 것을 들어 주어야 한다. 그런데 나는 어떻게 했던가? 내가 좋아서 사주고, 아이를 위한다고 착각하지 않았던가? 그래, 이제라도 아이의 것은 내 맘대로 결정하지 말자. 아이에게 먼저 물어보고 원하는 대로 해주자.

그날 이후 <개똥이 이야기>가 들리기 시작하면서 나는 무엇이 진정으로 아이를 위하는 길인지 생각해 보는 시간이 많아졌다. 특히 아이를 위한 선택을 할 때는 내 의견보다 아이의 의견을 더 소중히 여기는 것이 중요하다는 것을 뼈저리게 실감하면서 더욱 아이의 말뜻을 듣는데 주의를 기울이기 시작했다. 그래서 잠시 심호흡을 하며 내 욕심을 내려놓을 수 있었다.

'이따 같이 와서 입혀 보고 직접 고르게 하는 게 낫겠지?'

그러자 나도 모르게 그날의 기억이 새롭게 가슴을 파고 들었다.

그 날, 나는 그녀와 함께 그녀가 다니는 초등학교에 갔다. 그녀는 자전거를 탔고 나도 가볍게 운동을 했다. 그러다가 잠깐 쉬기도 할 겸해서 벤치에 앉다가 자전거를 세워두고, 정글짐을 성큼성큼 오르는 그녀를 보았다. 얼른 목을 축이고 나도 따라 올라 갔다. 그녀는 잠깐 뒤돌아 보더니 다람쥐처럼 금세 꼭대기까지 올랐다. 엄지손가락을 세워 보여줬더니 씨익~ 미소를 날려주고는 금세 쪼르륵 내려간다. 그리고는 이번엔 늑목(사다리모양의 놀이기구)에 오른다. 나도 질세라 그녀를 뒤따라 올라가다 보니 웃음이 나왔다.

"다은아, 치마 입고 이렇게 올라갔다간 속바지 다 보이겠다!" 그런데 이게 무슨 소린가?

"엄마, 그러니까 이제 제가 왜 치마 안 입는다고 하는지 아시겠죠?" 아차 싶었지만 아이에게 치마를 입힌 것은 나인지라 아무 말도 하지 못했다. 왜 그때 다은이의 이야기를 그대로 듣지 못하고, 개똥이처럼 내 뜻대로 들었을까? 엄마인 내 눈에는 아무리 예쁘고 좋은 치마라도 그녀에게는 불편했던 것이다. 그 말을 듣는 순간 나는 360도로 쫙 펴지는 아이의 파란 줄무늬치마가 딱 한 번만 입혀진 채 그대로 옷장에 걸려 있게 된 진짜 이유도 알게 되었다. 핑크색 체크무늬 미니스커트도, 나풀거리는 귤색 민소매 원피스도….

뿐만 아니라 체육시간이 없는 날이니까 구두를 신자고 해도 도리질을 치는 그녀에게, 건강하고 씩씩하게 자라느라 친구들과 뛰어 놀기를 즐기는 그녀에게, 운동화 대신 반짝이는 보석이 장식된 구두를 신겨 보냈던 기억도 떠올랐다. 물론 등교준비를 하는 아침마다 아홉 살 그녀를 이기지 못할 때도 있었다. 머리를 하나로 올려 묶어주려 하면 풀고 가겠다고 하고, 땋아준다 하면 머리띠만 하고 간다 하고…. 꺼내두었던 옷을 다시 옷장에 넣으며, 나도 한 고집 하는데 그녀는 도대체 누굴 닮은 건지 모르겠다며 짧은 탄식을 흘리기도 했었다.

그런데 그녀의 그림자가 되어서 잠시 뛰어 놀다 보니 그동안 못나게 굴었던 내 안의 개똥이들이 튀어나오기 시작했다. 나는 잠시 나 자신의 행동에 대해 반성할 수밖에 없었다.

그래서 그날 이후, 우리의 아침시간은 그녀의 선택이 우선으로 바뀌고 있다. 그녀는 전날 밤에 골똘히 선택한 옷을 입었고 ―그것이 치마이기도 하다―, 나는 그 선택에 맞춰 원하는 대로 머리카락을 빗겨주면 되었다.

　　그녀와 함께 아까 눈여겨 봐두었던 그 옷가게에 다시 들렀다. 한번 입어보겠냐는 제안을 받아들이고 거울 앞에 선 그녀는 빙그레 웃었다. 아이가 원하는 것을 먼저 들어주는 연습을 하다 보니 내 안에서 하나둘 개똥이들이 조용히 떠나가는 모습이 보이기 시작했다.

제 6 장

너에게 주고 싶은 것

나의 인생 엄마의 삶

그 사람의 인격은
그가 읽은 책으로 알 수 있다. - 스마일즈

책 쓰는 엄마

꿈꾸는 도서관

이미연

사락사락
꿈을 넘기는 소리

반짝반짝
희망을 밝히는
눈빛

가만가만
들여다 보고 있으니

너울너울
펼쳐지는 행복한
나래

- 이미연의 '꿈꾸는 도서관'

  학부모가 되어 두 번째 맞는 3월 어느 날, 아이가 가져온 안내장 중에서 '명예사서'에 관한 안내장이 유독 눈길을 끌었다. '도서관 책 정리,

책 읽어주기, 독서토론'과 관련된 내용이었다. 해보고 싶은 마음은 있지만 학교일이라는 조금은 조심스러운 상대 앞에 왠지 겁도 나고 어려울 것 같은 생각에 망설이고 있는데, 아이가 "엄마가 우리 교실에서 책 읽어 주면 참 좋겠다"라고 하는 말에 용기를 내었다. 명예사서가 되어 도서관에 처음으로 간 날, 선배 어머니들은 새로운 어머니들을 환영하면서 가족처럼 따뜻하게 맞아 주었고, 서먹해하지 않도록 배려해주셨다. 도서관 모임의 분위기는 상상했던 것보다 친근했다.

처음하게 된 '도서관 책 정리 활동'은 선배 어머니와 신입 어머니가 한 조가 되어 하는 것이었는데, 신입들은 활동에 앞서 사서 선생님으로부터 십진 분류표와 도서 정리 방법에 대해 교육을 받았다. 선배 어머니들이 책 정리하시는 모습을 보면서 어쩜 저렇게 능숙하게 저 많은 책들을 정리하실까 했는데 아마도 이런 사전의 교육과 오랜 경험 덕분인 것 같았다. 요즘 큰 아이는 일주일에 한 번인 이 시간을 가장 기다린다. 엄마가 책을 정리하는 동안 도서관 한 켠에서 자신이 보고 싶은 책을 마음껏 골라 보고, 친구들과 책에 대해 소곤대기도 하면서 마냥 즐거워한다. 그런 아이를 보며 아이 몰래 흐뭇한 미소를 짓곤 한다.

'책 읽어주기 활동'은 금요일마다 아침 8시40분에 자신이 맡은 저학년 교실에 들어가 20여 분 1~2권의 책을 읽어주는 것이다. 처음에는 어떤 책을 선택해야 할지 고민도 되고, 아이들에게 잘 읽어 주어야겠다는 마음 때문에 정말 많이 떨리고 긴장되었다. 하지만 아이들에게 엄마의 따스한 목소리로 책을 읽어 줄 수 있는 기회가 있다는 것이 참 행복하다는 생각을 했다.

'독서토론 활동'은 기존의 명예사서 어머니들이 이미 수준 높은 토론 활동을 하고 있었다. '아, 봉사만 하는 것이 아니라 엄마들이 책에 관해 공부도 하고 토론도 하는구나' 하며 뜻이 통한 신입 어머니들끼리 3기 토론 모임을 만들었다.

사서 선생님이 토론 책으로 '내 아이 책날개를 달아주자'로 정해주셨다. 모든 부모들의 걱정거리 중 하나가 자녀에게 "책 좀 읽어라. 읽어라." 하면서도 선뜻 양서를 골라 줄 수 없다는 것일 텐데, 이 책을 통해 언급된 책들을 직접 찾아 읽어도 보고 책의 배경이 되었던 시대적 상황, 사건들을 조사해보면서 미흡하나마 책에 대한 나름의 잣대를 갖게 되었다. 토론 시간은 지식을 나누는 시간이기도 하고 도전의 시간이기도 했다.

한번은 어머니들 각자에게 책을 정해주고 정리 발표하는 시간이 있었다. 나에게 스티븐 코비의 '성공하는 사람들의 7가지 습관'이 정해졌다. 책 제목은 익히 들어 알고 있었지만, 책을 많이 읽지도 않고, 굳이 짬 내서 읽지도 않는 성격인지라 방대한 분량에 걱정이 앞섰다. 아니나 다를까 첫 장부터 쉽지 않았다. 별 내용도 아닌 것 같은데 너무 오랜만에 보는 자기 개발 서적이라 그런지 도대체 몰입이 안 되었다. 솔직히 말하자면, 한 줄 한 줄 읽어 내려가는 것이 나에게는 고역이었다. 그래서 다들 일에는 때가 있다고 하는 것일까? 다 늙어 이게 무슨 사서 하는 고생이람…. 잠도 오지 않고 자도 새벽같이 깨었다. 숙제를 마칠 때까지.

2주일 후 간신히 그럭저럭 발표를 마쳤다. 그날에 느꼈던 시원함이란 어찌 표현해야 할지…. 부족한 점이 더 많이 보였고, 아쉬운 점이 더 많았던 과제 수행이었지만, 그것을 계기로 다시 도전할 수 있다는 자신감을 갖게 되었고, 토론 수업을 거듭할수록 조금씩 즐거움도 느끼고, 식견도 넓히게 되었다.

언제부턴가 '한번 시작하면 아이가 졸업할 때까지 계속하게 된다'는 선배어머니들의 말에 공감도 되고 한편으로 이렇게 좋은 도서관의 활동들을 잘 알려서 많은 부모들이 공유할 수 있도록 하고 더욱 내실 있는 프로그램들로 아이들에게 도서관이 친근하게 다가서도록 하는 것이 현재 어머니들의 몫이라는 생각을 하게 되었다. 처음에는 별 생각 없이 아이를 위한 봉사를 하겠답시고 참여했건만, 시간이 지날수록 내 자신이 얻어가는 것이 더 많은 시간들이 되어 가고 있다.

사실, 여고시절 난 국어선생님이 되는 것이 꿈이었다. 하지만 인생이 내 뜻대로만 되지는 않는지라, 그럭저럭 상황에 적응하며 아이 하나, 둘 낳고 키우며 살다 보니 내가 누구인지 잊혀진 사실조차 잊고 살았던 것 같다. 어느 순간부터 나의 문제가 아닌 내 주변의 문제들만을 걱정하고 고민하면서 살아 왔던 것 같다. 그런데 도서관에서 명예사서 어머니들과 소통하고 주제가 있는 독서를 하고 토론을 하면서 잊혀졌던 내가, 내 안의 꿈이 조금씩 살아나는 것을 느낄 수 있게 되었다.

요즘 나는 도서관에 오면 나를 만나게 되어 즐겁다. 오롯이 내 꿈을 생각해보게 되었고, 나를 생각하게 되었다. 내 아이의 꿈이 커가고 생각이 커가는 도서관에서 엄마도 함께 꿈 꿀 수 있다는 것이 얼마나 멋진 일인지….

그런 멋진 일을 이룰 수 있는 도서관이 나와 아이 앞에 아주 가까이 있다는 것이 정말 감사하고 행복하다.

책 쓰는 엄마

너에게 주고 싶은 것

이미연

결국 돌고 돌아
나, 여기에
오고 보니

너에게만큼은
주고 싶어
선택의 기회를

쓰러지고 넘어져도
웃으며 걸을 수 있는
그 길을

너에게만은
너에게만은

- 이미연의 '딸에게'

"엄마, 발레 시켜주세요. 플리즈~~"

어린이 집에서 돌아오는 다섯 살짜리 딸아이가 차에서 내리기가 무섭게 두 손을 모으고 애교를 떨었다. 나는 괜히 하는 소리라 싶어 못 들은 척했다. 얼마 동안 그렇게 시간이 흘렀다. 어느 날 좀 늦게 아이를 데리러 갔더니 경진이가 발레교실 앞에서 하도 부러워하며 쳐다보고 있어 담임선생님이 교실 안으로 들여보냈다고 했다.

나는 갑자기 딸에게 미안해지면서 내 어릴 적 생각이 떠올랐다. 피아노가 그렇게도 배우고 싶었지만 해 볼 수 없었던… 그런데 지금 딸아이에게 예전의 나와 똑같은 상황을 만들어주고 있는 것은 아닌가하는 생각이 들었다.

'들어가는 돈이 얼만데…'

나는 어쩌면 이런 생각을 했는지 모른다. 큰아이 학원비며, 작은아이 유치원비 등 이런저런 계산으로 발레 이야기에 아예 귀를 닫아 버렸었다. 내 어릴 적 생각을 하니 딸아이가 측은해졌다. 그 날 집으로 돌아오는 길에 딸아이에게 물었다.

"경진아, 정말 발레하고 싶어?"

"응, 엄마. 정말 정말 하고 싶어. 발레 좀 시켜줘."

"그래, 엄마가 발레 시켜줄게."

내 말이 떨어지기 무섭게 아이는 하늘을 날 것처럼 기뻐했다. 마침내 발레교실에 등록을 하고 발레복을 가져 온 날, 딸아이는 타이즈에 토슈즈까지 신고 온 집안을 다니는 것으로 부족해 마트까지 그 차림으로 따라 나섰다.

'이리도 좋아하는 걸, 왜 진작 못 해 줬을까? 엄마가 미안하다~~'

나는 딸아이의 기뻐하는 모습을 보고 진작에 해달라는 대로 해주지 못한 것을 후회했다. 그런데 한 이 주일이 지났을 무렵에 아이는 금방 싫증을 냈다.

"엄마! 나 발레 쉴래! 너무 힘들어."

"안 돼! 한 번 시작했으면 끝까지 하는 거지. 시작한 지 얼마나 됐다고? 안 돼. 계속해!"

그렇게 또 2주가 흘러 어느덧 등록한 지 한 달이 되어 갈 무렵이었다. 아이는 그동안 시간이 날 때마다 엄마 눈치를 살펴가며 발레 수업이 있는 날마다 하기 싫다고 했다.

나는 속으로 피식 웃음이 나왔다. 자그만치 석 달 동안 발레를 배우고 싶다는 아이의 말을 못 들은 척했던 시간이 떠올랐다. 어쩌면 끝까지 발레를 시켜주지 않았다면 아이는 평생 엄마를 원망했을지 모른다. 그래서 나는 우선 좋은 쪽으로만 생각하기로 했다. 하기 싫다는 것도 아이가 선택한 것이니까 우선 아이가 하고 싶다는 대로 해주기로 한 것이다.

그러는 중에 <책 읽고 책 쓰는 부모 프로젝트>를 수강하기 시작했다. 수업 시간에 선택의 중요성에 대해서 수없이 배웠다. 세상에는 자신이 선택하며 주인으로 살아가는 삶과 선택권 없이 종으로 살아가는 삶이 있다. 내 아이가 주인으로 살아가기를 바란다면 어렸을 때부터 선택권을 주고, 자신이 선택한 것에 대한 책임을 지는 습관을 키워줘야 한다. 아이에게 선택의 기회를 주기 않고 부모가 원하는 대로 따라오기를 바라는 것은 내 아이를 주인이 아닌 종으로 살아가게 만드는 길이라는 내용이었다.

'그래, 맞아. 역시 내 선택이 옳은 거였어.'

나는 강의를 들으며 딸아이의 발레 사건을 떠올리며 내 선택이 옳았다는 생각을 했다. 물론 아이가 하고 싶다고 할 때 바로 해주지 못하고, 그만 두고 싶다고 할 때 바로 그만 두게 해주지 못한 것은 좀 문제가 있었지만, 어쨌든 최종 선택은 내가 잘했다는 생각이 들었다.

"좋은 글을 쓰려면 구체적인 예시를 쓸 수 있어야 합니다. 그냥 이론으로 배우는 것이 아니라 내 아이에게 선택의 기회를 주었더니 이런 결과가 있었다는 사례가 있으면 발표해 주시기 바랍니다."

강의가 끝나고 서로 돌아가며 자신의 구체적인 사례를 발표하는 시간이 주어졌다. 나는 조심스럽게 딸아이의 발레 이야기를 들려주며 내 선택이 옳았다는 말을 들을 것이라 생각했다. 그런데 선생님은 뜻밖의 질문을 던졌다.

"물론 그 일만 놓고 볼 때는 잘한 선택이라고 봅니다. 그런데 그런 식으로 무조건 해 달라는 대로 해줬는데 나중에 아이가 무슨 일을 시작해 놓고 금방 포기하는 버릇을 들이게 되면 어떻게 하죠? 배움이라는 것이 어느 시점부터 어렵게 느껴지는 경우가 있기 때문에 그 부분을 이겨내지 못하면 더 이상 진도를 나가지 못하는 경우가 많을 텐데…"

그 순간 나는 말문이 턱 막혔다. 물론 말주변이 없어서이기도 했지만, 이것은 그동안 내가 끊임없이 고민했던 부분이기도 했다. 정말 아이가 무슨 일을 했다가 조금 힘이 들 때마다 매번 그만 둔다고 해버리면 어떻게 하지? 나는 솔직하게 그 부분까지 생각을 해보지 못했다고 했다. 그러자 선생님은 다음과 같이 말씀하셨다.

"그래도 하기 싫다는 것을 끝까지 하라고 하는 것보다는 아이가 원하는 대로 선택하게 해주는 것이 아이를 위한 길이 아닐까요? 물론 그것으로 그치는 것이 아니라 이런 사례들을 쌓아 두었다가 아이가 또 비슷한 상황을 벌이면 아이에게 이 문제만큼은 한 번쯤 짚고 넘어가야겠다는 마음의 준비를 해 둔다면 금상첨화인 거죠. 이제 아이는 또 다른 무엇인가를 해달라고 할지 모릅니다. 그 상황을 대비해서 어떻게 하는 것이 진정으로 아이를 위한 것인지 마음의 준비를 해 둘 필요가 있습니다."

강의를 들을수록 정말 좋은 엄마가 된다는 것이 얼마나 어려운지 실감나는 순간이었다. 아이가 원하는 대로 다 받아 주자니 끈기와 버릇이 없는 아이로 자랄 수 있고, 그렇다고 내 틀에 맞춰 이끌어 가다보면 선택을 강요받는 노예로 키울 수도 있다고, 도대체 어쩌란 말인가? 어쨌든 내가 들은 강의의 요지는 아이의 선택을 존중해 주고, 아이가 선택한 것에 대해 스스로 책임을 질 수 있는 자세를 갖도록 지켜봐 주는 것이 부모의 몫이라는 것은 이해할 수 있었다.

지금 딸아이는 밸리 댄스를 하고 있다. 지난 번 발레 경험을 바탕으로 나는 아이가 밸리 댄스를 하고 싶다고 할 때 우선 요구를 들어 주기로 했다. 아이가 스스로 선택한 것이니까 최대한 응원을 해 주는 것이 좋다고 판단을 내린 것이다. 그리고 속으로 마음의 준비를 하기 시작했다.

'이 애가 또 얼마나 하다가 그만 둔다고 할 것인가? 그때는 금방 포기하는 버릇은 안 좋은 것이니까 적어도 삼 개월은 더 해 보고 결정하자고 해 줘야지.'

엄마가 무엇을 걱정하는지 아이가 눈치 챈 것일까? 아이는 지금까지 밸리 댄스를 잘 배우고 있다. 어려운 동작이 많은 발레에 비해 비교적 다이나믹하고 화려한 의상을 입고 배울 수 있는 밸리 댄스에 흥미를 붙이고 있는 것 같다. 물론 언젠가 아이는 이마저도 흥미를 잃고 그만 둔다고 할지도 모른다. 나 역시 아이가 밸리 댄스를 전공으로 선택할거라고 생각하지는 않는다. 단지 자신이 선택한 것이니까 적어도 그것에 대해 어느 정도 배울 때까지는 최선을 다하는 마음을 갖기 바랄 뿐이다.

다시 한번 아이가 어떤 선택을 하든 존중해 주기로 다짐해 본다. 아이는 아직 세상 모든 것에 호기심이 많은 시기라는 것을 알기에... 어찌 발레와 밸리 댄스뿐이랴!

무엇이든 하고 싶은 것은 다 해보고, 그 중에 자신이 정말 좋아하는 일을 선택할 수 있도록 기회를 제공해주는 것이 엄마의 몫이라는 말을 가슴에 곱게 새겨본다.

책 쓰는 엄마

즐거운 등교

이미경

두 차례 출산 수술 후유증
아가의 미소로 극복했더니
의젓한 녀석들 뒤로 하고

또다시 찾아 온 아픔
수술실 고통으로
지새운 날들

홀러 홀러 자리에 서니
모두 모두 안아야 할
내 안의 소용돌이

언제나 언제나
하프타임
ready go

꾸준하고 성실하게
오늘도 어제처럼

내일도 오늘처럼

- 이미경의 '강한 엄마'

"어서 일어나 늦었어!!!"

"엄마, 아니잖아! 10분만 더 잘게. 그때 깨워!"

일상처럼 이어지는 아침 전쟁에 지쳐갈 무렵이었다.

언제까지 이렇게 아침잠 하나 자발적으로 다루지 못하는 아이로 만들어 놓는 엄마로 살 것인가! 아침마다 아이를 깨워주는 것이 궁극적으로는 아이를 위한 행동이 아닐 수 있다는 교훈을 주는 책을 접하고, 또 <책 읽고 책 쓰는 부모 프로젝트> 강의를 들으면서, 시행착오는 있더라도 일단 시도는 해야겠다 싶어 중학교 1학년인 큰아이와 초등학교 5학년인 작은아이를 불러 앉혀 놓고 이야기를 꺼냈다.

"애들아, 엄마가 이제는 공부도 해야 하고 아침부터 무척 바빠질 거야. 그래서 아침마다 너희들을 깨우기가 정말 힘들어 질 거야. 그러니 엄마도 돕고 너희도 스스로 일어나는 습관을 키우기 위해 이제부터 아침에 너희들을 깨우는 일은 없을 거야. 그러니 너희들 스스로 일어날 수 있도록 알람을 해놓고 자는 건 어떨까?"

"네~~~ 좋아요. 할 수 있어요. 걱정하지 마세요."

아이들은 엄마의 기대에 부응이라도 하듯이 흔쾌히 대답을 했다. 순간 아이들이 기특하긴 했지만 한편으론 의심 반 믿음 반을 떼어 내지 못하고 다음날을 맞았다.

나는 7시가 되자 식사를 다 준비해 두고 책을 읽고 있었다. 아이들은 아직 한밤중이다. 속에서 깨워야 되나 말아야 되나 갈등이 일었지만, 그래도 믿고 기다려 보았다. 그러자 7시 20분쯤에 큰아이가 일어나 아침

인사를 하고 씻으러 화장실에 들어갔다. 기척이 없는 작은 아이가 은근히 걱정이 되어 방문을 열어 보니 일어날 듯이 뒤척이는 모습이 보였다. 하지만 작은아이는 7시 40분이 다 되어서야 스스로 일어나 씻으러 화장실에 들어갔다. 8시 5분경에 큰 아이가 식사를 마치고 현관문을 나섰다.

"다녀오겠습니다."

"그래, 오늘 하루도 파이팅! 잘 지내자."

하지만 작은아이는 아직도 밥도 안 먹고, 눈을 비비며 젖은 머리를 쓸어 내리고 있다.

"밥 먹자."

"네."

속에서는 불이 났지만 나는 기다렸다. 8시 20분, 30분, 40분이 되자 겨우 식사를 마치고, 거실 한 바퀴를 돌더니 어슬렁 어슬렁 학교에 가기 위해 책가방과 신발주머니를 들고 나섰다. 이미 지각할 시간이지만 아이는 운동화도 한참 만지작거리며 더욱 시간을 끌었다.

"다녀오겠습니다."

아이가 겨우 풀 죽은 목소리로 말했다.

"그래, 잘 다녀와라. 축복한다."

"네."

내가 너무 한 것은 아닌가 싶었지만 언젠가 한번은 아이들을 위해서 거쳐야 할 관문이라고 생각하고 아이들을 믿어 보기로 했다.

그러고 나는 <책 읽고 책쓰는 부모 프로젝트> 강좌에 갔다가 삶의 소소한 이야기들도 나누고, 선생님의 강의도 들으며 내가 한 행동에 믿음을 가져야겠다는 다짐을 하고, 집에 와서 아이를 기다렸다. 아이는 제 시간에 오질 않았다. 평소보다 늦게 온 아이는 풀이 죽어 있었다.

"오늘 아침에 지각해서 나머지 청소를 하고 왔어."

나는 풀이 죽은 아이를 안아주며 말했다.

"지각했다고 야단 맞고 나머지 청소까지 해서 마음이 힘들겠구나."

"나, 내일부터는 일찍 갈 거야."

다행히 아이는 아침에 깨워주지 않은 엄마를 원망하기보다 스스로 일찍 일어나겠다는 의지를 보였다. 그래서 나는 좀더 확실하게 엄마의 마음을 전달하기로 마음을 먹고 시원한 과일과 야쿠르트를 먹으라고 아이에게 주었다. 그리고 최대한 아이의 눈치를 봐가며 부드럽게 말했다.

"준선아, 네가 스스로 일어나서 밥 먹고 서둘러 학교 가는 것이 지금부터 잘 습관화 되어간다면, 너에게 주어지는 어떤 일도 너는 거뜬히 잘해 낼 수 있는 멋진 아이가 될 거야. 그렇게 중학생이 되고 고등학생, 그리고 대학생, 또 어른이 된다면 누군가를 의지하지 않고도 스스로가 자기 인생을 멋지게 살아갈 거라고 믿는다. 오늘 아침엔 엄마 마음이 좀 아팠지만 일부러 너를 깨우지 않았어. 왜냐하면 지금 엄마가 깨워 주면 잠깐은 편할지 몰라도, 나중에 어른이 되었을 때, 또는 결혼했을 때 어쩌면 너의 아내까지 힘들어 질지 몰라. 그래서 아침에 일어나는 것은 네가 한번 스스로 해봤으면 하는 거야. 엄마 마음 알겠니?"

내가 아이를 바라보고 진지하게 말하기 시작하니까 아이도 정말 진지하게 들어주고 있었다. 아이는 내 말이 끝나기를 기다렸다가 타협안을 내놓기 시작했다.

"엄마, 그러면 일주일만 아니, 삼 일만 더 엄마가 깨워주시면 안 될까요?"

아이의 표정을 보니 마음이 약해지는 것은 어쩔 수 없었다. 하지만 쇠뿔도 단김에 빼라고 하지 않았던가? 자칫 여기서 한 발 물러서면 아이에게 계속 끌려갈 수 있다는 생각으로 단호하게 말했다.

"그렇게는 할 수 없어. 왜냐하면 넌 할 수 있으니까. 오늘 했던 대로 계속 해 나가다 보면 분명 스스로도 거뜬히 일어날 수도 있고, 그러면 다른 일도 책임있게 할 수 있는 힘이 생길 거야. 한번 너 자신을 믿어 봤으면 좋겠어. 알았지?"

"네, 엄마 해볼게요."

어느덧 한 달 전의 이야기가 되었다. 나는 내 말에 책임을 지기 위해서라도 그 이후로 한 번도 아이들을 깨워 본 적이 없다. 다행히 아이들은 저희들끼리 알람을 맞춰 놓고 서로 깨워 주기도 하면서 스스로 일어나는 일에 습관을 들여가고 있다. 물론 시행착오도 있어서 몇 차례 자신들이 세워놓은 계획보다 늦게 일어난 적은 있지만 큰 문제 없이 잘 적응해 나가고 있다.

물론 이 경험을 통해 나 역시 크게 변하고 있는 모습이 보인다. 아이들에게 습관의 중요성을 이야기하면서 나의 모습을 성찰해 보는 계기가 되었고, 나 역시 내가 하고 있는 일에 스스로 책임감 있게 잘 해 나가고 있는지 항상 살펴보는 습관을 들이고 있는 중이다.

아들의 사랑을 먹으며

이미경

까만 세상
별은 나가고
나는 들어온다

거저 얻은 밥 달콤한 물
쓴 맛을
이기게 해주는 나물

신의 선물 가득
머금고 고요히
미소 짓는다

- 이미경의 '단잠'

"헉헉!"

한참 운동을 하다가 힘들어서 잠시 숨을 고르고 있는데 작은아들 준선이가 건강관리실에 들어섰다. 그리고는 슬며시 다가 와 손을 내민다.

"엄마, 이거 드세요."

아이의 손에는 참붕어빵 한 개와 야쿠르트 하나가 들려 있었다. 나는 괜히 눈물이 날 것 같았다. 요즘 갱년기가 찾아 온 것인가? 나도 모르게 속에서 일어나는 변화무쌍한 생각들에 쫓겨 머리가 복잡한 날들이다. 이런 것을 내적 갈등이라고 하나?

"어머, 잘 생긴 아들, 이게 뭐야? 와~~, 진짜 고마운데!! 아들! 어떻게 이런 생각을 다 했어?"

"뭐 그냥…."

아들은 쑥스러워하며 멋쩍게 웃었다. 그 웃음 속에는 우리들만이 아는 따뜻한 마음이 전해져왔다.

오늘 아침에 아이는 늦잠을 잤다. 나는 아침잠만큼은 스스로 해결해 보라며 지켜보기로 했다. 그랬더니 늦게 일어난 아이는 아침밥을 먹고는 학교에 늦었다고 투덜대며 심하게 짜증을 냈다.

"너 그게 무슨 버릇이야! 네가 늦잠 자놓고 어디서 화풀이냐!"

생각 같아서는 한 마디 해주고 싶었다. 하지만 아이는 어리고 아직 스스로 아침에 일어나는 일에 익숙하지 못한 것이 스스로도 힘들 것이라고 생각하니 안쓰러운 마음이 밀려왔다. 그래도 아이를 그냥 학교에 보내는 것이 미안해서 무슨 말이라도 해서 화를 풀어주고 싶었다. 그래서 조용히 다가가서 말을 걸어 보았다.

"준선아, 준선이가 왜 화가 났을까? 엄만 네가 이렇게 화를 내니까 많이 속상해."

"몰라!"

아이는 학교에 늦었다며 눈물을 글썽이며 현관문을 "쾅!" 닫고는 그냥 나갔다. 나는 준선이의 뒷모습을 보며 내가 지금 제대로 잘 하고 있는 것인지 생각해 보았다. 어차피 엄마가 대신 살아 줄 수 없는 것이 아이의 인생이다. 어렸을 때 버릇이 어른이 되어서도 큰 영향을 미친다.

아침에 스스로 일어나는 버릇 하나 제대로 들여놓지 못하면 아이는 어른이 되어서도 그 버릇 때문에 힘든 인생을 살 수 있다. 그래서 아이에게도 충분히 이 이야기를 해주었고, 아침에 스스로 일어나는 것만큼은 반드시 지켜주었으면 좋겠다고 했다. 그리고 아이는 형과 함께 노력을 하면서 한동안 잘 해왔다. 어젯밤에 무슨 일이 있었는지 모르지만 오늘 아침 깜빡 늦잠을 자 버린 것이다. 나는 아이가 스스로 하고자 했던 일이 안 되니까 자신도 화가 났을 것이라 생각하니 괜히 안쓰러운 마음이 올라왔다.

다른 엄마들은 어떨지 모르지만, 나는 특별히 둘째인 준선이에게 헌신적인 사랑을 보냈던 것 같다. 큰아이는 정말 어떻게 키웠는지 모르게 키우다 보니 사소한 일에도 당황했던 적이 많았다. 하지만 큰아이를 키우면서 겪었던 시행착오들이 둘째 아이를 키우는데 얼마나 큰 보탬이 되었던가? 그래서 둘째인 준선이에게는 큰아이에게 해주지 못했던 것까지 더 해주었던 일들이 떠올랐다. 다행히 아이는 착하게 커 주었다. 엄마말도 잘 듣고 큰 말썽없이 자신의 역할을 잘 해왔다.

"엄마는 몸이 안 좋아서 운동을 해야 해. 그래야 엄마가 건강해져서 우리 가족을 행복하게 해 줄 수 있는 거야."

나는 규칙적으로 건강관리실에 나가는 이유를 아이에게 차분히 설명해 주었다. 아이는 엄마가 몸이 약하다는 것을 잘 알고 있다. 그래서 엄마가 건강관리실에 나가는 것을 잘 알고 있었고, 어느 시간에 엄마가 집에 없으면 어디에 있는지 금방 알고 있었다.

나는 아이가 내민 참붕어빵과 야쿠르트를 받아 들며 마냥 행복해했다. 평소에 엄마를 많이 안아주고 따뜻하게 챙겨주던 아이의 마음이 가슴에 와 닿았다. 아침에 화를 내고 나간 자신의 행동에 대한 사과의 표현을 이렇게 한 것이리라. 나는 스스로 의젓한 행동을 배워나가는 준선이에게서 환하게 빛나는 햇살을 보았다. 아이는 이제 초등학교 5학년이다. 믿고 대화하고 맡겨 두면 스스로 자신의 인생을 개척해 갈 것이라 믿는다. 그저 지켜 봐주고, 아이가 필요로 하다는 것을 보태주고, 사랑으로 품어주는 것이 엄마인 나의 몫이라 생각해 보며 오늘 하루의 행복을 가슴에 담아 본다. 그리고 나직이 속삭여 본다.

"준선아, 오늘 엄마는 정말 행복했단다. 정말 고마워."

책 쓰는 엄마

읽어주세요

한정혜

빨간 줄 하나씩 그어지면
금세 충혈되던
너의 눈동자

그래서 꼭꼭
숨었을
너의 하루

미완성의
엄마 작품 슬쩍
나를 볼 때
따끔!

아, 나와 다른 것이
얼마나 된다고
......

다시 펼쳐진
너의 세상

마음으로 읽으니
눈시울이 붉어진다.
　　- 한정혜의 '일기장'

　하늘이 참 파랗던 늦가을의 오후, 학교에서 돌아온 큰아이에게 간식을 챙겨주고 빨래를 널고 있었다. 탁탁 털어서 활짝 펼쳐 널다가 '애가 너무 조용한데' 싶었다. 가만히 부엌으로 가봤다. 뭐에 빠졌는지 반쯤 베어 문 사과가 갈변이 되도록 페이지만 사락 사락 넘기고 있었다. 나도 같은 곳으로 시선을 던지다 화들짝 놀랐다. '이건 이건…' 아, 나의 습작들이 빼곡히 적힌 다이어리를 참 맛나게 넘기고 있는 것이 아닌가?
　"으으으으 아직 아직 나중에 나중에…"
　"엄마가 쓰신 거예요?"
　"응? 응! 근데 아직 다 손보질 못 했어. 고칠 부분도 많고…"
　"아, 시도 쓰셔야 돼요?"
　"예전에도 좀 썼는데, 배우면서 쓰니까 어렵더라. 하나하나 짚어가면서 수정하면 어떤 때는 한 페이지 써도 한 줄도 안 남아."
　"아, 그럼 나중에 다 되면 보여주세요. 시도 재밌네요."
　'풋, 아들아, 재밌다고? 한번 써 봐라. 어렵더라'
　서둘러 다이어리를 덮으며 그래도 싫지 않은 웃음이 나왔다.
　'재밌다니 다행이네. 근데 어디가 재밌었지?'
　다시 펼쳐놓고 재밌다는 곳을 찾으려다가 이곳저곳 수정만 했다. 한참을 고치다가 '또 한 줄밖에 안 남겠구나' 싶어 한숨이 나왔다. 멋지게 한편 쓰고 싶은 마음은 굴뚝 같은데 정말 어려웠다. 너무 많은 얘기를 쓰려고 하면 읽는 사람은 무슨 얘기를 하려는지 알 수 없다고, 욕심을 버리고 한 장면만 묘사해보자고 했는데, 머릿속에서만 맴돌고 손끝으로 이어지질 않았다. 말로는 되는데 글로 쓰려니 한 줄은커녕 단어 하나 선택하기도 벅찼다. 정말 시인은 천재일까? 천재는 99%의 노력으로 이뤄진다는데 어디서 영감 1%라도 사왔으면 좋겠다 싶을 정도였다. 머리에 쥐가 날 지경이었다.

한참을 고민하다가 한 페이지가 빨갛게 어지럽혀진 것을 보고 불현듯 아들의 일기장이 스쳐갔다. 못 본 지 일 년이 다 돼간다. 한 주에 적어도 세 편은 써오라는 일기는 사실 큰 아이가 조금 싫어하는 숙제였다. 알림장에 부모님께 검사 받아오라는 얘기는 없었지만 나는 종종 아들의 일기장을 확인했다. 그때마다 어김없이 빨간 펜을 들었고 틀린 철자는 동그라미 안에 가두고, 잘못된 띄어쓰기는 'v' 표를 해주고, 문맥이 안 맞는 부분은 두 줄을 쭉쭉 긋고….

그럴 때의 나는 미간에 '내 천(川)'자를 그리며 영락없는 첨삭지도 선생님이 돼버렸다. 상기된 아이의 얼굴엔 아랑곳하지 않고 "여긴 이렇게 고치고 여긴 이게 아니야! 다시 써봐라고 윽박을 놓기 일쑤였다. 그런데 빨간 펜으로 여기저기 체크된 나의 글을 마주하니 한심하기 짝이 없었다.

'내가 감히 어떻게 아이의 하루를 "틀렸어!"라고 할 수 있지? 일기는 생각과 마음을 옮겨 놓는 자린데 어쩌자고….'

미안한 마음만 뭉게뭉게 피어올랐다. 책상 앞에 앉아 있는 아이의 뒷모습을 보며 '미안해. 미안해.'를 몇 번이나 되뇌었다. 다가가 쓰다듬어 줄 용기가 나질 않았다. 한참을 바라보다 눈물만 훔치고 말았다.

그날 밤, 큰 아이가 노트 한 권을 활짝 펼쳐들고 나에게 왔다.

"엄마, 저도 한번 써 봤어요. 시로 일기 써도 된다고 하셨죠? 그래서 오늘 일기는 시에요! 괜찮으면 제 시도 엄마 글에 넣어주세요!"

가을

심상록

붉은 듯 푸른 듯
단풍들이 장난친다
지나던 잠자리도
소곤소곤

장난치던 단풍들
하나둘 늘어가고
잠자리도 제법
재잘재잘

단풍들 단장을 마치고
완전히 모습 바꾸어
울긋불긋 색깔 낸다
잠자리 간 데 없고
부스럭부스럭

늦가을 나뭇가지
외로워도
하얀 눈 내려 앉는
겨울을 기다린다

책 쓰는 엄마

내 마음의 효소

박진숙

"해가 중천이야!"
"엄마, 정확하게 몇 시야

잠 깨기도 전에
먼저 가는 이 마음
내 발은 어느 새
아이 방으로
마음보다 더 바쁘게 달리고 있네
늘 정직한 시계보다
앞서가네 기다리지 못해서
갔던 길로 또 가고 있네
나보다 잘 기다려 주는
시계도 있는데

- 박진숙의 '아침 풍경'

요즘은 효소에 대해 많은 사람들이 관심을 갖고 있다. 효소균이 내

몸에 들어갈 때 우리의 모든 장기들이 더 활발하게 해줘서 육체의 건강을 유지할 수 있기 때문이다. 그러나 만들어 지는 과정은 숙성과정과 정성 시간이라는 인내가 필요하다. 그래야 때가 되면 비로소 맛있는 효소가 만들어지기 때문이다.

비 오는 날 아침 창문 너머로 풍경들이 내 눈에 들어온다. 등교를 준비하는 우리 집안처럼 바깥 풍경도 분주하다. 갖가지 우산들이 접시꽃 축제처럼 돌아가고 있다. 날씨와 상관없이 여전히 차들은 바쁘게 속도를 내고 있다. 바깥풍경을 뒤로 한 채 잠에서 헤어 나오지 못하는 아이들을 차례로 흔들어 댄다.

"일어나! 너무 늦었어!"

고3인 아들과 고2인 딸은 늘 잠이 부족하여 일어나는 시간을 힘들어 한다. 부족한 잠을 온몸에 걸친 채 아침을 간단히 해결하고 현관을 나선다.

"다녀오겠습니다."

등교하는 아이들의 등 뒤를 바라보며 나의 설렘도 한발 더 다가간다. 저들의 미래를 보며 때로는 큰 꿈을 꾸다가 어느 새 조금씩 작은 꿈으로 변해가는 나의 모습을 보면 조금은 아쉬운 마음과 안타까움이 묻어나서 아이들이 메우지 못하는 빈 공간을 기도로 채우고 있다.

고3인 아들은 자신이 준비하고 원하는 방향으로 잘 가는 줄 알았는데, 어느날 갑자기 유턴을 하는 것이 아닌가? 조금은 당황스러웠다. 본인이 가던 길과는 반대의 방향으로 가고 있었다. 계속 되는 작은 마찰을 대화로 풀어 보려고 했다.

'그래, 어쩌면 내가 알지 못하는 다른 재능이 있는지 몰라.'

그때마다 나는 이렇게 나 자신을 달래 보았다. 우리 사회구조와 경제 흐름을 알지 못하고 미래를 선택한다면 차후에 너무 많은 어려움을 겪을 수 있다는 것을 먼저 살아봐서 잘 알고 있는 나는 아들에게 다른 길을 제시해 주고 싶었다. 한편으로는 현실에 충실한 내 삶의 방식이 때로는 인생 속에서 소극적 인생, 생산성이 부족한 삶으로 주저앉을 수도 있다는 생각이 든 것도 사실이다. 이런저런 생각을 하면서 책상이 불편하여 높여 달라던 아들의 말이 생각나서 책상을 정리하다 서랍 속에서 3개의 편지 봉투를 발견했다. 호기심에 편지를 펼쳐 보았다.

첫 번째 봉투는 좋아하는 것들을, 두 번째 봉투는 대학 선택에 관한 것을, 세 번째는 수능 후 하고 싶은 일을 적어 놓은 것이다. 하고 싶은 일을 하면서 살고 싶다는 세 번째 편지를 보면서 지금 유턴하고 있는 방향과 같은 방향임을 알게 되었다.

어릴 적엔 감수성들이 보이지 않았는데 잠재되어 있는 것들이 조금씩 표출되고 있는 것 같다. 자신이 가려던 길에 변함이 없다면 인정해 주자고 생각해 본다. 지금 젊은이들은 진로와는 관계없는 직업을 가지고 어쩔 수 없이 하루하루를 보내고 있는 모습을 많이 보게 된다. 자신이 하고 싶은 일을 하면서 살아가는 것이 정말 행복한 일이라 인정하기에 그 꿈을 이루길 바라며 영화를 보고 감동 받은 것처럼, 또는 책을 보고 큰 선물을 발견한 것처럼 마음 속에 편안함이 올라왔다.

기타를 구하고 악보를 외우느라 어설픈 연주에 취해 있는 아들의 모습을 보며 이미 자신의 꿈에 한 발 더 가까이 가고 있는 모습이 눈에 선하게 다가온다. 언젠가는 사회의 일원으로 이 나라가 원하는 꼭 필요한 일꾼이 되길 기대한다. 효소가 맛있게 익을 때를 기다림 같이…

책 쓰는 엄마

초록빛 가을 여행

박진숙

산등성이 아담한
집 하나

나무 그늘 밑 모닥불
고기 한 점 사랑 한 점

반가운 얼굴 하나 둘
분홍빛으로 익어 갈 때

커피 좀 먹을까?
주인의 부탁에

앗!
설탕 대신
다시다 한 스푼

- 박진숙의 '첫방문'

여름내 가득 쌓여 있는 마음을 내려놓고 달리는 버스 안에서 하늘을 본다.

"와!"

갑자기 내 마음에 탄성이 쏟아진다. 땅만 보고 앞만 보고 달리던 길을 멈추고 하늘을 보았다. 폭염으로 푹푹 찌던 때가 엊그제 같은데 하늘은 깊고, 구름은 표현할 수 없을 만큼 광활하고, 아름다운 모습으로 우리네 사는 모습을 내려다 보고 있다.

차를 타고 달리다 보면 나무도 산도 구름도 다 보지 못한 채 휙휙 지나곤 한다. 마치 고속 열차와 같이 보지 못하고 놓쳐 버리고 사는 것이 많은 것처럼. 건강도 물질도 명예도 잡으려고 달려가지만 결국은 똑같은 신호등에 멈춰 서 있는 나를 발견하곤 한다.

복잡한 도시를 떠나 한적하고 조용한 강화에 짐을 풀었다. 풀잎은 더 진하게 내 눈을 자극하여 마음에 산소를 공급해 주는 듯하다. 마당에 놓여진 맷돌 안에 고여 있는 물을 보면서 작은 물고기를 상상해 본다. 누구나 꿈꾸는 자연에서 긴 휴식은 가질 수 없지만, 하루 이틀에 짧은 휴식은 우리 모두에게 매우 중요하다. 산은 마치 우리 몸에 필요한 모든 재료를 담고 있는 보물창고와 같다. 몸 속에 쌓여 있는 활성산소를 제거할 수 있는 재료의 원산지인 것이다. 아무 생각 없이 밟고 지나가는 익목초나 민들레도 쓸데가 있지만, 늘 지나쳐 버리는 우리의 모습이 안타까울 때가 있다. 인간은 나이만큼 자연과 가까워지는 걸까?

지난 날 나물 반찬을 좋아하고 산과 나무를 좋아하며 찾던 어른들의 모습을 떠올리며 나도 어르신들과 같이 자연과 가까워 지는 모습을 문득문득 발견하곤 한다. 나이가 들어간다는 것은 나쁜 것만은 아니다. 많이 등에 업고 손에 들고 가는 길에서 하나씩 내려놓을 수 있어서 조금은 가벼운 인생길을 가고 있다. TV에서 백 세된 할머니의 말이 지금도 생각난다.

"오래 살다 보니까 인생이 그리 슬픈 것도 기쁜 것도 없다."

기쁘고 슬픈 것의 무게가 똑같다는 말로 들렸다. 살다 보면 흐리고 밝은 날이 반복되듯이 혹시 지금 슬픈 일을 겪고 있다면 내일은 밝은 날이 온다는 사실 앞에 감사하며, 우리 모두의 마음 속에 초록빛 가을 향기가 전해지길….

책 쓰는 엄마

아줌마의 영어 정복기

남민경

꼭 끼는
올인원
벗고도

거리낌 없는
햇살들

멋있는 척
착한 척
안 해도

가장 아름다운
삶의 동반자

　　　- 남민경의 '세상에서 제일로 소중한 사람'

"Hi, everyone~! My name is Nam Min-kyoung. Nice to meet

you."

초롱초롱한 눈빛, 수업 시간에 영어로 말하기를 하면서 나는 아이들과 하나가 된다. 아이들은 나에게 어느 나라 사람이냐고 묻는다. 내 영어 발음이 그런대로 괜찮게 들렸나 보다. 나는 한국 사람이라고 말하는데 아이들은 오히려 믿지 않는 표정을 보여 줄 정도다. 나는 영어에 자신감을 가지면서 나 자신의 삶에서 새로운 활력을 찾아 나섰다. 영어는 언제나 나를 설레게 하는 대상이었고, 그것을 도구로 아이들을 가르칠 수 있다는 것이 정말 큰 보람으로 다가왔다.

사람들은 내가 영어를 웬만큼 하는 모습을 보며 유학이라도 다녀 온 것처럼 생각한다. 실제로 나에게 어디 유학 다녀왔냐고 묻는 이들도 종종 만난다. 하지만 나는 유학은 꿈도 꾸지 못한 학창시절을 겪었다. 그래서 영어도 학창시절에 배운 것이 아니다.

나는 학창시절에 독어독문학을 전공했다. 학창시절에는 가난한 집안 형편 때문에 아르바이트를 두 개 이상씩 하고, 졸업을 해서도 돈을 벌기 위해 일을 하느라 늘 바쁘게 보내던 나는 결혼과 동시에 집안에서 아이만 키우며 사는 것이 정말 견디기 힘들었다. 하루 종일 집에서 남편의 퇴근만 바라보던 나는 무기력과 우울감에 빠져 있었다. 항상 활기가 넘치던 나의 모습은 사라지고, 집안에서 하루 종일 힘들게 일하고 돌아온 남편에게 스트레스를 주는 철 없는 여자로 자리잡아 가고 있었다.

대학 동기들은 유학이다, 데이트다, 좋은 직장과 신나는 경험으로 살 맛나게 지내는 것 같은데 나만 이대로 무기력하게 살아가는 것은 아닌가 하는 무력감…. 점점 바보가 되어 가는 것 같아서 '이렇게 살 수는 없다, 뭐라도 해야지!' 라는 결심을 했다. 그래서 '이왕 집에서 보내는 시간이라면 알차게 보내 보자, 이번 기회에 영어라도 마스터 해보자.' 라는 독한 마음을 먹었다.

내가 아는 방법을 다 동원해서, 영어 고수들의 조언이 들어 있는 웬만한 책은 다 사서 보았고, 인터넷 검색과 주변 사람들의 조언을 다 들어보았다. 그리고 그 중에 내가 당장 실천할 수 있을 것 같은 방법 두 가지를 시도해 보기로 했다.

첫째는 시도 때도 없이 크게 소리 내어 영어책 읽기.

둘째는 내가 좋아하는 영어권 영화 마르고 닳도록 원어로 보기.

하루 이틀 시도해 보니 이게 생각보다 꽤 효과가 있었다. 나는 이 방법으로 1년 동안 독학해서 영어를 잡을 수 있었고, 그 실력으로 영어 강사까지 할 수 있었다. 그래서 이제 이렇게 그 노하우를 글로 표현할 수도 있게 되었으니 어느 정도 성공했다고 볼 수 있지 않을까? 그래서 지금 이 시간에 영어 때문에 고민하는 사람들을 위해 내가 공부했던 방법을 들려 주는 것도 나름대로 가치가 있는 것 같아 조심스럽게 용기를 내어 본다.

첫째, 시도 때도 없이 크게 소리 내어 영어책 읽기.

나는 그 무렵에 아직 네 살이 채 되지 않은 큰딸을 위해 언젠가는 꼭 필요하겠다 싶어 사 두었던 아주 얇은 영어 동화책이 있었다. 아이들을 위한 책이었지만 모르는 단어가 수두룩 했다.

"오케이! 이제부터 한눈 팔지 않고 요것만 마스터 한다."

나는 내 나름대로 각오를 다지며 시간만 나면 이 책을 큰소리로 읽었다. '正' 자 표시해 가며, 사람들이 지나가며 보든말든 내 상황을 절박하게 몰아갔고, 이것만이라도 확실하게 잡아 성취감을 맛보고 싶었다. 화장실 갈 때도, 밥 먹을 때도, 버스 기다리는 중에도 나는 그 책을 손에서 떼지 않고 큰소리로 반복해서 읽기 시작했다.

내가 가장 행복한 순간은 도로에 차들이 쉴새 없이 쌩쌩 지나갈 때와 비가 억수로 시끄럽게 오는 날이었다. 그때는 주변 사람들 눈치 보지 않고 고함치듯 영어를 읽을 수 있었기 때문이다. 그렇게 10번 정도는 모르는 단어가 많아도, 발음에 확신이 없어도 무조건 읽었다. 단어 일일이 찾아가며 읽다 보면 김 빠지고 진도도 잘 안 나갈 것 같아서였다. 일단 나 자신에게 '난 10번이나 이걸 읽었다' 라는 성취감을 심어 주고 싶었다.

그러고 나니 너무 궁금한 단어들이 생겼다. 크게 읽으면서 발음이라도 제대로 알고 싶다는 갑갑한 마음이 생기기 시작했다. 그때 궁금한 단어 위주로 단어를 조사하고, 그 단어 옆에는 발음 기호만 써두고 계속 읽어 나갔다. 내가 잘못 읽었던 발음은 몇 번씩 다시 읽으며 '기억해 둬. 이 발음이 진짜다!' 이렇게 내 뇌를 달래고 세뇌시키며…. 그렇게 10번을 더 읽고 나니 스토리가 아주 드문드문 들어오면서 '도대체 그러니까 이 내용이 뭐란 얘기지?' 라는 생각이 들면서 더욱 궁금해지기 시작했다.

그래서 큰소리로 읽어가며 머릿속으로 내용을 해석해 보았다. 막히는 부분이 더욱 많았다. 하지만 그렇게 막히는 부분이 나오면 줄을 그어 가며 계속 읽어갔다. 그렇게 또 10번을 하고 나니, 단어는 다 알겠는데 도무지 해석이 안 되니 갑갑해서 못 참겠다는 생각이 들었다. 그때 살짝 뒤쪽에 있는 문법적 설명과 해석을 보니 무릎이 쳐지며 정말 시원한 희열감이 몰려왔다.

내용과 발음까지 다 알았겠다, 이젠 당당하고 거침없이 20번을 읽었다. 그렇게 읽으며 마음에 드는 문장이 나오면 입으로 다른 문장으로 바꿔보며 그렇게 또….

이 책 한 권만 있으면 어딜 가든 든든하고 행복했다.

둘째, 내가 좋아하는 영어권 영화 마르고 닳도록 보기

나는 맥 라이언과 줄리아 로버츠를 정말 좋아한다. 그래서 그녀들이 나오는 영화는 꼭 챙겨서 봤는데, 특히 사랑스러운 맥라이언의 영화는 비디오로 빌려서 수도 없이 보고 또 봤다. 아무리 봐도 질리지 않았다.

그런데 외국으로 나가게 되신 어느 목사님이 영어를 못했는데 비디오로 영어를 섭렵하고 탁월한 실력자가 되었다는 소식을 들었다. 비결을 물으니 영어 영화 한 편을 반복해서 보고, 나중에는 자막 부분을 청테이프나 색 테이프로 가리고 내용을 짐작해 보고, 써 보고, 따라하면서 배웠다고 하셨다. 그 얘기를 듣고 얼마나 마음이 설레던지, 영화라면 누구보다 좋아하는 내가 아니던가, 당장 시작해 보자고 결심을 한 것이다.

'You've Got Mail', 톰 행크스와 맥 라이언 주연인 이 영화, 아예 비디오를 구해서 이 내용을 구워 삶아 먹겠다는 각오로 영어 공부를 시작했다. 아니, 그건 공부가 아니었다. 행복한 문화 생활 및 자기 계발의 출발점이었다.

처음 5번은 영어고 뭐고 신경 안 쓰고, 그 내용을 맘껏 음미했다. 나는 좀 섬세한 편이라 영화를 볼 땐 그 스토리만 보지 않고, 영화에 담겨 있는 문화, 정서, 패션, 모든 삶의 스타일, 표정, 메이크업에 이르기까지 놓치지 않고 보려고 노력한다. 그리고 '내가 저 사람이라면?' 이라는 마음으로 감정을 이입해서 보는 편이다. 그렇게 5번 정도를 보니 전혀 지루하지 않고 즐거운 여행을 한 것 같았다.

그 다음 5번은 영어에 신경 쓰며 보되, 영어 뜻에 치중하지 않고, '아! 영어는 감미로운 음악!' 이라는 느낌으로 감상하기 시작했다.

그 다음은 철자가 틀려도 무조건 들리는 단어를 노트에 적어 보았다. 처음엔 'Hi', 'Bye', 'Thanks' 정도밖에 쓰지 못했다. 하지만 횟수를 늘려갈수록 적을 수 있는 단어가 늘기 시작했다. 그렇게 5번 , 또 들은 대로 자막 부분을 아예 청테이프로 가리고 노트에 받아 적기 시작했다. 반복하다 보니 못 쓰는 부분에서는 계속해서 빈 공간으로 남겨두니 오기가 생기기 시작했다. 그래서 하나라도 더 썼다는 자기 위안을 삼기 위해 들리는 대로 철자 무시하고 한글로라도 쓰기 시작했다.

예를 들면 'apple'이란 단어가 들리는데 뜻도 모르겠고, 철자는 더욱 모르겠으면 그냥 그게 몇 개의 단어가 합쳐진 건지 뭔지도 모르면서 '애플' 이런 식으로 적은 것이다.

그렇게 반복해서 쓰다 보니 나중엔 노트가 모자랄 정도였다. 최소 10번에서 15번 이상은 영화를 보며 쓰기 시작했다. 그렇게 하면서 정말 신기했던 두 가지 경험을 하게 되었다. 하나는 모르는 단어라 생각하고 한글발음으로 적어놨던 것들이 회가 거듭될수록 영어로 생각나고, 뜻도 알게 되었던 것이다. 이게 무슨 신통방통한 일이던가? 생각해 보니 성적이 안 올라도 포기하지 않고 고등학교 때 외웠던 어휘들이 저 뇌 속 깊은 곳에 묻혀 있다가 끊임없는 자극을 받다 보니 튀어 나온 것은 아닌가 싶다.

"그건 시험에 안 나와!"

이런 말을 들었어도 나는 '아냐, 이거 분명히 나중에 쓰게 될 거야. 하나라도 놓칠 수 없어' 하며 열심히 외웠던 단어들이다. 그런 경험을 하면서 나는 '아, 헛고생이라는 건 없구나' 라는 희열감을 느끼기 시작했다.

또 하나는 내가 아무리 기를 쓰고 용을 써도 알 수 없었던 단어들, 단한번도 접해보지 못했던 단어들은 한글발음으로라도 쓰지 못하겠다는 것이다.

'아하, 그래서 잊어버릴 때 잊어버리더라도 하나라도 더 외우며 공부하는 게 중요하구나.'

나는 이런 생각을 해 가며 스파르타식으로 나를 강하게 다그치며 독학으로 영어공부를 했다. 그러다 보니 나의 가능성과 실력을 점검받고 싶었다. 때마침 누구보다도 나를 잘 믿고 있는 동생이 영어 학원을 소개해 주었고, 나는 영어 강사로 당당하게 첫 발을 내딛었다.

외국인 강사가 여럿 있던 학원이었는데, 처음에는 얼마나 아찔하던지….

　'어떻게 얘기하지? 강사가 외국인이랑 말 하나 못하면 얼마나 창피할까? 나 이제까지 외국인이랑 얘기해 본 적 없는데….'

　하지만 학원 내에 한 외국인 강사와 우연찮게 이야기를 나누게 되었는데, 나도 모르게 한 시간 가까이 그 강사와 대화를 하는 경험을 하게 되었다. 서로 말을 알아 듣는다는 것도 신기하고, 외국인과 대화 한번 안 해보던 내가 겁도 없이, 신나게 영어로 말하고 있다는 게 정말 신기하게 느껴질 정도였다.

　나는 그 순간을 지금도 잊을 수 없다. 집에서 마구잡이식으로 독학했던 내 영어 공부를 검증받는 자리였다. 나는 그 이후로 당당한 영어 강사로 활동할 수 있었다. 무려 10년 이상을 이 분야에서 즐겁게 일을 할 수 있었다.

　물론 지금도 나는 영어를 짝사랑한다. 하지만 그 전에는 가슴 아픈 짝사랑이었다면, 지금은 내 존재를 알리고 가능성을 찾아가는 짝사랑이다. 난 지금도 영어를 정복해 가는 중이라고 내 마음을 다지고 있다. 아직 완전하지 않다는 것을 잘 알고 있기 때문이다. 서점에 가도 '영어 공부', '영어 체험기'에 관련된 책만 보면 눈이 번쩍 뜨이고, 그렇게 가슴이 설레곤 한다. 들리지 않는 표현, 모르는 표현들이 많지만, 언젠가는 그것들도 하나 하나 정복해 갈 날이 있다는 것을 확신하기 때문이다.

Epilogue 1

가장 '나'다운 우리들의 이야기

한정혜

송송송송 하얀 무채 통통통통 알싸한 쪽파
까도까도 눈물 나는 양파
톡톡톡톡 아린 마늘
코끝 찌잉 향 좋은 갓
걸쭉 반짝 찹쌀풀
짠내 질금 새우젓
햇살 먹은 태양초 한 대접에
노을이 서서히 물든다.

알배추 속속들이
이제
우리 하나지?

　　- 한정혜의 '김장'

　여름보다 조금 일찍 시작된 뜨거운 열정이 한 달쯤 돼서인가? 그
날 따라 손수건을 참 곱게도 접어서 챙겨갔던 것 같다. 처음 누군가가
자신의 이야기를 꺼내 놓았을 때, 우리들은 아무 말도 못했다, 너무 아

파서 감추고 싶었고, 감추며 살았던 상처를 자신의 손으로 도려내는 듯했다. 명치를 뻐근하게 조여 오는 감정을 잘근 입술을 깨물며 참아냈다. 이미 눈물로 범벅된 사람 앞에서 동조의 눈물은 가끔 동정처럼 비칠 수도 있다는 것을 우리는 어느 정도 알고 있었던 것 같다. 그 분 손에 조용히 황토 물들인 손수건만 건네졌다.

그렇게 물꼬가 트인 다음부터 하나둘 자신의 속내를 꺼내기 시작했다. 코끝이 빨개지는 공감을 머리가 떵해지도록 이어가면서 우리들의 마음도 엮였다. 어린 시절의 나, 엄마에 대한 그리움, 아버지에 대한 단상, 여자로서의 삶, 아이들, 그리고 나의 꿈….

잠시 잊고 있었던 나, 잠시 접었던 꿈을 다시 꺼내 들면서 천천히 돌아온 시간들을 우리는 소중하게 공유하기 시작했다. 그 길에서 직접 겪었던 경험은 꿈의 자산이자 밑거름이 돼주었다. 나눌 수 있는 이야기가 참 많았다.

어디서 주워들은 이야기가 아니라 나만의 이야기들…. 가끔은 속내를 다 드러내고 뚝 맥이 빠지기도 했다. 인정할 수 없었던 나와 마주 서서 어쩔 줄 몰라 쥐구멍만 찾다가 '아! 마틸드가 되지 않기로 했지!' 하며 스스로를 독려하기도 했다. 행복함에 살포시 안길 수 있는 참 고마운 시간들도 많았고, 내 손을 꼭 잡아주던 사람들의 온기도 여전했다.

책과 함께 순간순간을 다시 경험하면서 우리는 '나'를 발견해 나갔다. 아픈 것을 아프다고 말할 수 있어야 했고, 기쁜 것은 정말 기쁘게 자랑할 줄도 알아야 했다. 이렇게 나를 들여다보니 잘 한 것은 잘했다고 충분히 칭찬했고, 잘못한 것은 "괜찮아, 나도 그래!"라고 호탕하게 인정했다. '너무 뻔뻔한 거 아닌가?' 라는 생각이 들 정도였지만 우린 이미 씨앗을 품고 있었던 것 같다. '솔직함'이 싹트자 우리는 자신과 대화하기 시작했다. 쓰던 달던 과거를 인정하니 현재의 꿈이 탄탄해졌다.

그렇게 과거와 현재를 들락거리다 "아뿔싸!", 우리들의 실체가 조금씩 드러났다. 주제로 주어진 책 한 권을 읽고 나면 어김없이 '숙제'가 따라왔는데 고민하고 머리를 쥐어짜는 만큼 글이 써지지 않았다. 이런 상황을 미리 짐작하고 계셨는지 우리를 지도해주신 이인환 선생님은 도통 재촉하는 법이 없으셨다. 늘 웃음으로 무장하고 계셨지만 지금 생각해보니 참으로 고뇌하는 조각가였을 것 같다.

"괜찮아요. 저도 그래요. 어려운 일이에요. 저도 어려워요."

이런 연마도구를 들고 돌덩이 같은 우리들을 다듬으시느라 노심초사하셨던 시간도 없지 않았으리라 본다. 문학소녀들이 모인 줄 아셨다가 수다쟁이만 모인 거 아닐까 갸우뚱 하셨을지도 모르겠다. 그래도 언제나 우리 편이셨다. 톡톡 튀는 개성은 살려주고, 불필요한 부분은 모나지 않게 잘 짚어 주셨다. 자유롭게 쓰라고 하시며 맥을 잃지 않도록 큰 흐름을 잘 잡아 주셨다.

수업을 마칠 시간이면 "다음에 꼭 써오세요."라고 말씀하셨다. 반복해서 듣다 보니 이게 무슨 마법의 주문이었던 것 같다. 시 한 편이 도착하면 수필도 한 편 날아왔다. 밤을 꼬박 새운 글들이 매주 꼬박꼬박 쌓여갔다. 수줍게 내민 글을 두 손으로 받아 들며 함박웃음으로 힘을 주셨다. 생각하는 대로 사는 현재는 알찬 미래를 꿈꾸게 했다.

"구체적인 사실을 떠올리는 걸 잊지 마세요. 가장 '나'다운 우리들의 이야기가 가장 힘 있는 글이 될 거에요!"

깨알 같은 수다는 자신 있는 나였지만 구체적으로 글을 써 본 적이 언제였는지도 가물가물했다. 그래서 나는 작은 붙임종이를 활용해 보기로 했다. 하나의 주제가 정해지면 짧게 스치는 생각이라도 바로바로 옮겨 적었다. 문장이 안 되면 단어만이라도 남겼다. 이렇게 모은 손바닥만한 붙임종이는 하루만에 두툼해지기도 했다. 조각조각을 이리저리 짜깁기하고, 살을 붙이니 한 편의 글이 됐다. 또한 내가 경험한 일들, 특히 아이들과의 일상은 나에게 천금같이 귀한 '구체적인' 사례들이 됐다. 가장 확실한 '나만의 이야기'였다.

하루가 다르게 크는 아이들은 매일 새로움을 선사해줬다. 그야말로 이야기보따리였다. 나의 궁금증에 대한 아이들의 대답은 당황스러울 정도로 거침없었고 그래서 신선했다. 자연스럽게 아이들과의 대화도 길어졌다.

컴퓨터 앞에 매달려 글이 안 써진다고 쩔쩔매고 있으면 큰 아이가 등을 톡톡 두드려 주며 "엄마, 힘내세요!"라고 응원했다. 어깨너머로 글을 읽던 둘째아이는 "와~, 이거 재밌네요!"라고 힘을 줬다. 나름 가슴 아픈 어린 시절이었노라 마음 다독였기에 그래도 좀 슬프지 않느냐고 했더니 "좀 불쌍하긴 한데 재밌잖아요!"라고 한다. 등잔 밑이 어둡다더니 가장 무서운 독자가 바로 옆에 있었다. 아이들은 이제 나의 이야기를 궁금해 한다. 자신들이 주인공이 된 엄마의 책을 기다린다.

이제 우리들의 부끄러운 이야기들을 <책 쓰는 엄마>로 엮어 세상에 내놓는다. 모쪼록 많은 독자들이 이 책을 통해 지난 6개월 동안 우리가 독서와 글쓰기를 통해 가족들과 함께 했던 소통의 즐거움을 조금이라도 느낄 수 있었으면 좋겠다.

<책 읽고 책 쓰는 부모>라는 프로젝트에 참여하는 내 마음은 봄날 아지랑이처럼 설레었다. 첫 수업 바로 전날, 나는 소풍가는 어린아이처럼 잠을 설치기까지 했다. 어느 새 반 년이 흘렀고, 어느덧 그 무엇보다 민들레 홀씨처럼 하늘을 붕붕 떠다니던 우리의 꿈들이 이렇게 한 공간에 모여 뿌리 내렸다는 것이 마냥 신기하다.

Epilogue 2

독서와 글쓰기로 소통하는 엄마들

이인환

여린 가슴으로
하나 둘
얼굴을 내밀었다

피보다 진하게 꼭꼭
감싸 안기만 했던
망울망울

소중한 뜻으로
엮고 엮은
열병의 표정들

어둠 속으로 스며드는
원망 혹은 죄책감에
멍들지 않은 이 없으니

그런저런 대로
어울리자며 여린
얼굴 내밀었다

- 이인환의 '소통의 글쓰기'

기쁘다. 가슴에 묻어 두었던 이야기를 꺼내 놓으며 서로 눈물을 흘렸던 때가 엊그제 같은데, 어느 새 두 계절이 흘러 이렇게 풍성한 결실을 내 놓을 수 있다니 그저 감회가 새롭기만 하다. 더구나 워킹맘으로서 빠듯한 시간에 쫓기면서도 자기계발과 아이교육을 위해 독서와 글쓰기를 게을리 하지 않으며 끝까지 최선을 다해 주신 엄마들에게 아낌없는 박수와 진심어린 찬사를 보낸다.

내 아이가 세계화 시대에 자기주도적인 인재로 성장하기를 바라면서, 정작 엄마 자신은 자신의 울타리 속에 안주하고 있는 모습을 수없이 목격하고 있는 시점에서 <책 쓰는 엄마>를 만날 수 있다는 것은 정말 행복한 일이다.

아이 교육에 과연 이것이 정답이라고 할 수 있는 것이 얼마나 될까? 우리는 그 답을 실천하는 엄마의 모습에서 찾았다. 아이를 변화시키는 가장 좋은 방법은 무엇보다 엄마가 먼저 모범을 보여야 하다고 결의를 하고, 6개월 동안 우리 엄마들이 먼저 책을 통해 배운 것을 삶 속에서 실천해 보면서 그것을 글로 옮겨 보자고 했다.

'나만이 잘할 수 있는 나의 동남풍은 무엇인가?'

'유비의 수고로움에 수고로움을 보탠다는 것은 무엇을 의미하는가?'

'관찰언어란 무엇이지? 평가언어는?'

'이럴 때 앨리스라면 어떻게 했을까?'

'왜 마틸드는 목걸이를 잃어 버렸다고 사실대로 말하지 못했을까?'

'어떤 것이 개똥이처럼 행동하는 거지?'

어느 것 하나 소중하지 않은 것이 없었다.

물론 독서와 글쓰기를 통해 나를 발견하고 소통의 장을 넓혀 나간다는 것이 생각만큼 쉬운 것은 아니다. 말하기는 좋아해도 글쓰기는 어려운 이유도 그만큼 글쓰기가 쉽지 않다는 것을 반증하는 것이리라.

이제 조심스럽게 세상에 하나밖에 없는 <책 쓰는 엄마>를 내놓는다.

이 책은 자녀양육의 전문지식이나 기술을 전달하는 것이 아니라, 엄마들이 독서를 통해 자아계발과 자녀양육, 사회활동을 해 나가는 삶의 모습을 진솔하게 보여주고 있다. 또한 엄마가 독서와 글쓰기를 통해서 자녀와 소통하는 법을 배우고, 나아가 자신의 일에 최선을 다하는 모습을 있는 그대로 보여주는 것이 자녀교육에도 큰 효과가 나타나고 있음을 각종 사례로 제시하고 있다.

모쪼록 이 책을 펼쳐드는 독자님들이 우리가 독서와 글쓰기를 통해 느꼈던 기쁨을 공유할 수 있었으면 하는 욕심을 담아 본다. 특히 독서는 좋아하지만 글쓰기에 대해서는 두려움을 떨치지 못하고 있는 독자님들 중에 어느 한 분이라도 이 책을 보시면서 '아, 나도 책을 쓸 수 있겠다' 라는 동기부여라도 받을 수 있었으면 좋겠다는 소박한 소망을 담아 본다.

내 아이의 미래를 바꾸는 일독백서 교육법

1. 한 권을 읽어도 백 권을 읽은 가치를 뽑아내는 독서지도법

1) 작가와 작품의 시대적 배경을 이해시키자

문학작품에는 어떠한 형태로든 작가의 창작의도가 담겨 있다. 따라서 작품을 이해하기 위해서는 작가의 삶과 작품 속에 반영된 시대적 배경을 이해하는 것은 매우 중요한 일이다. 똑같은 작품이라도 배경지식이 많으면 많을수록 이해의 폭도 넓어지기 마련이다.

따라서 평소에 문학작품에 얽힌 작가, 또는 시대적 배경에 얽힌 역사 이야기를 들려주는 것이 좋다. 또한 작가의 문학 기념관이나 역사 박물관 등을 탐방하면서 아이가 자연스럽게 작가와 작품의 시대적 배경 등에 관한 견문을 넓히도록 해주는 것이 좋다. 뿐만 아니라 문학작품과 사회와 역사 과목이 결코 동떨어진 영역이 아니라는 것을 깨닫게 해주고, 모든 영역에 대해 끊임없이 호기심을 갖도록 이끌어 주는 것도 좋은 방법이다.

2) 작품 속에 담겨 있는 비유와 상징을 이해시키자

문학작품 속의 인물이나 소재, 그리고 사건에는 작가가 특별한 의미를 부여해서 표현한 것들이 많다. 이것을 비유와 상징이라고 하는데, 문학작품은 거의 다 비유와 상징을 활용해서 쓰여진다. 특히 고전이나 우화는 작가가 의도적으로 비유와 상징을 통해 자신의 뜻을 간접적으로 들려주는 이야기다. 따라서 작품을 제대로 이해하려면 무엇보다 먼저 작품 속에 담겨 있는 비유와 상징의 의미를 이해해야 한다.

예를 들어 '비둘기'는 원래 '비둘기목과에 속한 새'를 의미하지만, 문학작품 속에서 "나는 비둘기를 사랑한다"라는 말로 쓰였을 때는 "나는 평화를 사랑한다"라는 뜻으로 해석해야 하듯이 문학작품의 인물이나 소재, 사건 등은 거의 모든 것들이 문맥이나 상황에 따라 새로운 뜻으로 해석해야 한다는 것을 이해시켜야 한다.

3) 작품의 사실적인 이해를 바탕으로 핵심적인 교훈을 찾도록 하자

요즘은 아이들이 인터넷 검색만 하면 작품의 줄거리와 핵심적인 주제는 쉽게 찾아내는 경우가 많다. 물론 이것을 무조건 나쁘다고만 할 수는 없다. 아이들이 책을 읽고도 기본적인 줄거리와 주제를 찾지 못한다면 한번쯤 활용해 보는 것도 좋다. 그러나 너무 이 방법에 의존하면 자칫 기계적인 독서가 될 수 있으니까 가급적 이 방법은 지양하는 것이 좋다.

가장 좋은 방법은 부모가 먼저 책을 읽고 기본적인 줄거리와 핵심적인 교훈을 파악해 두는 것이다. 그리고 아이의 독서 상태를 봐가면서 "이 부분은 어떻게 되었더라?", "다른 사람들은 이 작품을 읽고 어떤 교훈을 받아 들일까?", "나는 이렇게 생각하는데, 너는 어떻게 생각해?"라는 식으로 아이가 가급적 자신이 읽은 작품에 대해서 많은 말을 하도록 분위기를 형성해 줘야 한다.

4) 작품이 주는 교훈을 현실 속에 구체적인 사례와 결부시키자

문학작품은 현실의 축소판이다. 따라서 앞에서 배운 대로 작가와 작품의 시대적 배경, 그리고 비유와 상징을 이해했다면 현실 속에서 그것과 비슷한 사례를 찾아낼 수 있어야 한다. "우리가 경험한 일 중에 이 이야기와 비슷한 것은 뭐가 있을까?", "나는 지난 번에 겪었던 일이 이 이야기와 비슷하다고 생각하는데 너는 어떻게 생각해?"라는 식으로 작품 속의 이야기와 비슷한 자신의 경험을 연관시켜 생각해 보는 시간을 갖도록 유도하는 것이 좋다. 그러면 책이 우리의 현실과 매우 밀접한 관계를 맺고 있다는 것을 일깨워 주는 효과도 얻을 수 있다.

2. 독서감상문 작성 지도법

1) 독서 후에 가장 기억에 남는 부분을 정리하도록 하자

많은 사람들이 독서감상문을 쓰려면 줄거리를 요약한 다음에 자신의 생각이나 느낌을 써야 한다고 알고 있다. 그러나 인터넷 검색만 하면 금방 다운 받을 수 있는 줄거리 요약이나 판에 박은 듯이 써 내려간 감상문은 아무런 감흥도 불러 일으키지 못한다. 따라서 좋은 독서감상문을 쓰려면 무엇보다 먼저 독서 후에 자신에게 가장 기억에 남는 부분을 정리할 줄 알아야 한다.

똑같은 책이라도 사람에 따라 가장 기억에 남는 부분은 각자 다를 수 있다. 설령 아이가 전혀 뜻밖의 장면을 이야기하더라도 그 의견을 최대한 존중해 줘야 한다. 그러면서 그것을 기회로 삼아 아이와 대화의 시간을 늘려 나갈 수 있으면 더욱 좋다. "이 책에서 어느 부분이 가장 기억에 남아?", "나는 이러이러 해서 이 부분이 가장 기억에 남는데, 너는 어떻게 그 부분이 가장 기억에 남은 거야?", "가장 기억에 남는 부분과 그 이유를 간단하게 정리해서 그것으로 너만의 독서감상문을 써 보자." 이런 식으로 최대한 아이의 의견을 존중해 주면서 아이가 가장 기억에 남는 부분을 정리하도록 하는 것이 좋다.

2) 가장 기억에 남는 부분과 구체적인 경험을 연관시켜 자신만이 쓸 수 있는 글을 쓰도록 하자

책 속에서 가장 기억에 남는 부분을 정리했으면, 그것을 자신의 경험과 구체적으로 연관시킬 수 있어야 한다. 독서감상문에 나의 구체적인 경험을 사례로 들지 않으면 결국 누구나 쓸 수 있는 상투적인 글밖에 쓸 수가 없다. 따라서 독서감상문을 잘 쓰려면 무엇보다 자신의 구체적인 경험을 찾아 가장 기억에 남는 부분과 연결시켜 세상에 그 누구도 쓸 수 없는, 바로 자신만이 쓸 수 있는 그런 글을 쓰는 연습이 필요하다.

일반적으로 독서감상문은 앞부분에 줄거리를 요약하고, 뒷 부분에 자신의 느낌과 감상을 쓰는 방법이 널리 쓰인다. 그런데 이 방법은 자칫 상투적인 줄거리 요약과 뻔한 느낌과 감상의 나열로 그치는 경우가 많다. 따라서 창의적인 독서감상문을 쓰고 싶다면 이런 형식에서 탈피해야 한다. 될 수 있으면 앞부분에 먼저 주제와 관련된 자신의 이야기를 쓰고, 뒷부분에 독서 후에 가장 기억에 남는 부분을 정리하면서, 둘 사이의 연관관계를 짚어 주면서 책을 통해서 얻은 교훈을 제시해 주는 것이 좋다.

3) 독서감상문을 많이 접하게 하자

모방은 창조의 어머니다. 독서감상문도 잘 쓰려면 그만큼 다른 사람의 작품을 많이 접해 봐야 한다. 좋은 독서감상문은 때로는 한 권의 책을 읽는 것보다 더 많은 정보와 지혜를 가져다 준다. 짧은 감상문을 통해 책 속에서 내가 보지 못했던 부분을 볼 수 있기 때문이다. 요즘은 인터넷 검색을 하면 좋은 독서감상문 샘플을 얼마든지 구할 수 있다. 그중에 줄거리 요약 위주로 될 작품은 멀리 하고 대신 자신의 구체적인 경험을 위주로 작성한 독서감상문을 선별해서 접할 수 있도록 해주면 좋은 효과를 얻을 수 있다.

3. 부모가 책 읽기 싫어하는 아이를 책과 친해지게 만드는 노하우

1) 독서를 즐길 수 있는 분위기를 만들자

집안을 책과 친하게 지낼 수 있는 분위기로 만드는 것이 좋다. 예전에는 심심해서라도 책을 읽었는데 요즘은 텔레비전과 컴퓨터, 특히 핸드폰과 게임기로 인해 심심할 틈이 없어 책과 멀어지는 경우가 많다. 책은 공부할 때만 읽는 것이라는 인식이 박히지 않도록 아이가 어려서부터 책을 즐길 수 있는 분위기를 만들어 주는 것이 중요하다. 가장 좋은 방법은 부모가 먼저 독서를 즐기는 모습을 보여 주는 것이다.

2) 독서의 필요성을 스스로 느끼게 하자

"인터넷이 있는데 왜 책을 읽어야 해요?"

요즘 이렇게 질문을 하는 아이들이 많다. 그럴 때마다 나는 아이에게 말없이 독서가 치매를 예방할 뿐만 아니라 두뇌발달에 좋다는 짧은 동영상을 보여 주었다. 그러면 많은 아이들이 책을 펼쳐드는 모습을 많이 목격했다. 이런 식으로 독서가 단순히 지식습득만 하는 것이 아니라 인간이 인간답게 살아가는데 가장 중요한 두뇌를 개발하는데 좋다는 것을 확실하게 인식시켜주는 것이 좋다.

또한 동기부여의 핵심은 즐거움이다. 따라서 독서의 필요성을 스스로 느끼게 하는 방법 중에 가장 확실한 것은 독서의 즐거움을 느끼게 해주는 것이다. 부모들 중에는 욕심 때문에 아이들이 원하는 만화책이나 그림책을 보지 못하게 하면서 권장도서에 집착하는 경우가 많다. 그러나 아이들은 당장 하고 싶은 것을 못하게 하면 그것 때문에 부모를 원망하는 경우가 많다. 그러면 아이는 부모가 하라는 것은 더 하기 싫어하게 되는 것이다. 이 말은 곧 만화책이나 그림책을 보지 못하게 하면 부모가 원하는 책은 아예 거들떠보지도 않게 만들 수 있다는 뜻이다.

따라서 아이가 독서의 필요성을 스스로 느끼게 하려면 우선 아이가 읽고 싶은 책을 마음껏 읽게 하면서 그것으로 점점 대화와 소통의 기회를 만들어 가면서 단계적으로 부모가 원하는 책을 펼쳐 들 수 있도록 유도해야 한다.

3) 독서감상문을 강요하지 말자

독서논술지도사 선생님이 되겠다는 어른들 중에도 독서감상문 때문에 중도에서 포기하는 경우가 많다. 그만큼 독서감상문에 대한 부담이 크다는 것을 보여주는 사례다. 실제오 아이들 중에는 독서감상문에 대한 스트레스 때문에 아예 책 읽는 것 자체를 포기하는 경우가 많다. 따라서 아이들에게 독서감상문을 강요하는 것은 아이가 책을 멀리하게 만드는 지름길이라는 것을 알아야 한다.

독서감상문을 잘 쓰게 하고 싶다면 앞에서 배운 대로 부모가 먼저 독서감상문 쓰는 방법을 배워서 아이에게 실질적으로 도움을 주는 구체적인 방법을 제시해 줘야 한다. 실력이 안 되면 아이가 알아서 배울 수 있도록 환경을 조성해 주는 것으로 만족하는 것이 좋다.

4) 아이의 지적 욕구를 부추겨 주자

사람은 누구나 새로운 것을 알게 되면 누구에게나 과시하고 싶은 욕구가 있다. 따라서 아이가 책을 읽었을 때는 먼저 아이의 이야기를 들어주는 것이 좋다. 설사 아이가 잘못 이해한 것이 있더라도 바로 짚어주는 것이 아니라 충분히 공감해 주고, 칭찬을 해 주는 것이 좋다. 그런 다음에 슬쩍 "나는 그 부분에 대해서 이렇게 생각하는데, 너는 왜 그렇게 생각했니?", 또는 "그 부분에 대해서는 우리 좀 더 알아 보기로 하자."라는 식으로 아이의 지적 욕구를 자꾸 부추겨 주는 것이 좋다. 그러면 아이는 자신이 인정받았다는 생각에 더욱 책을 가까이 하게 된다.

5) 책을 대화의 매개체로 활용하자

'같은 책을 읽었다는 것은, 사람들 사이를 이어 주는 끈이다' 라는 말이 있다. 우리는 일반적으로 같은 경험을 하고, 같은 처지에 놓여 있는 사람에게 더 끈끈한 정을 느낀다. 독서는 간접경험을 공유하는 것이다. 따라서 같은 책을 읽었다는 것은 곧 똑같은 간접경험을 했다는 것을 의미한다. 앞에서 배운 대로 문학작품의 담겨 있는 작가와 시대적 배경, 소재와 사건의 비유적 의미까지 공유한다면 한 권의 책을 통해서 서로 공감할 수 있는 이야기는 무궁무진하다. 독서를 학교 과제물의 일부로 여기는 것이 아니라 부모와 자녀가 간접경험을 공유하면서 공감대를 넓혀가는 대화의 매개체로 활용한다면 그만큼 소통의 폭이 넓어지게 된다.

TIP. 세계적인 인재를 키운 명문가의 독서법

1. 케네디의 어머니 로즈 여사의 밥상머리 독서교육

로즈 여사는 항상 독서를 즐기면서 좋은 구절이 나오면 메모했다가 자녀들에게 들려 주었다. 특히 식사 시간을 적극 활용해서 토론을 이끌어가며 아이들의 지적 호기심을 불러 일으켜 주면서 독서의 동기부여를 제공하곤 했다. 책을 대화의 매개체로 활용해서 밥상머리 교육을 이끌어 간 것이다.

2. 루스벨트의 어머니 사라 여사의 환경조성 독서교육법

뉴딜정책으로 유명한 루스벨트의 어머니 사라 여사는 자녀에게 도서관과 같은 환경을 조성해 주었다. 루스벨트는 장서가 많은 집안의 서재에서 늘 책에 파묻혀 지낼 수 있었다. 루스벨트가 대통령이 된 후에도 항상 책을 가까이 했던 습관은 어렸을 때부터 길러진 습관이다.

3. 윈스턴 처칠의 아버지 랜돌프 처칠 경의 맞춤식 독서교육법

20세기의 뛰어난 정치가 중의 한 명인 윈스턴 처칠은 공부를 못했지만, 아버지는 솔선수범하는 자세로 최고의 정치가가 될 수 있도록 그가 좋아하는 정치, 역사, 위인전과 같은 책을 항상 함께 하도록 환경을 만들어 주었다.

추천도서

동기부여 일독백서-기적의 독서법(이인환, 미다스북스)
마시멜로 이야기(헤아킴 데 포사다, 한국경제신문)
누가 치즈를 옮겼을까?(스펜서 존슨, 진명)
토끼전(고전소설)
삼국지

자아성찰 모파상의 <목걸이>
이상한 나라의 앨리스
가족의 심리학(토니 험프리스, 다산초당)

자녀교육 아이의 사생활(EBS, 지식채널)
내 아이를 위한 비폭력 대화(군디 가술러, 양철북)
성공하는 사람들의 7가지 습관(스티븐코비, 김영사)

시 창작 아버지 어머니 그리움 사랑(이인환 첫시집, 출판이안)
시 창작 강의(이형기, 문학사상사)

소통기술   설득의 심리학(로버트 치알디니, 21세기북스)

지각대장 존(존 버닝햄, 비룡소)

나는 토마토 절대로 안 먹어(로렌 차일드, 국민서관)

치유(루이스 헤이, 나들목)

팔로우(김효석·이인환, 미다스북스)

사람을 얻는 기술(레일 라운즈, 토네이도)

책 쓰기   일생에 한 권 책을 써라(양병무, 21세기북스)

탁구영의 책 한 권 쓰기(조관일, 미디어월)

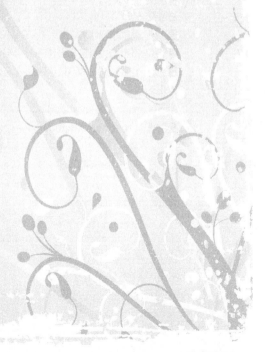

책 읽고 책 쓰는 부모 프로젝트

책 쓰는 엄마

초판 인쇄 2012년 12월 17일
초판 발행 2012년 12월 20일

지은이 서희북클럽 (강사 이인환)
　　　　　 남민경 김희정 박진숙 이미경
　　　　　 이미연 정원미 차임순 한정혜
펴낸곳 출판이안

펴낸이 이인환
편집인 이도경, 이정민
등 록 제2010-4호
주 소 경기도 이천시 호법면 단천리 414-6
전 화 031) 636-7464 / 010-2538-8468
인쇄소 이노비즈
이메일 yakyeo@hanmail.net
홈카페 http://cafe.daum.net/leeAn

ISBN 978-89-965961-6-5 03800

값 15,000원